砂漠にて

玉城まさし

TAMAKI Masashi

文芸社

目次

プロジェクト

一

　本格的な夏を迎えようとする季節であった。南国の日射しの中、那覇空港の滑走路の彼方には眩しいばかりの海が横たわり、珊瑚礁の海岸線には細長い白波がいくつも見られた。

　これから一日かけて沖縄本島を飛行する予定だ。目的は（株）國場組が施工してきた建築と土木の主な建造物を上空から撮影するのである。私はそのガイド役ということだが、半分は入社間もない私の勉強のためだ。ヘリへの初搭乗と撮影クルーを案内して異業種の仕事を垣間見ることに気分は高揚していた。

　カメラマンは冷房が効いている機内でレンズやアングルを調整すると、バッグからフィルムマガジンを取りだしてカメラに装塡し、ビデオカメラのファインダーを覗いた。ヘリコプターの前部座席は撮影に便利なように前面と側面はほぼガラス張りで視界が利いた。

ディレクターの砂辺《すなべ》とカメラマンの山入端《やまのは》はいかにも映像の虫で、素人の私の質問にも分かりやすく答えてくれた。二人は地元の広告代理店から派遣されて来ていた。前日まで三日を費やして私と本島全域を車で駆け回って今回注文したプロモーションビデオの撮影を行なった。

ジェット機の金属音が聞こえて来た。滑走路の先端で陽炎の立ち昇る中に航空自衛隊の戦闘機が淡い噴射ガスの帯を曳きながら着陸するのが見えた。ここは軍民共用の空港だ。

管制官から離陸許可の連絡がきた。

サングラスをかけた操縦士は後部座席の私と砂辺ディレクターのシートベルトの装着を確認すると右手の親指を上に突き出して離陸の合図をした。ヘリのエンジンがキューンと高速音を発し、脚が陸地から離れた。

ヘリはまず國場組が施工した那覇空港と安謝《あじゃ》新港、そして那覇の市街地の俯瞰撮影を行なった。それから島の西海岸を北上しながらフェンスで囲まれたキャンプキンザーの兵站基地に向けて延々とカメラを回し続けた。キンザーを過ぎると内陸部高台の住宅密集地に移動した。まさにドーナツの中心部分、宜野湾市のど真ん中にある普天間飛行場の周りを数回旋回してカメラに収めた。そしてキャンプ瑞慶覧《ずけらん》、キャンプフォスターと基地だらけの本島中部上空でカメラを回しながら北上した。

嘉手納空軍基地にさしかかると海上から接近し、広大な基地の周りをゆっくりと反時計回りに旋回した。今回重点的な撮影対象として眼下の嘉手納基地と本島北部のキャンプハンセンがある。二つの施設を中心に据えるべくシナリオが描かれていた。

嘉手納基地には長い複数の滑走路とその付帯設備、そして隣接した弾薬庫地区の広大な森がある。宿舎エリアにはゴルフ場が広い芝の丘の中に整然と配置され、基地の周りの雑然と密集した民間地域と著しい対照をなしている。基地内にはおよそ日常生活の用を足す施設がすべて完備されている。これら施設の大半が基地建設の初期の頃、國場組によって施工されたといわれる。空からの眺めは芝や樹木、そして施設がバランスよく配置され維持管理されているのが印象的だ。

操縦士は注文されるカメラショットの位置を追って、ホバリングしたりテンポよく前進したりして懸命にヘリを操っている。基地の周りを三周して撮影を終えた。

その後、ヘリはさらに西海岸を北上した。途中、リゾートホテルのムーンビーチや海洋博公園、本島北部のダムの撮影を行なった。そして、緑濃い樹海を南下して太平洋に面した東海岸、金武《きん》町の米国海兵隊のキャンプハンセンに到着した。

二十年程前、四十か月の歳月をかけて建設された基地である。幹線の長い舗装道路が基地の中を南北に二本並行に走っている。沿道にはバラックや司令部、メスホール等の建造物が配置され、背後には広大な演習場を持ち、収容能力数千名の海兵隊の演習基地である。

モータープールや資材倉庫等がある。隣接して白いコーラルを敷き詰めた広場があり、戦車やトレーラー、迷彩色の数百台のトラックやジープの軍用車両が縦横に整然と駐車してある。後背地の山中の演習場へは白い戦車道が山を切り開いて導かれている。國場組が施工したプロジェクトの中で嘉手納空軍基地と並び最大規模の工事だといわれる。

ヘリは二度三度と旋回しホバリングをしながら基地全体をカメラに収めた。

その後ヘリはさらに南下し、沖縄本島と平安座《へんざ》島を結ぶ長大な海中道路と平安座島の石油備蓄基地をカメラに収めた。その撮影振りを眺めながら、編集した作品がどのように完成するのか私の興味は尽きなかった。

一か月後、完成したビデオ作品を広告代理店の代表者と砂辺ディレクターが持参した。早速関係者間で試写が行なわれた。作品は迫力ある映像と音楽、そして解説を織り込みながら、被写体がプロの編集によって一連のストーリーとして生命を吹き込まれていた。撮影に立ち会った当事者として映像作りの職人芸に私は魅了されてしまった。

その後、ビデオは東京の鉄鋼開発室に送付されるべく丸紅那覇支店長の元に届けられた。

二

一年後。静かな夜のオフィスで私の所属する常務室だけに明かりが灯っていた。冷房はすでに運転を停止して中は蒸し暑かった。ワイシャツの袖を肘まで捲り、仕事が一段落した私は額や首筋に汗を光らせながら机の上を片づけた。時計は一一時を過ぎていた。口をすぼめて暑気を払い、受話器を取ってダイヤルを回した。発信音を聞きながら視線を室内に漂わせた。非常口の緑のランプが室内の白壁に映えて見えた。四度目の発信音が鳴り終えた時、受話器からもしもし玉城ですと妻の声が聞こえた。

「ああ僕……」と私はかすれた声で言った。

「慶ちゃんを寝かせていたら、私まで寝ちゃって……まだ仕事してるの？」とねぎらいの声を聞きながら、

「やっと今終わった。これから帰る」

短く用件のみを伝えると、私は受話器を置いた。

窓際のコートハンガーから上着を取ると左腕に抱えた。窓ガラスに脂の浮いた私の顔が写っていた。自分の顔を見つめた。仕事も生活も単調に流れていた。何か打ち込める目標を探したいと思った。そこに考えが行き着くと焦りを感じた。窓の外に目をやると、繁華街のネオンが、ビルの谷間から夜空に向かって

赤々と光沢を放っていた。解放感に浸りたい気分があった。

　その時、フロアの隅にあるガラス張りのコピー室で突然「ビーッ」と低音のブザー音が響いた。テレックスは数台のコピーマシンと並んで設置されていた。夜のオフィスでは音がとても大きく響いた。同時に受信中の米粒大の赤い表示ランプが、薄暗い中まるで螢のように小さな灯をキーボードの一画で点燈させた。アルファベットや数字の組み込まれた金属球のプリンターがガチャ、ガチャとかまびすしい機械音をたてて、首をもたげたかと思うと計算のなされたような正確さで印字ラインの左端へスーッと移動した。そして最初にタイプする活字を探しているかのようにウォーミングアップよろしくまたガチャガチャと首をねじったりしている。私は上着を机の上に置くとテレックスに向かって歩いた。途中プリンターはパチッ、パチッ、パチッと連続的に機械的な歯切れの良い音をたて速いスピードで文字をタイプし始めた。誰からだろうと、私はテレックスを覗き込んだ。

　六月一〇日、二三時一〇分、日付と時間のタイプに始まり、金属球のプリンターが限られたスペースの中を左右に規則正しく作動している。宛名は國場組常務、國場幸一郎殿とある。文章はアルファベットであるが、英文ではなくローマ字で打電されていた。内容はリビアの石油公団からメスラプロジェクトの発注内示書を六月一〇日付で取得したという。本契約に先立ち、客先から発注の意志のあることを内々に知らせる通知であった。電文は数行の短い文章である。文の終わりに行を変えて英語の敬具の略号が記され一字あけて「AKASAKA」と発信人の名前が明記されている。リビアに入札の商談のために出張している丸紅鉄鋼開発室の赤坂課長からである。

電文の内容はただ事ではなかった。それは私の疲れをいっぺんに吹き飛ばす衝撃があった。リビア現地時間の午後四時過ぎに打電されていることが時差から計算できる。しばし間をおいて、電文が受信されたことを確認するアンサーバック・コードがタイプされた。それが済むと赤い表示ランプが消え、テレックスの電源も自動的に切れオフィスはまた元の静けさに戻った。

三

國場組の始業時刻は午前八時である。その一五分前には十二階建てのビルの全館に対して冷房装置が稼働して冷えた空気が送り込まれた。八時きっかりにラジオ体操のテープが流される。六階の建設事業部では部長以下、女子を除くすべての男子社員がデスクの間にスペースを見つけて、ネクタイを緩めたり、ワイシャツの腕まくりをしたりして体操を行なう。すべての男子社員とはいっても三百名からいる建設事業部の社員のほとんどはそれぞれの工事現場に詰めているので、本社にいるのは営業担当者と本社勤務の事務職員、そして次の現場待ちをしているエンジニアたちということになる。普段は各フロア三、四十名の社員が参加すればいい方だ。

ラジオ体操が終わると給仕係や制服の着替えを済ませた女子社員たちが、湯呑みに熱い茶をたてて、それぞれの部署に属する社員たちの席に配って回る。ちょうどそうした朝一番の慌ただしさの中、國場幸一郎常務が出勤して間もなくのことであった。常務室の秘書新垣ミツ枝は、國場ビル八階のフロアの一画を事務所にしている丸紅那覇支店の永井支店長がエレベーターホールからガラスのドアを押して入って来るのに気づくとすぐにやりかけの仕事を中断し、席を立って受付のデスクの脇に歩み出た。客を迎える度ごとに席を立ってデスクの脇で迎える訳ではない。私も仕事の手を休めて自分のデスクの脇に立った。今朝は職場の雰囲気がいつもと違っていた。昨夜受信されたテレックスがすでに社内の関係者に配布されており、その反応が早速具体的な行動となって表れたのである。國場常務が普段より一時間も早く出社したこともその一つである。また女子社員たちは、エレベーターホールから自室へ向かう常務に会釈をして擦れ違いざま何気なく振り向いたり、お茶を配っている手を休めて一瞬常務を視線で追う者もいた。そして今エレベーターホールから現われた丸紅那覇支店長と二人の連れが常務室に向かって歩きながら、窓を背にして居並ぶ建設事業部の部長たちに会釈をすると、部長たちも腰を浮かせて返礼をした。丸紅の三人は櫛目を通して髪を整え、糊のきいたワイシャツと濃紺の背広を着て新垣ミツ枝のデスクの前に立った。國場幸一郎常務を訪ねて来たのである。丸紅の支店長に対して新垣ミツ枝は慣れた物腰でお辞儀をし笑顔で挨拶をした。私も三人に対して丁寧にお辞儀をした。受付での客とのやり取りを耳にした常務室次長の仲座厳が奥の方から会釈をしながら現われた。

永井支店長から仲座次長にはプロジェクトの受注が確定したこと、ついては國場常務に挨拶に伺いたい旨、事前に電話での連絡がなされていた。今朝の常務の早い出社も次長による根回しの結果である。仲座次長は丸紅東京本社鉄鋼開発室の辻次長、関氏と名刺を交換し、三人を常務室の中に案内した。内部では約一〇分程も話し合いがなされたであろうか。間もなく國場常務を先頭に支店長たちは社長室のある七階へ通じる階段口に足早に姿を消していった。常務と支店長の一挙一動からは、これから始まる海外での大きなプロジェクトを前にして士気が高揚し、双方それぞれの感慨や思惑、そして期待感で満ち満ちているることが窺えた。大手の総合商社といえども、所属する事業部門の社員の大半を投入し、他の関連部門からも応援部隊を投入しなければならないはずである。さりとて、國場組にとっては建設事業部の、県内年間工事受注高のほぼ半分の規模に相当するプロジェクトである。今後の海外工事への貴重な試金石になることは間違いなかった。

國場常務に案内された永井支店長たちが七階の社長室に行っている間、私は六階と七階のフロアーを走り回っていた。六階には建築、土木からなる建設事業部があり、七階には専務以上の重役室と総務、人事、経理等の事務管理部門があった。七階の役員会議室においてメスラプロジェクトの説明会を五分後に開催すべく伝令の役目を担っていた。総勢十四名の関係者に参加の呼び掛けがなされた。それは工事部、工務部、海外工事部等の技術部門、そして人事、総務、経理の事務部門の部長、次長の管理職から構成されていた。女子社員に手伝ってもらい、会議室の受け入れ態勢が整った頃、筆記用具を手に定刻には全員が一堂に会した。

プロジェクトの遂行にあたって、常務や支店長の口から丸紅が國場組の元請けになるという筋書き通りの言葉が聞かれるかどうか、出席者全員が期待を抱いていた。

役員会議室は、海の見える北側に面して視界が開け、天井から床まで磨きぬかれた厚いガラスで外界と遮断されていた。会議室のテーブルや椅子、壁、絨毯等、重厚で地味な配色が施されている。地元画家の百号大の、赤瓦と燃えるようなデイゴを描いた作品が壁に飾ってあり、沖縄らしい雰囲気を醸し出していた。幅の広い会議用テーブルの周りには國場組の幹部社員が十四名、肘掛け付きの回転椅子に深々と腰をおろして雑談をしたり煙草をふかしたりしていた。通気口からの冷えた空気が、煙草の煙を静かに拡散していた。

國場常務と支店長の一行が会議室の開け放されたドアから足早に入って来た。一行が上座に着席し、常務の右側、テーブルの角の位置で仲座次長が立って司会を始めた。支店長と辻次長に対し、短い挨拶を述べた後、國場組の社員たちに辻次長と関氏を紹介した。そして集まってもらった理由を手短かに説明した。最初に挨拶を求められたのは永井支店長であった。これまでバンコクやクアラルンプール、シンガポール等、東南アジアの駐在員や支店長を長く経験してきていた。長いキャリアに培われた洗練された風貌はビジネスマンよりはむしろ学者に近く、謙虚な態度が自信に満ちているように見受けられた。

支店長は國場常務に会釈をして立ち上がると開口一番、リビアにおいてメスラプロジェクトの受注に成功したことを述べた。そして國場組幹部社員たちの反応を測るかのように一座を見回しながら、受注に到る経緯を話した。

「これまでヨーロッパとアメリカ企業の縄張りであった北アフリカにおいて、丸紅の鉄鋼開発室としては初めての大型工事を受注することができました。三年前から追っかけていたプロジェクトですが、昨日受注にこぎつけることができました。國場組さんと一緒に仕事をするにあたりましては、当地の丸紅の責任者として喜びもひとしおでございます。是非一度は仕事を御一緒したいと常々考えておりました。やっと一つ目標を達成できました」

支店長は一緒に仕事をすることは合意済みであるとの前提で話を切り出した。予想していたとはいえ、数年の紆余曲折を経て受注に到ったことに対し丸紅の営業のしぶとさを改めて全員が感じたようであった。

「本日、國場組さんにお伺いし、全国何万とある建設業者の中から皆さんに話を持ち掛けた背景には理由がございます。戦前、戦後を通して沖縄の業界における代表企業として、特に戦後は沖縄各地に存在する巨大な米軍基地建設にあたり、米軍の仕様書を使い、世界的に技術的要求のうるさい米軍の基準を数多くこなしてきた軍工事の実績を國場組さんが豊富にお持ちだということを高く評価致しました。その点は日本広しと言えども皆さんの右に出る者はいないのではないかと考えます。言葉を換えますと、海外工事と同じような状況の下でこれまで仕事をこなしてきたと考えるのであります。パートナー選びに関しては、経験と実績を慎重に評価致しました。結果、國場組さんならたとえ砂漠の中であれきっと立派に工事をやり遂げてもらえると考えた次第であります。そうした事情を踏まえ、御協力をよろしくお願い致す所存であります」

支店長は國場組の幹部社員たちの心を上手く持ち上げて、全員の気持ちを捕えて放さなかった。相手の感情に訴え自尊心をくすぐる話術の巧みさを持っていた。今回國場組との橋渡しを成功させた仕掛け人としての自負も窺えた。話を聞きながら私はたとえ僅かでも、プロモーションビデオの製作意図が的中し、その効果が老練な支店長の言葉を通して語られるのを聞いて、思わず砂辺ディレクターと山入端《やまのは》カメラマンの被写体を追う、仕事ぶりを思い出さずにはおれなかった。

支店長の話を引き継いで國場常務が立って話を始めた。常務は張り切っていた。海外工事という夢の実現に向けて、社内で先陣切って道を切り開いてきた常務は、感慨を込めて話を切り出した。

「二、三年前からサウジアラビアを主体にその他二、三の国々で技術者や職人を派遣することで徐々にではありますが、現地に出かけての海外工事の経験を積みつつあります。しかし県内ならいざ知らず、資材の調達から設計、施工、監理まで一貫して自らの責任で行なうことは今回が初めてです。これは我が社のみならず、今後沖縄から海外工事に出かけるに際して、貴重な試金石となることと間違いありません。今回のプロジェクトは第一線で働く現場の人たち、そして後方で支援する人たちの自覚と勤勉と努力に負うところ大なるものがあります。沖縄には自ら創り出す産業がまだ未熟です。そこへいくと我が社は自分たちの知識と経験で磨いてきた技術を持っております。その技術のノウハウを輸出するという自覚を皆さん一人一人が持って欲しい。國場組もこれだけの規模になってくれば県内市場のみでは五年後、十年後の先を読むことが難しくなってまいります。将来は海外と国内市場の二つを車輪の両軸に上手くバランスを取りながらやってゆかざるをえません。今回丸紅さんから結構な仕事の引き合いをいただいております。私どももいつかは御一緒に仕事をしたいと考えておりました。いよいよ実現の運びになりました。これからデザインや設計、諸々の準備をすることになります。皆さんの働きに負うところ大なり。自覚を持って取り組んでいただきたい」

海外進出は、未知への挑戦、請け負い金額の大きい分だけ一歩間違えば経営上大きな損害を被るに違いなかったが、常務は淡々と話を締めくくった。企業家としての風格を臨席した幹部社員たちに印象付けていた。

支店長と常務の挨拶が済んだ時点で、プロジェクトに対し双方合意に達し、國場組全社を挙げて取り組む意志の確認がなされた。居並ぶ社員たちは一同沈黙したまましわぶき一つ聞こえなかった。私は間を見計らうかのように数名の女子社員にコーヒーを各席に配ってもらった。それを潮時に、支店長と常務が退席すると、詳細を知らない事務部門の幹部社員たちに対して、関氏から「メスラ地区開発工事の概要」と題して一枚のコピーが配られた。要約すると次の通りである。

一、開発計画名　リビアアラブ共和国、メスラ地区開発計画
二、発注者　リビア石油公団
三、コンサルタント　マイケル・ブラザース・エンジニアリング・カンパニー

（米国）
四、開発場所　ベンガジの南南東約五五〇キロ地点（リビア砂漠のメスラ地区）
五、工事内容　メスラ地区油田のポンプステーション並びにキャンプ施設の
　建設と、原油積み出し港ラスラヌフまでのパイプライン敷設工事
　A、原油パイプライン　三八二キロ
　B、ポンプステーション　四ヶ所（建物十六棟、延２３２４㎡）
　C、タンク　原油　四二〇〇〇キロリットル　一基
　　　　　　原油　六七〇〇キロリットル　二基
　　　　　　水　　四二〇〇キロリットル　二基
　　　　　　水　　五〇〇キロリットル　一基
　　　　　　燃料　八五キロリットル　一基
　D、キャンプ　キャンプ建設　一六棟（延４６６５㎡）
　　　　　　　事務所建設　三棟（延　５１１㎡）
　　　　　　　その他建設　一二棟（延８９４９㎡）
　　　　　　　合計　三一棟（延１４１２５㎡）

顎が張って眼が細く、一見猛牛を思わせる頑強な体つきの辻次長は、ワイシャツの両袖を肘までめくって、やおら立ち上がり説明を始めた。

「このプロジェクトは国際入札と長期の交渉《ネゴ》を経て、日本鋼管と丸紅が落札をしました。施設の心臓部にあたるポンプステーションと貯蔵タンク、それからパイプラインの敷設は日本鋼管、そして石油公団の二百五十名収容可能な従業員キャンプは丸紅が担当することになりました。

日本鋼管は下請けとしてレバノンのパイプライン敷設の専門業者ザッケムを、丸紅は國場組さんをそれぞれ選定しました。

ここに明記してあります概略はA、B、C、Dの四つの部分に工事が分けてありますが、今回丸紅が受注致しました工事は、それらのうちDのキャンプの部分であります。

このプロジェクトが完成して操業できるようになりますと、日産二五万バーレルの原油を地下からポンプアップして汲み上げる計画です。そこでは常時二百五十人の人間が働くことになります。そのための宿舎を十六棟、その他に二百五十名収容のできるメスホール、それからモスク、映画館、スイミング・プール、サッカー場、テニス・コート等の娯楽施設、そしてキャンプ・エリアに隣接してインダストリアル・エリアを造ります。それはモータープール、ウェアハウス、メインテナンス・ショップ等で構成されております。とにかく何もない広大な砂漠の中にキャンプ村とワークショップを造ってもらいたいのです。

受注が決まりましたからには早速にでも各建物のデザイン、施工のための見積りを開始して欲しいところですが、近々のうちにはリビアから最新の仕様書と図面が到着すると思います」

辻次長はそれから白板に貼り付けた北アフリカの地図で建設予定地とリビア国内の地理を補足して説明を終えた。

アフリカの砂漠の中での工事、いやがうえにも夢とロマンをかきたてられる話に幹部社員たちは真剣な表情で説明に聞き入った。

砂漠の中で、英文の仕様書と図面を用い、外国から資材を調達して、遠い地球の反対側に大勢の日本人と第三国人の職人たちを連れて行って工事を行なう。マンパワーの総勢は四、五百人。困難は予想できる。長年米軍工事の経験を積んできた國場組といえども海外工事の経験は無きに等しい。しかし場所がどうあれ工事を行なう企業にとって困難はつきもので、それよりも企業がまず望むのは達成すべき経営目標を与えられることである。企業はその目標達成のために全力を傾注して取り組む専門家集団だ。彼らが恐れるのは、まずもって達成すべき何らの経営目標を与えられないことである。仕事が途絶えて次の仕事待ちをしている宙ぶらりんな手持ち無沙汰の状態、さらにはそういう状況を生み出す社会の経済的不況を何より恐れた。

県内には一人親方の零細企業を含めて四千余りの建設業者がひしめき合って工事量の限られたパイを奪い合っている状況がある。よほどの特殊技術を必要とするのでない限り、どの業者も一般的な建築物の施工に関してはそれ相応に実力をつけてきている。そして県内市場では大型工事になれば、数社の共同施工方式がとられ、請け負い金額の細分化が行なわれる。國場組グループも八百名からの従業員を抱え、事業を維持発展させるために自ら仕事を造り出したり、あえて他業種へ経営の多角化を計ったりして、積極的に組織を活性化せざるを得ない状況にあった。現状維持で足踏みを続けることは容認できなかった。絶えず前進を重ね、成長発展すべき宿命を背負わされていた。沖縄の状況と企業の置かれた立場を踏まえて、好むと好まざるとにかかわらず國場組も海外進出の必要性に迫られていた。

後日、國場組と丸紅の間でメスラプロジェクトの請け負い契約が結ばれた。プロジェクトの開始である。企業組織を総動員して施工の準備が進められた。そして建築、土木、電気、設備、測量、事務系スタッフからなる十名の社員と職人を第一陣としてリビアに派遣することになった。事務系スタッフの一員として私もその中に含まれていた。

半年後、出発の日は、地元新聞社のカメラマンや同僚たちが私たちにまぶしくフラッシュをたいた。会議室には出発する十名全員と建設事業部の役員と部長たち、そしてプロジェクトの関係者五十名程がすでに集合していた。会議室の正面には「第一陣壮行会」と墨書きされた横断幕が掲げられ、やがて式が開始された。熱を帯びた役員の音頭で万歳の三唱が行なわれた時には、長いこと心待ちにしていた出発であるにもかかわらず、心の片隅ではなぜか昔の出征兵士も同じような見送りを受けたのではないかとふと考えたりして、もはや私は後に退けない戦争に行くのかと思った。

砂漠にて

一

五時に起床した。スリーパーの外は真っ暗で昨日までの天気がまるで嘘のように風が強かった。私は洗面を済ませると、今日ジャロに同行してくれる森根さんと朝食をながしこんだ。森根さんは食事が済むと、まだ砂漠に不馴れな私のために、メスラとジャロの間の地図を描き、それにルートを描いて道順を説明してくれた。食堂コンテナの外では、タイ人のメカニックが懐中電灯を手にドラム缶から私たちの二台のジープに給油をしていた。

森根さんは、二日前に私をスルト湾に面した港町ベンガジから、六〇〇キロ南の砂漠のメスラに連れてきて今日また途中の村ジャロに引き返すのである。メスラからジャロまでは約一五〇キロの砂漠の旅となる。今日の旅の目的はベンガジ経由で日本からやってくる数人の職人たちの出迎えと、食料や燃料の調達である。二日前ベンガジを発つ時に、今日のジャロでの出迎えをベンガジ事務所とすでに約束をしてあった。

メスラのキャンプでは食料と燃料がいつも不自由であった。三十人余りの人間が生活していながら本格的な仮設キャンプの資材がいまだメスラに搬入されず、間に合わせの現在のキャンプ施設には相応の冷蔵設備がないために食料の大量調達ができず、ジャロとの間を足繁く通う必要があった。それは燃料についても同様であった。普段は渉外担当の宮良さんが調達関係を一手に引き受けてくれているのであるが、数日前から生憎風邪をこじらせて寝込んでしまい、森根さんが一緒だということで、代わりにまだ砂漠に不馴れな私が急遽行くことになってしまった。

私たちはジャロの南にあるこのメスラという油田地帯ですでに工事を始めていた。メスラは広大なリビア砂漠のど真ん中に位置し、そこにはリビアの石油公団によって一五キロ四方に原油の井戸が約百ヶ所掘られてあった。そこに巨大なポンプステーションを建設し、汲み上げた原油を地中海のスルト湾に面した原油の積出港ラスラヌフまで約三八二キロの距離をパイプラインで送り出そうという計画が、私たちの従事しているメスラプロジェクトである。

そのプロジェクトは国際入札と長期の交渉《ネゴ》を経て、日本鋼管と総合商社丸紅の連合軍が落札をした。施設の心臓部にあたるポンプステーションと貯蔵タンク、それからパイプラインの敷設は日本鋼管、そして石油公団の二百五十名収容可能な従業員キャンプは丸紅が担当することになった。日本鋼管は下請けとしてレバノンのパイプライン敷設の専門業者ザッケムを、丸紅は沖縄の國場組をそれぞれ選定した。それを受けて國場組は三か月前に第一陣として石嶺英義を現場副所長とする建築、土木、電気、設備、測量、事務系スタッフからなる十名の社員と職人をリビアに派遣し、その後順次工程に合わせて日本人の社員、職人そして第三国人のマン・パワーを現地に送り込んでいた。

「予備の燃料を持ちましょうか」と、私は車を覗いて所持品の点検をしている森根さんに尋ねた。

「満タンですから大丈夫だとは思いますが、持つに越したことはありません」

と、森根さんは頷いた。

私は水を五リッター、ディーゼル燃料を約一五リッターほど入れたプラスチックの水缶をそれぞれ一缶ずつ後部ドアから積み込んだ。

「水と予備燃料の水缶は助手席の床に置いた方が無難です。車がジャンプしたらことですから」と、森根さんは自分の車の運転席から私にアドバイスを与えた。

私の運転するジープはサンドタイヤを装着した四人乗りのトヨタ・ランドクルーザーの黄色いディーゼル車である。エンジンをかけるとその音がいかにも新車らしく聞こえ、砂漠を、それも初めて新車で長距離ドライブすることに私は胸のときめきをおぼえた。

その時、食料コンテナの入口の両脇にある小さな菜園で散水をしていた設備の山城さんが、「玉城さん、砂嵐の日に出発して大丈夫ですか」と、私の出発を案じてくれた。

私は水缶を移動しながら、「なにせ『砂漠の銀狐』の異名を持つ森根さんがついてます。それに地図を描いてルートも説明してもらい、コンパスも持ってますので大丈夫です。そうですね森根さん」と、肯定の返事を促した。

森根さんは右手の人差し指と親指でＯＫの合図を送ると自信ありげに頷いた。

「森根さんが一緒だというのなら心配ないでしょうが、このような天気の日には、寝袋と水、それから弁当を忘れちゃいかんですよ」

「いろいろと持ってます。まず寝袋、スコップ、水、予備燃料、それから磁石、さらにはジャッキアップの下敷き用板切れまで。これだけ持てば大丈夫でしょう」と、私は車内を覗きながら返事をした。

「この砂嵐じゃ途中で弁当は食えません。ジャロでパンでもかじりましょう」

森根さんは私のそばに来て言った。

「このあたりは砂が深いから、今日は特別にマン・キャンプを突っ切り、その外れの出発地点からスタートしましょう。メスラからまっ直ぐ北を目指せばいいだけの三時間の単純なルートです。なに少々の風は心配ありません」

森根さんは地理に自信たっぷりなので、私は改めて頼もしい相棒を得た心持ちであった。リビア生活が長く、これまで砂漠の奥地で道なき道を開拓してきた森根さんの砂漠感覚からしてみれば、メスラとジャロの間はレールの敷かれた安全なコースだという理解がその口振りから窺えた。

森根さんは普通マン・キャンプを横切らないのだ。なぜなら、雑多な国籍の人たちがいるキャンプに盗難はつきもので、もしもの時あらぬ嫌疑をかけられないためにも、いつも用心深くするにこしたことはないと二日前にギブリ入りをした時話していたのを思い出した。その時もマン・キャンプを横切らなかった。ところが今日は私のためにあえて分かりやすいルートを教えてくれているのだと理解した。

東の上空が白み始める頃、砂塵のもやの中を職人たちが食堂コンテナに向かった。私たちのジープは、「丸紅コーポレーション」と英語とアラビア語の木製の看板の掲げてあるやぐらの下を通ってメスラのキャンプを出発した。

マン・キャンプは丸紅キャンプから四キロ北にあった。それは青いコンテナ宿舎が四棟と発電機の設備があるだけの小さなキャンプであった。ちょうど私たちがさしかかった時、明かりの灯った外灯のそばのスリーパーから防寒服に身を包んだ禿頭の大男のドイツ人が現われた。森根さんが警笛を鳴らすと男は手を振って微笑んだ。キャンプボスのユン・マイケルだ。

メスラのマン・キャンプはベンガジと交信のできる小型の無線機を持っていた。普段ジャロで落ち会う時には、マンの無線機を貸してもらってベンガジ事務所と交信をしてからキャンプを出発するのである。ところが今日は気象状態が悪く無線が使えないのだ。それに朝六時のこの時間だと八時始業のベンガジ事務所はまだ誰も出勤をしていない。

マンは國場組の資材や建設機械の輸送を請け負っている西ドイツの会社で、このメスラにあるマン・キャンプは、ザッケムが使用する鋼管資材の集積所の一つであった。マンはここから五〇キロ南のサリルの油田地帯で、メスラプロジェクトと同様のプロジェクトをすでに完成して、この時点でリビアにかなりの輸送手段を保有していた。ザッケムもまた工事の立ち上がりのこの時点で自前の輸送手段を持っていなかったので、六〇〇キロ離れたベンガジ港とこの集積所の間をマンに資材の輸送を請け負わせていた。マンの小さなキャンプの前面には、広い範囲にわたって直径七〇センチ程の長い鋼管が台形の山をなして積み上げられ、それが幾列にも整然と並べられていた。やがて工事が始まるとこの鋼管が地中海に面したラスラヌフをめざして砂漠の中を三八二キロも埋設されていくのである。

マン・キャンプの出発地点に来た。それを示す標識の横に私たちは二台並んで車を止めた。そこは風が強かった。見渡す限りの広い砂漠を漂砂が音もなく西から東の方角に流れていた。強い風速にもかかわらず漂砂の動きは見た目にはなぜかゆったりとしたスローモーションなのだ。それは地表二〇～三〇センチの所をまるで煙が這うようにして静かに移動していた。大気は砂塵で霞み、太陽は輝きを失いぼんやりとした茜色をしていかにも不気味だ。

「まるで生き物のようだ」

私はつぶやくと、息をひそめて漂砂に見とれていた。

「玉城さん」と、森根さんはガラス窓を開けて私に言った。

私も窓を開けて、森根さんに顔を近づけた。

「突然改まったことを言うようですが、これから先の行動に関して、万が一のために約束をしてくれませんか」と、森根さんはかしこまった顔つきをして言った。

「私の勘と判断を一つ無条件に受け入れて欲しいのです。砂漠での旅が常に死と背中合わせだと言うことを理解していて下さい」

私はけげんな表情を浮かべた。

「この気象では危ないということですか」

「砂漠の気象は急激に変わります。よくあることです。キャンプでは気づきませんでしたが見て下さいこの漂砂を」

私はこの先ジャロまでの道程が容易でないことをすぐに察知した。

「船長はあなたです。あなたの判断に異議を唱えるつもりはありません」

私は即座に返事をした。普段から森根さんの明るい性格が好きであったし、それに二日前メスラに来たばかりで、砂漠についてまだ何も知らない以上、私にはそう言う以外に言葉が見付からなかった。

「一つ参考になる話を聞かせましょう」と、森根さんは言った。

「先月メスラから二〇〇キロ程南下した砂漠でパキスタン人がジープの故障が原因で死体となって発見されました。直接の死因は餓死です。戒めもあったのでしょう、死体がメスラのキャンプを通過して運ばれました。ラジエターの錆水まで飲んであったそうです。砂漠で遭難したら事は重大です。時には生死にかかわってきます。今ならまだキャンプに引き返せます」と、森根さんは私の表情を覗いて言った。

森根さんから視線を外して前方を見ると空は暗い砂色をして低い。そこにいざ踏み出すとなると、何が待ち受けているか分からないような不気味さを感じた。振り返ると、丸紅キャンプは砂塵に霞んで見えなかった。私はドアを開けると外に出た。風上に向かってまともに立つと、風の圧力は勢いがあった。まるで流れの速い大河の浅瀬に足を踏み入れたような気分になった。膝から下には漂砂が押し寄せて裾を激しく煽りながら、ズボンをべったりと脚に張り付かせていた。

「森根さん自身はどうですか」

私も森根さん次第だと言わぬばかりに問い返した。森根さんは肩をすくめてあくまで私次第だと言う。私は目を細めてニコリと笑うと車に戻った。

森根さんは私よりはるかに年配ではあっても常に國場組の社員としての私の立場を立ててくれているところがあった。國場組は沖縄という小さな島国の風土を反映して、さらには同族企業であるせいか社風として社員と雇員の関係は、なんとなく家族的な雰囲気があった。特に海外で生活をするとそのことはいっそう顕著であった。

「食料を持って来なかったのはちょっと気がかりですが……しかし、せっかくここまで来たのですから前進しましょう。わざわざ沖縄から来る職人たちを砂嵐の中ジャロで待ちぼうけをくわせるわけにもいかないでしょう。彼らはアスファルト道路を南下して来るのですから砂嵐の中でもジャロにたどりつけるはずです。それに書いてもらった地図と精度のいいこの磁石を持ってますからまず大丈夫です」と、私は座席のそばに置いたそれをたたいて見せた。

森根さんはゆっくりうなずくと、

「それじゃ私の判断に従うという先程の約束はきっと守って下さいよ。それから万が一はぐれた時には、ジャロのホテル前で落ち合うことを忘れないで下さい」

と、念を押して確認をした。

私は分かりましたと大きく微笑んでうなずいた。ところが、二人のやりとりとは裏腹に、その時私は内心全く別のことを考えていた。一種の願望であった。それは日常的な生活から脱け出したいという願望である。その時に限らずその考えは大分以前から私の中にあった。たとえ危険ではあっても非日常的な思いがけない光景に触れたいという憧れを私は常に抱いていた。それはまさに直面している現実であり、目の前の砂漠に対して、私の目と腕と足とで砂漠の未知の世界に踏み込みたいという冒険心であった。その思いはいつも私の胸の奥にしまわれていた。

「普段私一人だとジャロに一直線に進むのですが、帰りは玉城さん一人で運転しなくてはなりませんから、今日は地図通り正規のルートを行きましょう。なに馴れたルートです。心配は要りません。ついてきて下さい。大荒れにならないうちに到着したいので少し急ぎます」

森根さんはそう言うと、リビア入国以来伸ばしているという白髪混じりの髭を手で撫でつけた。私は手帳とペンを取り出して、大急ぎで走行距離と時間を記録するとそれをポケットにもどし、左の指先に口をすぼめてふっと息を吹きつけた。それから両手でアポロ帽をきちんと被り直し、改めてシートベルトの締まり具合を確認した。

「それじゃ出発します」

森根さんはぴちっと敬礼をするような仕種で私に声をかけると、窓を閉じ分厚いサンドタイヤで砂を後ろに跳ね上げるようにしてジープを発進させた。私も窓を閉じるとギアを四輪駆動にセットしてすぐに森根さんの後を追った。

　砂漠にできた道路は、トレーラーの深い轍が刻まれていて運転がしづらい。それに捕まりたくなければ処女地を選ぶことである。ジープは重心が高く、転倒を防ぐためにもそれは必要であった。私たちは、懸命に轍を追って、それと並行に車を走らせた。途中砂の深い所では更にアクセルを踏み込んだ。停車をすると底が着いてしまうのだ。私は今、大海に乗り出した感じであった。そこは自由な空間であり、目の届く限りどこまでも真っ平らな砂地であった。

　メスラとジャロの間は一面の砂漠で途中メスラから五〇キロの地点に黒煙を放つ原油の集積所があると森根さんは言っていた。普段の日は二〇キロ手前の地点から地平線に沿って低くたなびく黒煙の帯が発見できると言う。今日は生憎視界が悪く、それを目印にはできそうもない。その集積所を起点として、マンの標識が一キロ間隔で北のジャロの方角に伸びているらしい。私たちはまずその集積所をめざした。

　四〇キロを支障もなく進んで行った。風は突然吹き荒れたかと思うと徐々に衰えて、再び強く吹き出した。それは強弱を繰り返している。その度に地平線が消えては現われ、そして地表と空間の区別がついたりつかなかったりした。この風だと現場の職人たちは部屋で待機をしているであろうと思いながら磁石に目をやると進行方向は真北を指している。磁石は、ちょうど麦わら帽子のような形をしている。鉄製のひさしがあり、透明な液体の詰まった直径一〇センチ程の球形のガラスの中で円盤形の羅針盤が緩慢そうに動いていた。

マン・キャンプから五〇分が経過した頃、遠い前方を黒煙混じりの風が左から右に吹きぬけるのが見えた。森根さんは、それを合図にジープの方向を風上に向けて丘陵を幾つか越した。やがて一キロ程前方に集積所が霞んで見えた。ガスを燃やすための細長く高い煙突からは炎が真横に伸び、黒煙はすぐに風の中に霧散してしまった。私たちはその黒煙を潜った。マン・ルートの標識を見つけるとジープを止めて小休止をした。標識は高さ二メートル程の太いパイプにピラミッド形の黄色い帽子を被せてあり、砂嵐にも耐えそうな奴で、帽子に「1」の数字が黒々とペイントしてあった。森根さんはクラクションを鳴らして私に合図をすると、ここがマン・ルートの標識の起点だ、とそれを指し示した。私は再び手帳を出して時間と走行距離を素早く記録した。

風は次第に強くなり、視界は二〇〇メートル程に落ちている。二台のジープは次の標識を目指した。標識の間隔を確認するために目は絶えず距離計に走った。砂を払うためにワイパーを作動させた。この地点あたりから森根さんも大分苦戦しているものと思われた。標識を見失わずに、確実に追跡するためにはせいぜい数百メートル先の地形を見て、砂の深くない所を選んで運転しなければならないから苦労するはずであった。先陣切って砂嵐の中を突っ走る森根さんの懸命な後ろ姿が、これほど頼もしく感じられたことはなかった。

森根さんは目当ての標識を次々と見つけていった。右手に現われていた標識が時々左手に現われたりした。地表の起伏を避けているうちに直線コースから外れてしまうようだ。一キロ先の目標物を目指して進むというのは磁石だけでなくやはり視界の助けを借りなければならなかった。ところが五〇メートル離れていても森根さんのジープを見失うことがあった。スピードがあったので後ろからついて行くだけでもやさしいことではなかった。それでも二台の車は二十五番の標識を通過した。私は前方と距離計を注意深くにらみながら次の標識を期待して待った。気持ちはミスを犯すまいとする緊迫感に支配されていた。

誰も手を差し伸べてくれるもののいない甘えを許さない状況が、緊張を伝えていた。自然の狂暴さの中に次第に深入りしていることを実感した。

地表の起伏の影響をもろに受けて時々車体が高くバウンドをした。寝袋やスコップ、板切れ等が着地と同時に車の前方に突進して来た。同じことを繰り返したが、スピードを緩める訳にはいかなかった。ある丘陵で車が特に高くバウンドをした。スコップや板切れが大きく跳ね上がって、落下と同時に大きな音をたてた。水缶も跳ね上がって床に転んだ。その時ディーゼルが臭った。見ると水缶から液が漏れている。私は舌打ちをした。森根さんを呼び止めるために一気にアクセルを踏んでスピードをあげた。

「森根さん待ってくれ！」

クラクションを鳴らし、同時にヘッドライトの点滅を繰り返して全身で合図を送ったが、いたずらにジャンプを繰り返すだけで、森根さんに知らせることはできなかった。ディーゼルの臭いが車内に充満した。

「今に気づいて戻って来るさ」

そう言い聞かせると、急いで車を止めた。私はシートベルトを外すのももどかしげに上体を伸ばすと、素早く水缶を助手席の床に立てて並べた。こぼれたのは少量であった。溜め息を漏らしながらまた急いでシートベルトを締めた。足元に磁石が転がっていた。取り上げると、思わず悲痛な叫びを発した。ガラスが割れて羅針盤が作動しなくなっていた。悲壮感が全身を支配した。にがい胸苦しさを覚えた。しかし、立ち止まって悲観している余裕はなかった。気を取り直すと風向きを頼りにしてすぐに森根さんの後を追った。一キロが過ぎた。だが森根さんも、標識も現われなかった。再びライトをつけ、クラクションを力いっぱい鳴らし続けた。見つけることはできなかった。ほんの僅かな間の出来事であった。

「先程の標識に戻ろう」

私は車をUターンすると消えかけた轍を追って二十五番に引き返した。時間は途中の集積所から三〇分が経過していた。エンジンを切らずにライトをつけ、クラクションを鳴らしたまま、注意深くあたりに気を配った。打開の糸口を見つけることができずに途方に暮れていた。いつまでもエンジンをかけっぱなしにしておく訳にもいかずやがてエンジンを切った。まるで道に迷って不安げにべそをかいている子供同然であった。しばらくすると、二〇〇メートル程前方にトレーラーらしい車体の輪郭が見えてきた。ガラスを拭いて目を凝らすと、大きな荷を積んだトレーラーであった。建設機械らしい物を積んでいる。やがて風の切れ目に、建設機械の赤い胴体にペイントされた白い丸紅のマークも見えてきた。丸紅のバックホーを積んだマンのトレーラーだ。砂嵐の中、思いもかけず救われたような気がした。すぐにエンジンを始動させヘッドライトをつけるとそれに向けて急いでジープを走らせた。トレーラーの運転手はジープに気がつくとヘッドライトを点滅して合図を送ってきた。私も同様に合図を送った。そしてジープを停車すると、外に飛び出してトレーラーのドアに駆け寄った。運転手はジープのドアの丸紅のマークに気がついたのであろう、助手席のドアを開けると私を中に入れてくれた。私は英語と身振りで標識の方向を尋ねた。しかし言葉が通じない。ところが彼は事情を察してくれた。親切にも次の標識までジープに同乗して案内をしてくれた。彼はポーランド人であった。目当ての標識にたどりつき、二十六番の数字を確認すると、私はUターンをして再び彼をトレーラまで送り届けた。その時、彼とメスラに引き返すという考えも頭に浮かんだが、森根さんだけを先に走らせて引き返すことはできなかった。途中彼の言葉から「丸紅」「ベンガジ」「メスラ」の固有名詞が聞き取れた。ベンガジからメスラへ丸紅のバックホーを運んでいると言っているようであった。別れ際に私は握手をして礼を述べた。そしてすぐに二十六番に引き返した。

森根さんが引き返してくるまで、ここで待っているべきだと考えた。きっと戻ってくるであろうと信じて疑わなかった。私を懸命に捜しているであろうと思い続けた。そう思うと迷惑をかけてすまない気もした。十五分程待った。誰かが平手で強く車体を叩いているのかと思われるような吹きすさぶ砂嵐の中でじっと待ち続けることは耐えがたいことであった。視界が効かないので捜しようがないのではと思った。そう思うと地図を頼りに自力で先に進むことにした。それだけが唯一の方法のように思われた。

視界は地表と空間の区別が全くつかなくなってしまった。標識を見失うことは面倒であった。しかし何とか二十七番を通過することができた。ところがジープはその後二キロ走ったが、また次の標識を見失ってしまった。指先に息を吹き付ける仕種が多くなり、その仕種がさらに私を不安にかりたてた。ハンドルは風圧を感じてよくぶれることがあったが、意図して向きを変えた覚えはないので、そのまま前進することにした。更に一キロ過ぎるが標識は現われない。ウインドシールドには速度に比例して砂が集中して吹き付けてきた。ガラスが曇った。ぼろぎれで拭くが内側の曇りではなかった。

風は一貫して左の方角から吹き続けている。突風が車体を襲う度に、風圧が手応えとしてハンドルに敏感に感じられた。その時ふと車が風下に押し流されているような気がした。右手にばかり現われていた標識が突然左手に現われた時、地表の起伏を避けているうちに直線コースから外れてしまうようだと考えていたのであるが、それはどうも風圧のせいだと思い始めた。しばらくして、砂の硬い所でジープを停めた。視界は車の周りわずか二〇メートル四方程になっていた。

（どうやらルートを見失ってしまったようだ……）

私は不安に囚われながらつぶやいた。もはや方角の決定は太陽の移動を基準にするしかない。メスラからの方角と距離から大まかな現在地を頭に描き、それをもとに車を走らせなければならない。しかし車が正常に動いているので、まだ気落ちするには及ばないと、私は強く自分に言い聞かせた。砂はジープを押し潰さんばかりに、すさまじく吹き荒れている。リビア人は砂嵐のことをギブリと呼んだ。私は眉をひそめてその音を聞いていた。

私はハンドルを握って深い溜め息をついた。距離計によると八〇キロ走っている。燃料はすでに半分を費やしていた。ジャロは北で、そこから砂漠を南下するアスファルト道路は西にある。私は持ち合わせの知識を動員してあれこれ思案をした。そして無謀を承知でまた風向きで方角を決めると、北と西の中間をとって北西の方角にジープを走らせた。次第に上空の砂の密度が濃くなりあたりが夜のように薄暗くなってきた。ヘッドライトをつけると明かりの束の中は砂が滝のように激しく吹きつけて見えた。車体がジャンプするたびに、車内に積もった分厚い砂がもうもうと宙に舞った。このまま走ってほんとにジャロに着けるのであろうか。不安が私を孤独にした。それを振り払うかのようにヘッドライトのビームを高い位置に切り換えた。すると眼前の景色が数倍も白く輝いて迫ってきた。その時ふとカメラのフラッシュが頭に想い浮かんだ。

出発のその日は、地元の新聞社のカメラマンや國場組の社員たちが私たちにまぶしくフラッシュをたいていた。会議室には今日出発の十名全員と建設事業部の役員と部長たち、そしてプロジェクトの関係者五十名ほどがすでに集合していた。会議室の正面にはられた「第一陣壮行会」と墨書きされた横断幕とその式順を見ていると、なぜか昔の出征兵士も同じような見送りを受けたのではないかとふと思ったりした。やがて壮行会が開始された。まず國場幸一郎常務が挨拶に立った。常務は張り切っていた。困難を克服しての国際舞台への進出であり、長年の夢の実現であると言った。それから中島プロジェクト・マネジャー、そして人事部長の挨拶が行なわれた。第一陣の使命と士気を鼓舞し、今回のプロジェクトが会社のこれからの発展にとって、如何に重要であるかその意義を強調する内容の挨拶が続いた。昔は国のために兵隊が外地に駆り出され、今の世は企業のために社員が外地に送り出されるのであろうとふと思ったりした。しかし世の中は代わっても、大勢の関係者が出発隊を激励して送り出すということは、ありきたりの儀式のようではあるが、送り出される本人たちの自覚を促す意味では大事なことだと改めて感じさせられた。無意識のうちに頑張って仕事をしないといけないと決心をしている自分に気づいたからだ。やがて大勢の社員たちで会議室は一杯になった。熱を帯びた取締役の音頭でプログラムの最後の万歳の三唱が行なわれた。その時にはもはや私たちは、やはり後に引けない戦争に行くのかと思ったりした。

小屋が前方に現われ、傍らには高い鉄塔が霞んで見えた。目を疑ったが確かに鉄塔である。近づいて車を止め警笛を発するが反応がない。小屋はトタン造りだ。私は無性に人に会いたい欲望を感じ、ハンカチでマスクをすると車から飛び出した。すぐに風の圧力が襲ってきた。風は強弱がなく一定の強い風速で吹き荒れていた。大気が吠え、足元からは砂が渦のように吹き上げて乱れに乱れていた。腕を曲げて顔をうずめると背をかがめて歩を進めた。息をするのも難しく、目を開けることもできなかった。手探りで行く小屋までの距離が長く感じられた。小屋の屋根のトタンがパタパタと風に弄ばれているのが聞こえた。ドアの取っ手は針金で縛られていた。風の頃合いを見計らってドアを開けた。覗くと中は暗く砂だらけで何もない。車がないので人がいなくて当然だとは思いながら、身を引いた途端、風がまともにドアを叩いた。風圧で上下二つの蝶番のうち下の蝶番が外れドアは安定を失った。それが私の脹らはぎをしたたかに打ちつけると、すぐに足をすくって弾き飛ばした。その瞬間頭から帽子が消えた。風が荒々しく小屋に押し入り、屋根のトタン一枚を紙切れのように宙に舞い上げた。二枚目が舞うのも一瞬のうちであった。私は尻をついて唖然と宙に舞うトタンを見上げていた。マスクが外れて口の中は砂だらけだ。歯を噛み合わすと口じゅうでパチパチと砂のつぶれる音がする。目にもいっぱい埃が入ってしまった。私は危険を感じて腰を上げると車に向かった。ところが途中風に襲われてよたよたと小屋の壁に体ごとぶつかってしまった。弾みで小屋が揺れ、柱を支えた基礎石が壁ごと突然宙に浮いた。頭上近くで張りつめていた数本の細いワイヤが切断されて風の中に解き放されると、ピューン、ピューンと鞭のようにうなりをあげて頭上をかすめた。私は反射的に頭から砂に身を伏せた。その時一瞬遅れてパイプの長い鉄塔が、砂地にめり込むような勢いで側に倒れてきた。音のすさまじさは私の全身の毛をすっかり逆立たせてしまった。頭をもたげると、鉄塔は小屋を押し潰すようにして折り重なっていた。埃が目に入って痛く、涙で顔じゅうを濡らした。必死の思いで車に戻ると水を含んでは砂を吐き出し、水缶から直に水を飲んだ。目を開け続けることができなかったので薄く目を開けた瞬間瞬間の場面のみがコマ切れ的に記憶に焼き付けられていた。そして何度もハンカチに水を浸して目の埃を拭きとりながら、

「こんな地の果ての砂漠の中でむざむざ殺されてたまるか畜生め。死ぬ訳にはいかんのだこん畜生！」

と、目を真っ赤にして涙を流しながら、士気を鼓舞するようにつぶやいた。それはまた、砂漠の中で適切な行動をするだけの十分な知識を持ち合わせない自分に対するいらだちでもあった。しばらくして鉄塔は遠くからの目印で、小屋は避難所であろうと息を弾ませながら考えた。ほんの数時間たらずの間に色んな出来事が起きてしまった。自分の置かれた状況の急激な変化に戸惑いを感じながら、私は先を急いだ。

しばらく行くと低い砂丘にぶつかり風をはらんだ吹き流しを見つけた。

「砂漠の中に吹き流しが？」

砂丘は高くはないが車では越せそうになく、延々と一直線に続いていた。それに沿って車を走らせながら、断続的に砂丘の低い切れ目があることに気づい

た。そこからちらっと向こう側が見渡せた。そこには高い樹木があった。二度三度と確認をすることができた。

「砂漠に樹木とは珍しい！」

心が騒いだ。外に出て砂丘に登ってみることにした。ドアを飛ばされないように外に出た。砂丘は高さ約二・五メートル。一気に駆け登るとその低い切れ目から向こう側を覗いた。向こう側には踏切り型の遮断機がありそれがまず目についた。そしてその奥にはコの字形に建物が配置され周りに背の高い樹木が植栽してあった。窓に明かりが見えた。数台のジープもある。

「無人の砂漠に人がいる！」

遮断機の傍らに人影が見えた。私は溜め息を漏らした。相手が誰でも構わなかった。無性に人に会いたかった。すべては会ってからのことだと思った。私のすぐ鼻の先には砂丘に沿ってドラム缶がずっと並んでいた。そこは広い空間であった。五〇メートル程向こうにも直線状に砂丘が走っていた。それは人工の防風壁であった。その内側には一定の間隔でドラム缶が並び、その間の長い空間がどうやら滑走路のようだ。

　私は車に戻ると急いで砂丘の先端に車を走らせた。そこから滑走路に侵入すると、ヘッドライトのビームを高くして建物に向かって一気に速度を上げた。人影が遮断機の前で待ち構えていた。一人が仁王立ちになり左手で停車の合図をした。その時相手が兵隊であることを知った。銃床を右脇に挟み、銃口は下に向けている。もう一人はジープの左前方で片膝をついて銃身を構え、発砲の姿勢をとっている。仁王立ちの兵隊が地面に向けて二度発砲した。「パン、パン」という軽く弾ける音が聞こえた。一瞬間を置いて建物から三人の兵隊が銃を抱えてとびだしてきた。私はヘッドライトの明かりの束の中に、赤いベレー帽を被った兵隊の姿を間近に捕えて車を止めた。五人の兵隊たちは注意深く接近すると銃口を向けてジープを包囲し、一人が外に出るように合図をした。私は両手を挙げて外に出た。向けられた五つの銃口を見た瞬間、私の身柄は最早私の意志の範囲外にあることを知った。兵隊と視線が合うとボンネットに両手を置くように命じられて、大きく足を開かされた。兵隊の手が私の全身をくまなく探り、それから車内も調べられた。やがて異常のないことが分かると銃口を向けられても割と平気で、それよりも人に会えた安心感の方が大きかった。

「ウェア・ユー・フロム?」と、年配の兵隊が聞いた。

大声で告げる言葉が大気のうねりでかき消されてしまった。

「エクスキューズ・ミー・サー」と、私は兵隊の銃口に顔を近づけた。

「ここは軍隊の飛行場で立入禁止だ」と、兵隊は言った。

知らなかったことを素直に謝ると事情を説明した。二人の兵隊が顔を寄せ合って相談をする。疑惑に満ちた視線は、依然として私に向けたままだ。つい先程までは人のいる場所にたどり着いて安堵の溜め息をもらした私であったが、気持ちは兵隊たちの銃口や疑惑の視線から解放されてこの場を立ち去りたいという思いに変わっていた。

リビアにとって砂漠は唯一の国家収入を誕《う》みだす場所であり、そこが軍隊によって管理されていることは聞いていたが、それにしてもこの施設は何か重要な意味を持ち、そのための飛行場なのか。それとも飛行場のための単なる施設なのか。そういう思いが頭を掠めた。砂嵐の日にも見張りに立ちすぐに発砲をする兵隊たちのことを疑って考えると、銃を構えた彼らに対峙しながら、何か秘密めいた気味の悪さを感じない訳にはいかなかった。

「オーライ・ユー・キャンゴー」

兵隊が頭を傾げて合図をした。

「ユーノー・ザ・ウエイ？」

私は首を振った。兵隊はジャロへの道順を説明してくれた。それによると、西に三キロ行くとパイプラインにぶつかる、あとはそれに沿って右にまっ直ぐ行けばジャロだと言う。親切にも途中まで先導してくれた。兵隊たちのジープが引き返すと正直なところほっとした。

飛行場から四キロも教わった通りに車を走らせるが、パイプラインは見つからなかった。兵隊たちはそれは直ぐそこだと言った。しかし彼らにそう言われても、素直に信じることはできなかった。あたかも地平線の彼方が深い崖になっていて、ややもするとそこから転落しそうな恐怖が私にはあった。

「見つからない」

指先に息を吹き付けた。車を走らせながら体をねじって後ろを振り返ると、左右の窓ではガラスの表面を砂が後方へ激しく飛び散っていた。後部の窓だけは視界がきき、ジープの轍が続いているのが覗かれた。

「兵隊たちの所にあえて戻る気はないが、この砂嵐では仕方がない。飛行場に引き返そうか。轍もあるし、今ならまだ間にあう」

時間は九時三〇分だ。約束の時間までは後四時間半。これまで約一三〇キロ走っていることになる。時間や距離からするともう目と鼻の先まで来ているのだ。兵隊たちの説明では西に三キロ行って後は右にまっ直ぐだと言った。その通りに行ってみよう。大事な判断の時だという気がしたが、飛行場には引き返さずに進み続けることにした。

「私は船長なのだ。責任を自覚して行動しなくては……」

自分を励ますようにつぶやいた。

大気がうねり風はさらに勢いを増していた。車体をたたく激しい砂の音がジープのエンジン音を凌駕している。ジープは砂の渦に巻き込まれ、横殴りの風に翻弄されたかと思うと、次の瞬間には滝壺に落ち込んだかのような土砂降りの砂に襲われたりした。すると車内には埃が舞い立ち砂の匂いが満ち満ちた。視界は砂で覆われて、地表も空間も全く見分けがつかなかった。目に映るすべてが怒り狂ったような激しい移動の最中にあった。とにかく形のある物は何も見えなかった。外にだけ注意を集中していると車の速度も皆目分からない。さらには自分がどこを走っているのか知覚できないことからくる不安も大きかった。狭い車中に長くいると目と耳の感覚が麻痺し始めた。気分が重く、夢の中にいるような錯覚を起こし始めた。水平走行のはずなのに上昇走行をしているとと感じ、時には車体が停止しているかのような思い違いに襲われたりもした。私はこめかみを指圧した。時々車体がふわっと浮いたかと思うと、次の瞬間にはすーっと沈んで行く。まるで雲の上を駆けているようだ。現実と錯覚の区別がなく、目と耳の感覚が完全に麻痺していると感じた。それから続けざまに滑らかな昇降運動を繰り返した。

途中、一瞬背筋に寒気が走った。砂丘地帯を走っていることに気づいたのだ。へたをすると車体が宙に舞うことになる。砂丘から転落するイメージが頭を掠め、顔から血の気が引いた。ところが砂が深くて車を止める訳にもいかない。掌がじっくりと濡れていた。

「メスラからジャロまではほぼ平坦地の丘陵地帯です。しかし東には山脈のように砂丘が走ってます。そこに入り込むと危険ですよ」と、地図を描きながら説明をしてくれた森根さんの言葉を想い出した。

その時、前輪がふいと上を向くと車は砂丘の急斜面を一気に駆け登った。

「うわっ！」と、腹の底から絞り出すような奇声を発すると、ハンドルを左に切った。とっさの判断であった。宙返りするのを避けたかったのだ。車は斜面を雪崩のように転がった。足が逆さになって宙に舞うと、一瞬力でねじ伏せられるような戦慄が意識を支配した。衣をまぶすように砂にまぶされながら、車体と共に体を上下に回転させた。

短いうめきを発した。もうろうとした意識の中で、車が砂丘の斜面で横倒しに停止しているのに気づいた。座席からシートベルトを外し窮屈な姿勢で体を起こした。エンジンの音は止んでいた。注意深く体をさすってみたが異常はなかった。大変なことになったという思いが頭に浮かんだ。

「起きたことは今さらどうなるものでもない……」

開き直っていた。不思議なくらい冷静な心の状態にあった。

「早く避難しよう……」

当面のことだけを考えるように努めた。ハンカチでマスクをすると後部のドアを開いて外に出た。息を殺してあたりを見回した。そこは深い砂丘地帯であった。

「砂漠はどこも道だとは思わんで下さい。砂漠のルートは時間と手間暇をかけて、危険な場所をさけて開拓されていることを忘れないことです」

森根さんの言葉が思い出された。私はまず車を立て直さなくてはならなかった。作業のために、車を回って状況を把握した。ついでに車体を調べると、左右のサイドミラーが壊れただけであった。そのことは私の気分を楽にしてくれた。車底が斜面の下向きになっている。車体の下の砂を掘り下げて勾配を付ける必要があった。スコップを取り出し、膝をついてその前にしゃがみ込むと作業にとりかかった。砂は柔らかい分だけすぐに周りから崩れてしまい掘り下げるのに時間がかかった。私は根気強く砂を掘り続けた。そして砂に足をとられながら渾身の力を振り絞って少しずつ車体を起こしていった。小一時間びっしょり汗をかいてどうにか車体を立て直した。

直面している目の前の現実に対して、非日常的な光景に触れたいという憧れが、さらには自分の足で砂漠の未知の世界に踏み込んだという喜びが、一瞬にして惨めな結果を招いたことに対し、自分の向こう見ずで若くて粗い神経に対して心から恨めしく思い、また素直に後悔されるのであった。

　キーを回してエンジンを始動してみた。エンジンが空回りをする。もう一度回す。また空回りをした。胸騒ぎを覚えた。フィルターに砂が詰まったのかと聞き耳を立て、祈るような気持ちでキーを回すと四度目にしてやっと始動した。二、三度強くアクセルをふかして、マフラーに詰まった砂を吹き飛ばした。ジープは前輪をやや上向きにして依然斜面の途中にある。ギアを四輪駆動のバックにすると慎重にアクセルを踏んだ。ジープは後ろ向きにゆっくりと斜面を滑った。作業用の実用車はタフに造られていると頼もしく思った。ところが砂丘の麓までどうにか車を移動した時、案の定タイヤをめり込ませてしまった。タイヤ周りの砂の掘り出しを改めてしなくてはならなかった。私はスコップでまた砂を掘り始めた。それからしばらくして作業の最中に今度はなんと死骸が出てきたのである。私は戦慄した。それはぼろぼろに腐食した衣服をまとっていた。掘り進むうちに、頭髪のついた頭蓋骨や胸骨も出てきた。内臓はすでに溶けていたが、大人のそれだと思われた。気味悪くは感じながらも、殺されたのか、あるいは昔旅をした隊商たちが行き倒れて埋葬されたのか、ついあれこれと来歴を厳粛な面持ちで空想してみるのであった。薄暗い砂嵐の中で、この死骸の由来が遭難であったらばと想像しただけで背筋が冷たくなり、身震いをすると、すぐさまそれを埋め戻してしまった。たまたま一体の死骸を発見したのであるが、この砂漠には遭難に結びつく無数の死骸が埋まっているかもしれないなどと思ってみたりした。死骸は砂嵐で一度砂に埋まってしまえばそれっきりのように思われた。

やがてタイヤの空気を抜き終えると、心の焦りを感じながらも、低速でかたつむりのようにゆっくりと、砂丘地帯からの脱出をはからねばならなかった。燃料計は残り四分の一を示していた。砂嵐の中でむやみに車を走らせたことを後悔した。安全な場所で嵐の止むのを待ち、飛行場へ引き返したほうが良いかと思った。現在地がどこで､どの方角へ進めばいいのか地理も確認したかった。「砂漠で道に迷ったら常に死と背中合わせです。時には生死にかかわってきます」などと注意を与えた森根さん本人が、結果としてそそっかしくも私を置き去りにしたことを考えると、その言葉を思い出して空言のようにふとおかしくなった。「砂漠の銀狐」というあだ名はひょっとして人をまくのがうまいから付けられたのではないかと意地悪く勘繰ってみたりした。前方を見ていると今にも森根さんがふいと視界の中に現われそうで、前を駆ける森根さんのジープの懸命な後ろ姿がまだ頭の中に焼き付いて離れなかった。

正午前、草の点在する場所を見つけ、小高い丘の風下で車の尻を丘に向けて駐車をした。この場所は吹き付ける砂が比較的少ない。丘は高さ一メートル位で低いがジープの底が埋まる心配はなかった。私はジープのマフラーにぼろ切れを詰めて砂の侵入を防ぐてだてをした。それから一人車内に息をひそめてたたずんだ。上空にはぼんやりとした太陽の輪郭があった。私は手持ちぶさたにポケットの砂を取り出したり、風の音を聞いたり、窓から太陽の移動を観察したりして時間との根比べに入った。

張り切って運転をしていたのに、砂丘での事故を境にして少々沈んだ気分になり、会社に対して悪いことをしたと後悔した。馴れない砂漠での旅は複数の車が一緒に行動すべきであったのだ。私はこのルールに違反したのである。砂漠を甘く見すぎていたようだ。砂嵐の中では車を止めてじっとしておくことが良いことは、道を見失わないためにも、事故を避けるためにもその通りだと思う。しかし目的地に着きたい一心の焦る心がなかなかそうはさせてくれないのだ。砂嵐の中でじっとしていることができるようになるのは、よっぽど砂漠に馴れてからでないと難しいと思われた。

五時。とうとう五時間余りも車内にたたずんでいる。日没まで後一時間余りだ。日没につれて風が冷たくなってきた。風の音を聞きながらここで一夜を過ごしたくはなかった。じっとしていることにもどかしさと焦りを感じだした。夜の砂漠は厳しい寒さになるであろうと思われた。後は避難場所が少しでも多く風をさえぎってくれることを願うばかりであった。

二

砂漠は深い闇に包まれてしまった。日が沈むと砂漠の風は熱気を失って急に冷たくなった。冷気を帯びた隙間風がそれを告げていた。風は凍えるような冷たさで果てしない砂だけの世界を遮るものもなく豪快に吹き付けてくる。

着衣が気になりだした。私はリビア入国以来着古して体に馴染んでいる作業着に防寒服を重ねていた。作業着は厚手の冬物だ。夜の寒さにも何とか大丈夫であろうと思えた。ベンガジにいた頃、リビア人はその作業着を見てどこの軍隊かとよく聞いていた。左胸とその二の腕の部分に、英語で「丸紅」と赤い刺繍が施されていたので彼らの目にかっこよく映ったのかもしれない。暖を取ることができないので、座席を倒して砂が厚く敷き詰められた車内に早々と寝床をつくった。口の中でパチパチと音がした。寝袋に潜る前に口をすすいだ。メスラを発って以来、食物を口にしていなかったが、緊張のせいか空腹も渇きも感じなかった。普段の大食漢で通っている食欲からすれば信じられなかった。朝から排尿もなかった。靴を脱いだついでにズボンの裾をめくって脹らはぎを見た。打撲の跡が紫色になり指で触れると鈍い痛みを感じた。裾を降ろして両足を寝袋に入れ、頭も含めて全身を包むとファスナーを顎まで締めた。寝袋に包まると砂嵐にもかかわらず、車内はひっそりとして静かだと思った。

森根さんはもうとっくにジャロに着いたであろう。彼は神出鬼没だ。真夜中でも、どこからともなくふいにメスラのキャンプに現われたりする。そこまで砂漠に馴れるまでには、随分危険な目に遭ったことであろう。担当しているプロジェクトそのものが、そうした危険を要求しているともいえた。

森根さんの担当しているプロジェクトは少人数の職人たちで班を編成して、砂漠の奥地でＮＥＣの電話通信用の鉄塔の基礎工事を大分以前から行なっていた。各現場が遠く離れて点在しているため、現地で雇った道案内を兼ねた黒人たちと現場にテントを張って自炊をしながら工事を進めていた。施設の点ではメスラのような冷暖房設備を備えたキャンプとは雲泥の差があった。一旦砂嵐に見舞われると、砂漠の乞食も同様な悲惨な目に遭うことは、容易に想像することができた。勿論金銭面での相応の報いがあるのであろう。森根さんは宿舎や賄い無しの条件の悪さをおくびにも出さずに、誰とでも気軽に談笑したりして、表面はのびのびと屈託のない生活をしているように感じられた。よく面白い体験談を聞かせてもらい砂漠に対する好奇心をかきたてられたのも一度や二度ではなかった。例えば、黒人たちがコップ一杯の水で歯と顔を洗い下の処理まで済ませてしまうということを、水の尊さに絡めて話してくれたことも強く印象に残っている。

「あなたの明るい性格が好きだ。今朝のことは私も悪かった。砂嵐の中ではいかに森根さんといえども前方への集中だけで精一杯であったのかもしれない。置去りにしたなんてことは考えていません。あなたは憎めない人です」

私はつぶやいた。

キャンプを発って以来、実に信じがたい程の出来事が起きてしまった。その間ずっと緊張の連続で、体や神経は極度に疲労していた。寝袋の中で体が暖まると、不安も緊張もうねりのように襲ってくる睡魔には打ち勝つことができず、夜も早いうちからすぐに眠りにおちていった。

緊張と、寝袋に馴れないせいか体全体が縛られている感じで寝苦しく夜中によく寝返りをうっては眼が覚めた。冷たい夜気の中にもかかわらず首筋に寝汗をかいていた。手が使えないと思うとやたらに髪や鼻の頭がかゆくなった。窮屈のあまり背を起こしては思い切り手足を伸ばしたりした。起き上がるたびに窓の水滴を拭き外に目をやった。闇を覗くと意識は惨めな現実に引き戻されたが、闇の中で思い煩うことはしたくなかった。すべては明日明るくなってから考えることにした。寝袋で横たわると、すぐにまた眠りに落ちていった。

翌朝。

昨夜早々と寝袋に潜ったせいか、今朝は暗いうちから目が覚めた。顔中砂だらけであった。砂嵐は依然として続いていた。

「今日も待機になるのか。この状態では動けない。下手に動くと昨日の二の舞だ」

外を見ながらつぶやいた。

顔も洗わず、着替えもせず、おかげで持て余すほどに時間があった。霞んで見える太陽の軌跡を追い、気長に方角を確認して、見たことや心に浮かんだことなどを手帳に記録をしていった。

ジャロに到着しているであろう職人たちやメスラの仲間たちのことを考えると早く連絡を取らなければと気持ちが焦った。窓を閉め切った昼間の車内は蒸し暑く、忘れた時分にメスラからの連れあいである蠅の飛びかう羽音が聞こえる。蠅も私の焦りや不安を心得ているのかうるさくはまとわりつかない。暗くなってメモもしづらくなると、パラパラと書いた分を眺めながら手帳をポケットに収めた。喉の渇きは感じなかった。排尿も排便もなく車内に一人と一匹が一日中おとなしく身を潜めて、日が暮れるとまた早々と寝袋にもぐりこんだ。

三日目の朝。

砂嵐は今日も続いている。外部との情報が途絶えて三日目ともなると、私は糸の切れた凧のように拠り所を失い精神的に張りつめたものがなくなり、絶えず無力感と倦怠感に襲われた。腹がへってきた。これまでの人生で数日間も空腹を抱えて我慢をしたという経験がなかった。

蒸し暑い車内でよく仮眠をとった。夢うつつの中で丘陵が死骸になって見えたり、砂丘が自分の顔に見えたりして、不安が悪夢となって現われた。砂漠では飢えて死ぬのに何日位かかるのであろうかと憂鬱な気分に落ち込んだりした。

「砂丘で見た死骸は遭難したのではないか。何が起こったのか？」

私は死骸の由来を、無性に知りたい気がした。夕方近く、風上の西の空が晴れ渡ってきた。視界は一キロ以上はある。東や北の方角は砂色一色で依然嵐が進行中だ。

「西ならいけるかもしれない。アスファルト道路をめざしてみようか？」

憂鬱な気分を払拭するためにも行動を起こしてみたかった。飛行場は丘陵に隠れると見つけにくい場合もあるが、その点道路の方は安心だ。燃料計を作動させると残りは六分の一弱を示していた。車から水缶を持って外に出ると祈るような気持ちで予備燃料の一五リッターを補給してやった。燃料計は約三分の一弱を示した。これで約一時間、七〇キロは走れる計算になる。エンジンが温まると、私は砂の上に半周を描いて風上に向かってハンドルを握った。距離計の数字がゆっくりと回転し眼前に低く這った丘陵が次々と現われた。五キロ地点で平坦地にさしかかると車を止め、屋根に駆け上がった。遠くを見渡したが地平線は見えなかった。見えるのはもやのかかった空間と、どこまでも平らな砂漠のみである。ところがその時重要な発見をした。夕陽を追って一直線に西に走ったつもりであった。しかしジープの轍は北東寄りに曲線を描いていた。目標物のない砂漠では、磁石なしで長い距離を走ると、一直線のつもりでも右か左に進路がずれてしまうようだ。同じ方角にずれながら走り続けると、結局大きな輪を描いて、また元に戻ってしまうのではないかと思われた。ひょっとすると二十八番の標識を見失ったのも、今と同じように進路がずれてしまったのかもしれない。轍を眺めながら、残り少ない燃料のことを考えると、不確かな方角へ、不確かな気持ちではアクセルを踏む勇気がでなかった。ガス欠にしてしまうと万事休すだ。そうなると自力での砂漠からの脱出は不可能となる。結局またもとの場所に戻ることにした。往復の燃料を無駄にしたことが悔やまれた。砂漠はなかなか私を目的地に導いてはくれないらしい。私に後少しの勇気があれば解決することとなのだろうかとも考えたが、そうは思いたくなく結局答えは見いだせなかった。

北の空に星が一個大きく輝いて見えた。

今夜の砂漠はこれまでと違って星の支配する世界であった。星明かりで遠くの地平線が微かに識別できた。それを見ながらふとある考えを思いついた。それは車を走らせながら灯を捜す方法であった。ところが地理に詳しければいいが、そうでなければ夜間走行は避けるべきで、砂丘から転落したりするととても危険だという考えに否定されてしまった。砂嵐が止み、視界が明るくなってから出発するのが賢明だと結論を下すと、再び寝袋の中に体を横たえた。ピューピューと依然音は聞こえるものの、風は比較的弱くなっていた。それでも砂粒が車体にパチパチと淋しい音を奏でた。風の音に耳をすましているとものの淋しくなり、意識は妻と娘の思い出をさ迷った。

出産を来月に控えた妻が重々しく膝をおって、寝ている慶子を起こすために布団を少しだけめくったのである。

「ママ起こさないで、もっと眠いんだから」

朝の光がまぶしそうに、慶子はたどたどしい舌足らずの言葉でそう言ってぐずった。片言の言葉をしゃべり始めた娘の、初めて聞くセリフに私も妻も思わず含み笑いを漏らしてしまった。

「慶ちゃん、パパは今日リビアへ行っちゃうのよ。さあ空港へ行かなくちゃいけないからもう起きよう。慶ちゃんもパパの見送りに行くのよ」

長女にそう呼びかけながら、せわしさの中に気をまぎらわせて、平静に振舞おうとする妻の無意識のうちに表れる淋しげな表情を見つけると、留守をする夫に心配をかけまいとする心配りに対し、幼い子供と二人残される者の心細さを思いやってみるのであった。

これほど長い昼と夜の日々を過ごしたことは初めてのように思われた。昼間の蒸し暑い車内では奇妙な雑念が浮かんでは消えたが、星空の下では明日の天気への期待感から、そうした不安な感情も現われることなく寝つけそうだと思った。その時窓の中で流れ星がすーっと青白い線を引いた。久し振りに見る流れ星であった。毎日迎える夜にもかかわらず、会社勤めを始めてからの都会生活では星空にまつわる思い出が意外に少なく、あたかも星空を見たことがないように思われた。星がこんなにも綺麗に輝いているのであるから明日はきっと晴れてくれることを祈りながら、いつしか深い眠りにおちていった。

三

四日目の朝。

窓の水滴を払って薄暗い外を見ると、砂嵐は止んでいた。地表にたち込めた薄紫色のもやが幻想的だ。寝袋を抜け出して安全靴に紐を通すと、素早くドアを開け、なめされたようにきめの細かい砂に右足から身を乗り出した。風がなく冷気が心地良い。二歩三歩と足跡を残してあたりを歩き回る。一種の壮快感がある。それは土足で踏み荒らすような心地好さである。ディーゼル燃料の臭いの残っているホーローびきのコップに水を入れて口をすすぐと、二口三口と水を飲み干して湿りを含んだ冷気を胸一杯に吸い込んだ。しかし運命の朝にもかかわらず、天気が回復すると朝は朝だと言うだけで、私の気分を無条件に明るく快活にしてくれていた。

車体を点検した。ウインドシールドとヘッドライトの表面が砂でえぐられて細かい泡粒が付着しているかのようにざらついている。車体の正面もペンキが剥げて金属の地肌がまる見えだ。車体も車輪もきれいに磨きあげられていた。ボンネットを開けてエンジンルームも点検した。エアーフィルターには砂がぎっしり詰まっていた。ぼろ切れでそれを残らず取り除いた。車の後ろに回ってマフラーからぼろ切れを抜き取ると、足下の砂を一摘み掌にのせて観察をした。透明なガラス質や大理石の粒ありで色もカラフルだ。これらがガラスの表面をコツコツと抉っていったのだ。興味を引いたのは貝殻の破片が混じっているることだ。砂漠がかつては海底であったことを意味していた。砂の一粒一粒がとてつもない長い歴史を持っていることが想像できた。

昨日までの水の摂取量はいくらで、尿の排泄量はいくらと双方を比較して考えながら、ホーローびきのコップに水を入れ、それを手に、車の後ろにある胸の高さほどの斜面を登った。そこには見渡す限りどこまでも丈四〇～五〇センチで、形はタワシに似た草が分布していた。草の色は緑と白の中間色で濁った色をしている。茎は針金のように硬くて刺があり、葉は小さかった。外敵や自然環境から身を守るために特殊化しているのであろう。強靭そのものだ。これだけ草が生い茂っているからには水脈もそう深くはないに違いないが、根も余程強く深く張っているのであろう。砂嵐にも立派に耐えていた。私が草陰でしゃがんで用を足していると、目の隅を横切る小さな生き物がいる。それは草陰の間をすっと駆け抜けた。見たところトカゲであった。根元を見ると小さな穴がある。穴の周りに精巧な足跡を残していた。砂漠は隠密の行動をいかなる生物にも許さないものと見える。さてはサソリもいるに違いないと、別の根元を覗くと同じような穴がいくつも見つかった。しかし人がいたのでは姿を現わしてくれないであろうと思い直し、対面は後日に譲ることにした。

東の空が白みかけると、車の屋根に上がりあたりを見渡した。これだけの空間に、動いて音のする物が一つもない。私は改めてもやのたち込めている砂漠の広大さに神秘を感じた。この静かな砂漠が一夜にして狂暴な砂嵐の滝壺になることがどうしても信じられなかった。

飛行場に戻ることにした。現在地と周りの地理も確認してみたかった。運転席に座るとエンジンを始動させヒーターで車内を暖めた。走行距離と時間を確認してメモを取った。リアビュー・ミラーを覗くと無精髭が大分伸びていた。目が落ち窪み、風貌はまるで病人のようだ。頬に手をやると以前のような張りつめたものがなかった。私は気分の沈むのを避けるかのように視線を正面に向けるとシートベルトを締めた。そしてギアを低速にセットすると草の分布している地域を避けて、東の地平線に向かってまっ直ぐに走った。

砂漠に二条の轍を鮮やかに刻みながら徐々に加速して、時速八〇キロで車を走らせた。地平線から太陽の頂きが静かに現われると、砂漠を朝日の初光が鮮やかに染め上げた。ジープは太陽に向かってばく進をする。山脈のように連なる砂丘は日の受け具合によって、刻々と見事な光景の変化を展開した。砂丘にできた風紋は縞状のデザイン美を見せている。細かい砂が砂漠一面に見事に敷きつめられ、そこには石粒はおろか、方角を決める目標物が太陽以外何一つとして存在しなかった。遠方に注意を集中していると、車の速度も、エンジン音も意識から消え去り、まるでゆったりと幻想の世界を漂っているような錯覚に浸った。窓から車輪の回転するさまを覗いて、改めて意識を戻したりした。

一二キロ走った。車を止めて屋根に駆け上がるが何も発見できない。更に三キロ進むが結果は同じであった。轍はやはり右寄りに曲線を描いていた。もはや一滴も燃料を無駄にはできなかった。即座にアスファルト道路へ目標の変更をした。今度は朝日を背にして西に向かった。長い車影が進行方向に写し出された。車は砂埃を舞い上げてエンジン音を力強く轟かせながら前進している。往復の燃料のロスを思うとかえってその力強さに体のエネルギーを吸い取られるような焦りを感じながら出発地点を通過してさらに西に進んだ。距離計の数字は静かに回転していった。どうやら最後のチャンスだ。燃料が残り少ない。不安や絶望感、恐怖、その他諸々の憂鬱が一瞬意識を掠めた。とうとう最悪の事態を迎えることになってしまった。観念しかけたその時、二条の轍を見つけた。それを直角に横切ったのである。車をバックしてその地点まで戻るとすぐに外に出て轍を観察した。

「車幅からしてジープだ。砂嵐の後、今朝誰かが通過したのだ」

それは南北に伸びていた。私の車の轍を参考にして進行方向を読み取ろうとするが、それはできなかった。

「両方向に何かがある。脱出の糸口が見つかるぞ」

私は胸のときめきを覚えた。轍を北に追うことにしてすぐに車を走らせた。五分十分と必死になっていくつかの丘陵を越すと、右手前方約一キロの地点に針の穴程の小さな黒点を見つけた。もはやどんな小さなことでも見過ごしにはできなかった。確認のためひとまず黒点に向けて車を走らせた。ぼんやりとした輪郭ではあったが、途中ふとマンの標識だと感じた。近づくにつれ体内から湧きあがる喜びを感じた。

「間違いない！」

やがて三角帽子が確かに見えてきた。

「マンの標識だ！　六十九番だ！　しめた！　しめた！」

私は躍り上がらんばかりにジャブを天井に見舞うと、はっきり数字の見える位置に車を止めた。

「やっと出口が見つかった！」

口をすぼめて溜め息を吐いた。

マン・ルートは六十四番が終点ではなく、それを通過してまだ北に伸びているようだ。森根さんの地図では六十四番の標識から直角に左に折れて真西にザッケムの集積所に進むコースが示されていた。六十四番の標識まで南下するため、車を南に向けてアクセルを踏んだ。視界が効くと、一キロ先の標識を見つけることは難しいことではなかった。期待通りの標識が次々と現れた。気持ちが弾んでいた。現在地を確認できて不安や絶望といった憂鬱を頭から消し去ることができた。ところがまた新たな憂鬱が意識に現われた。燃料計が零を指していた。喜びも束の間であった。

六十四番で車を止めた。普段は轍がいっぱい交錯している地点であると思われるが、今朝は綺麗に掃き清められていた。標識の支柱に、英語でメスラと書いてその方角を矢印で示した小さな道標が取り付けてあった。五キロほど西にロシアキャンプがあると森根さんは地図に描き込んである。

「ジャロまでまだ四五キロはある。燃料を分けてもらえると有難い」

しばらくして車を走らせると地平線上にキャンプが見えてきた。蒲鉾型の建物が数棟配置されている。キャンプの構内に入るとドラム缶やエンジンを抜かれた車体のスクラップが放置されているだけで人の気配がない。ドアのない建物の中はからっぽだ。燃料タンクもない。すぐにキャンプを横切るとジャロへと急いだ。リアビューミラーからロシアキャンプが消えてまもなく、ジープのエンジン音がすーと止み、少し惰走して車輪が止まった。

「とうとうやってしまった」

私は強く舌打ちをするとエンジンの始動キーを回してみた。ボンネットの中でカチッと軽い金属音がしただけで、それ以外何の反応も示さなかった。外に出て屋根に上がった。西の方角には丘陵が低く這っていた。私は地図を開いた。

「ロシアキャンプからジャロの集積所まではおよそ二五キロだ。飛行場に戻ったのがまずかった。三〇キロの燃料を無駄にしたことになる」

振り向くと緩やかな丘陵の上にロシアキャンプの屋根が少しだけ覗いて見えた。キャンプまでは約二キロだと目測をすると、再び西の方角を見た。

「集積所まで二三キロだというと六時間では着けるだろう。方角さえまちがわなければどうにかなるであろう。歩いてみようか。だが車で行くのとは訳が違う。私はまだ砂漠の怖さを知らないからそういうのかも知れない。しかしかといってこのままじゃいつ車が通るのか見通しがたたない。空腹で衰弱しているとはいえやれないことはない。二三キロ位だと何とか気力でもってやり通せるだろう。だがその前に一時間だけ待とう。普通トレーラーは砂漠がまだ熱くならないうちに砂漠入りをすると現場の連中はよく言っていた。ここはマン・ルートだ。この時間だと必ず一、二台はやって来るはずだ。一時間だけ待とう。私だってあえて難儀はしたくない」

私は屋根に上って腰をおろした。膝を抱えて西の地平線を見ていると雲一つない青空と真っ白な砂漠の対照が著しい。景色が微動だにしない。僅かな音さえもない。無限にさえ思える平らな風景の中はまるで時間が停止をしてしまっているかのようであった。寝転がって姿勢を楽にすると、片肘をつき頭を支えた。目標と行動計画が決まると思い煩うことはなかった。後は自分の気力と体力を信じて実行あるのみだ。

「集積所には日本人がいる。燃料も分けてもらえる。ひょっとしたら水島さんがいるかもしれない。彼はベンガジ事務所とジャロの集積所を絶えず行き来して仕事をしている。歩いてみよう」

一時間後、助手席のドアを開くと、水缶を引き寄せて口をすすぎ、腹にしみるまでたっぷりと水を飲んだ。

「できるだけ早く戻るようにする」

ドアを閉じると、車体に手を触れてつぶやいた。太陽が上昇して、西に伸びた私の影が短くなった。その先には丘陵が横たわり、日向と影の部分が鮮明に地表を色分けしていた。見渡す限りの景色の中には気持ちを鼓舞してくれそうなものは何もなかった。

午前八時。私は一歩を踏み出した。靴が一〇センチ程砂にめり込んだ。それは歩く前から私を気分的にくたびれさせた。一歩一歩足を運んでいるとまるで蟻の歩みだ。腕時計を見てはジープを振り返り、歩いた距離を確かめた。周りの景色は固定してまるで変化をしない。やがてジープが黒い点に見えた。風がないので汗をかく。袖をまくりハンカチで頭の汗を拭いた。絞ると指の間から汗がした垂り落ちた。それをたたんで衿首に巻いた。全身が紅潮していた。太陽はもはやまともには見据えられない。砂の反射光線も強烈で目にしみた。風にもまれた色とりどりの小さな玉石が砂の表面に散りばめられている。そこは砂が硬くて歩きやすいが、足跡は残らなかった。ほんとは足跡を残しておく方が良いのだ。小高い丘があると足は自然にそこに向かった。頂上に来ると集積所の方角に何度も背伸びをした。

一時間が経過した。砂漠は次第に熱を帯び始めた。汗で服が体に貼り付いた。砂漠では高低の温度差が三月のこの時期でも三〇度は軽く越してしまうであろうと思われた。黒光りのする錆びた空き缶を見つけた。拾い上げるとサンドブラシが掛かっていて手は汚れない。中に玉石を入れ振って音を出してみた。美しい音色とは程遠いがいい道連れだと思い、音をたてながら歩を進めた。

陽炎に揺れる地平線上に小さな黒点を見つけた。それは目指す西の方角にあった。額の汗を拭きながらそれに視線を向けて歩いた。しばらく行くとほぐれたワイヤを見つけた。砂漠にはいろんな物が落ちている。針金を繋いで三メートル程の長さにした。空き缶を針金の先端に結び、もう一方の端をバンドに結んで砂の上を引き摺ると、カラカラと音をたてながら前進をした。音のする物が欲しかった。やがて陽炎の中に黒点の輪郭が見えてきた。駱駝であった。駱駝は脚が細くて長い。陽炎に揺られて胴体が宙に浮いているように見えた。近づいて空き缶が音を発すると、駱駝は顔を上げて私を見つめた。さらに近づくと長い脚を緩慢に動かして遠ざかり、一定の距離を保とうとする。

「なぜ逃げるんだ？」

駱駝は瘤が頭より高い位置にあり、何となく窮屈そうな体形に思えたが、砂漠の厳しい環境で生きている動物を、私は畏敬の念を持って眺めた。やがて駱駝は尻を向けると北へと去って行った。

三時間が経過した。太陽は頭上にあった。風は熱風に変わっていた。振り返ると足跡が果てしなく続いている。気分が滅入ってどうしようもない空腹感を覚えたが、それを考えるのはさらに空腹感を助長するだけだと思い、肩で息をして気を取り直すと、上体を前に傾き加減にして一歩一歩歩を進めた。

「ここはマン・ルートのはず、せめて一台は来てもよさそうなものだ」

靴底を通して地熱が伝わる。丘の頂きで尻もちをつくと、ジーンともろに地熱が伝わった。汗を拭くのも億劫だ。地平線を見回すと、無限を印象づけるその見事さは、いささかの景色の変化も示さない。下半身が重く、脹らはぎの筋肉が痛みを発してきた。砂を踏む度に足の痛みも増してきた。靴を脱ぐと足の指にまめがいくつもできていたが、潰さずにそのまま靴に収めた。砂に両手をついて体を起こすと、顔に忍耐の表情を浮かべて跛をひいた。体が震えて立っていることがやっとであった。

「たかが二三キロ。踏破できる距離ではないか」

砂漠はぎらつく太陽が無慈悲に支配していた。日陰もなく、恐ろしい静寂がついてまわった。私は勇気を奮い起こして懸命に足を前に運んだ。二歩進んでは一歩後退するような距離の長さを感じた。前進するための意志力を見つけては気持ちを奮い立たせ、わずかずつ歩を進めた。心臓の搏動に合わせて呼吸運動も速く不規則になった。砂漠の静寂の圧倒的な現実の前で私はすべてを拒否され、まるで一個の砂粒のような存在でしかないように思えた。まぶしい光は起伏のある丘陵を平板な表情に変えた。それにしても執拗な陽炎は私を嘲笑するかのようにどこまでも賑やかについてまわった。息切れがして激しい動悸を感じた。私は歩行をやめて立ち止まった。一瞬顔から血の気の引くのが感じられた。その時眼前の風景がぐらりと歪んだ。そして眼の前が真っ暗になり、その中でちかちかといくつもの星が光った。立っているという感覚がなくなり、膝を折って力なく砂の上に崩れ落ちると、目を閉じてあえぎながら大きく呼吸を整えた。目を開けると太陽の光が数倍も強く感じられた。じっと額を地につけたままでいた。初めて体験する発作であった。海老のように体を曲げて横になると、顔の半分に太陽が照りつけた。皮膚は塩が浮き出て痛みを感じた。衿首のハンカチで顔を覆った。喉の渇きを感じた。水が欲しかった。茫洋たる空間で私は一人かすかに息をしていた。そして疲れた目で遠い所を見ていた。

「頑張ってこいよ。自分たちでできることはなんでも力になるから」と、叔父の武美智さんは私に手を差し出して握手をした。事業家として忙しい身でありながらわざわざ空港まで足を運んでくれたことに対して私は心から感謝をした。

第一陣の関係者約七十名ほどでロビーは混雑していた。祖母のヨネがおり、私と妻のそれぞれの両親、叔母の信子と実子、弟嫁の郁子、さらには慶子を保育してもらっている近所の宮城のおじさん、おばさん、そして就職浪人をしている妻の従兄弟の酒井邦夫もわざわざ見送りに来てくれた。私は仕事の合間をぬって一人一人にお礼の挨拶をして回った。

ガムやあめ玉を両手一杯に買ってもらった慶子が人混みの中をはしゃいでちょろちょろと走り回っては、父や母が後を追いかけていた。会社関係者の大勢いるロビーでは家族との水入らずの別れはさせてもらえなかったが、それでも私のためにこんなに大勢足を運んで来てくれたのかと思うと、改めて感謝せずにはいられなかった。見回すとどのメンバーも家族やじいちゃん、ばあちゃん、そして友人たちが大勢見えているようで、どの顔も心からの感謝と感激に満ち満ちている様子を見ると、何だか胸の暖まる思いがした。私もリビアに着きしだいお礼の葉書を送ろう、そして近況も知らせてやろうと思った。

ジープを離れてから五時間が経過していた。太陽は光と熱の矢を間断なく照射し続けた。手を伸ばして届く所に砂の盛り上がりがあった。その端を握ると、鉄パイプに触れた。車から落ちたのであろう、引っ張ると簡単に取れた。背丈ほどの長さがある。杖か旗竿に使えると思いそれを引き寄せた。上体を起こすとパイプを杖に立ち上がった。パイプは熱く、ハンカチで右の掌を巻いた。歩くと空缶の音がした。バンドから針金を外した。もはや空缶でも引き摺ることは億劫であった。杖を先行させると渋る足をそれに従わせた。踵を地につけるたびにしびれに似た鋭い痛みが足首に走った。何度もよろけては転んでしまった。転ぶと立ち上がるのに時間を要した。もはや足を上げることはできず、砂の上を交互に引き摺って歩いた。その反復運動のみが意志力によってなされていた。歩くことは気力を振り絞ることなしにはできなかった。体力は完全に底をついてしまったような気がした。私は膝を震わすと体を支えきれずに砂の上に崩れ、俯せになって目を閉じた。ずっとこのまま横になっていたかった。疲労と倦怠はまるで満ちてくる潮のようにじわじわと私を襲い、死の眠りへと導いた。あたかも思考が停止しているかのような虚ろな精神状態の中で、睡魔との葛藤を繰り返した。

慶子はそろそろ言葉をしゃべり始める頃であった。いつか彼女の前で妻を抱きしめて「ママ、好きだよ！」とふざけて見せたことがあった。すると彼女は自分にもして欲しそうに照れて笑っていたが、妻も調子を合わせて「パパ、好きよ！」と、私を抱きしめた。すると慶子は「パパちらい！」と、怒って頬を膨らませた。それから私が妻との間に彼女を挟んだまま「ママ、ほんとに好きだよ！」と、さらに言うと、彼女は妻の首に腕を絡ませて、もう一方の手で懸命に私を引き離そうとした。そして私を横眼でにらみ「パパ、ちらい！」と、妻に抱きついて言うのであった。

幼い娘にすげなく拒否をされ私は途方に暮れて目を開けた。数匹の蝿が顔の上を這っていた。あえて追い払うこともせず、頭をもたげるとあたり一面で陽炎が賑やかに踊っていた。それは大海の波のように悠然とした攻撃性をみなぎらせて私を弄んでいるようにさえ思えた。私はじわじわと追い詰められるような恐怖を覚えた。一瞬全身の血がたぎって手足の血管の末端にいたるまで必死でその恐怖に抵抗をするのであるがはかない抵抗であった。その時ふと自然や人間の運命を支配する絶対者がどこかに存在するような気がした。それはすべてを見通して、私に試練を与えているようにも思えた。そうであるならばその試練を乗り越えたいと思った。そうした気持ちの焦りを意識の内に秘めながら私は砂の上に再び顔を横たえた。汗と埃で汚れた手の甲に蝿が這っていた。その腕に巻かれた時計の秒針が時を刻んでいるのを見るともなく見ていた。それは私に属するものの内、唯一正常に機能を果たしている存在であった。ところが秒針の一振り一振りもまた容赦のない攻撃性を裏に隠して刻々と生命の終わりを告げるかのような恐怖を私に抱かしめた。それらのあらゆる恐怖に対してじっと耐えるより他なすすべがなかった。ふと水の音が時おり地下から聞こえるように感じられた。実際に聞こえるというのではなく頭でそう理解しているだけのようにも思えた。水は今の私を蘇生させる唯一の救いのように思えた。時々意識がとぎれるような気がした。ぴーんと張りつめているものがプッリと切れてしまうように、いまにも自分を見失いそうになった。眠ってはいけないと強く念じながらひび割れてかさかさに渇いた唇を噛むと血がにじみ出てきた。

「慶ちゃん、パパは今日リビアへ行っちゃうのよ。慶ちゃんはパパが帰るまでママとお留守番しておこうね。慶ちゃんがパパのこと忘れるんじゃないかとパパ心配なんだって。慶ちゃんパパのこと好きでしょう？」

「ウン、パパだいすき！」と、慶子は両手を大きく頭の上に広げた。そして、「ママもパパのことだいすき？」と、たどたどしく舌足らずの言葉で尋ねた。

「ママもパパ大好きよ！」

妻も調子を合わせると慶子を抱きしめて言った。

私は唇の端に笑みを浮べた。それからゆっくりと目を閉じた。

もうろうとした意識の中で頭に冷たいものを感じた。水を含んでいると気がつくまでには時間を要した。水には塩気があった。それから頬にも水の冷たさが感じられた。私はすかさず革袋の飲み口を両手で鷲摑みにすると、それを強く口に押し当てて何度も喉を鳴らして水を飲み込んだ。

「サラーム・アレーコム」と声が聞こえた。

「アレーコム・サラーム」と、返事をしたつもりであったが、声になったかどうかは分からない。

私は革袋の飲み口を握ったままかすんだ目で相手を見るともなく見ていた。顔に灰を塗りたくったように埃にまみれた少年がいた。まとっているダブダブの白衣もすっかり土色に汚れきっている。五頭の駱駝が左右の背に枯れ草を担いで距離をおいて立ち止まっている。異邦人の私に対して警戒心を抱いているのであろう。有害な人物かどうかを確かめようと、少年も駱駝も私をまじまじと見つめているように思われた。私はどうやら意識を失っていたらしい。小さく溜め息をもらすと、眼から汗に混じって涙の筋が頬を走った。

少年は砂の上に私の引き摺った足跡を見ていたが、

「サイード（ミスター）、エンタクリヤ？」

韓国人かと聞く。

「ヤパニ」

「ヤバニ？」と彼は発音した。

少年は角砂糖をふっと一吹きして私に含ませると何かを話しかけたが、言葉が通じなかった。何処へ行くのかと聞いているように解釈した私は、ジャロへ行くのだと英語で答えた。砂糖の甘みが口一杯に広がって、唾液とともに喉もとを心地好く通っていった。少年は愛想が良く、物言いもしっかりしていた。

彼は名前をアリといった。少年は縮れ毛の浅黒い顔に大きな黒い瞳を持ち、目の白さが印象的であった。そばに置いた木の枝の杖以外武器らしい物は見当たらない。私は心の鎧を脱いではいなかった。警戒心を抱きながら人に助けを求めるというのも自分勝手でおかしな話だが、「ジャロの日本企業まで連れて行ってもらえないか」とアリに頼んだ。

「シャリカ・ヤバニ？」

「アイワ・ヤバニ」と私もあえてアリの発音をまねた。選択の余地はなかった。

警戒心が消滅した訳ではなく依然として不安はあるが、さしあたり危険はなさそうだと判断したのである。

アリはうなずいて後ろから私を抱えると、駱駝の背の枯草の上に俯せに寝かせてくれた。膝を折り曲げて腹を地につけた駱駝には瘤が一つあった。少年の掛け声で駱駝は前脚から器用に立ち上がった。私は振り落とされないように体を支えた。駱駝の胴体は大きく、皮膚と毛は埃にまみれてゴワゴワとしてまるで化石のように硬かった。アリの乗った駱駝が先頭になり五頭の駱駝は西へと向かった。枯草を通して脚の関節の動きが私の腹に伝わった。アリは駱駝の湾曲した首に両足をおいて鞍なしで体を支え、右手に鞭を持ち、左手で手綱を操っている。扱いが手馴れていた。駱駝はゆっくりと足を運んでいるのであるが、その足元を見ると意外にスピードがあった。その時になっても私は助けられたという意識より先に、まだ依然として不安が心を占領していた。リビア人をまだ良く知らない私にとって、異邦人はすべて警戒心と不安の対象でしかなかった。身を守る武器が何もない。一瞬意識に閃いたのは、無人の砂漠で殺されることであった。砂漠では他人との間にどんなことが発生するか見当もつかなかった。もし相手が強盗であったら、その時は殺るか殺られるかのどちらかだが、ここで殺られたら発見される可能性は皆無に等しい。もし私を殺るとしたら、理由はポケットの金だけだ。胸の右ポケットに二つ折りにした食料調達用の50ディナールの金を入れておいたのだ。上から触って確認してみるとそのままにあるようだ。汗で湿った金が確かに入っていた。左のポケットには手帳と計算器などもそのままにあった。

私たちは丘陵をいくつも越した。太陽の熱と光は依然として強かった。作業服の風通しが悪く、皮膚が紅潮して体内に熱が蓄積され、その熱があたかも中枢神経を麻痺させるかのようであった。疲労と空腹もその要因となっているように思われた。

そして約半時間が経過した頃、「サイード、シャリカ・ヤパーニ！」と、アリが振り向いて前方を指差した。

上体を起こしてその方角を見た。地平線上にジャロのザッケムの集積所が小さく見えた。私は思わず溜め息を吐いた。近づくにつれパイプの集積されたヤードがはっきりと見て取れた。パイプを満載した緑色のトレーラーがヤードを往来しているのも見えた。ザッケムは自前の輸送を開始したのだ。

二台のクレーンが忙しく活動していた。アスファルト道路から砂埃をあげて集積所にトレーラーがやって来る。メスラの方角に出発する車両もあった。

「どうやらマン・ルートを使わず、ザッケム独自のルートを開拓したようだ」

アリは私を集積所まで連れて来てくれた。駱駝に気づいたザッケムの作業員たちが、現場のあちこちから三々五々と集まって来て私たちを取り巻いた。ベンガジ事務所で一緒に働いていた日本鋼管の土木技師・水島さんもすぐに駆けつけてきた。水島さんは数名のスリランカ人と一緒に、駱駝の背から私を抱え起こすと、私の腕を自分の首に回して支えてくれた。水島さんに抱きかかえられた途端気持ちがなえていくのを感じた。アリは私を送り届けるとすぐにまた駱駝にまたがった。

「マッサラーマ！（さようなら）」と、アリは私に一言合図を送った。

私は水島さんに支えられながら、アリに手を差し出して握手をすると丁寧に礼を述べた。アリに対して絶えず警戒心と不安の対象としてしか彼を見ていなかった自分がいかにも心が狭くそして利己的で、アリの善意に対して気恥ずかしく思い、素直に反省をさせられるのであった。水島さんと一緒に、ジャロをめざして去って行くアリを見送った。

水島さんはすでに大方の事情を知っていたようだ。すぐに予備の燃料を持ち、私をジープの放置してある場所まで送ってくれることになった。ジープは私が捨てたパイプと針金のついた空缶のそばを通過した。見覚えのある風景の中を通過しながら、砂漠を彷徨している自分の姿がまざまざと蘇り、思わず身震いを覚えた。歩くと長い距離も車だとすぐであった。途中この三日間、砂嵐の中を森根さんがザッケム・ヤードに立ち寄って、私のことを捜していたと水島さんは話してくれた。どうやら森根さんは毎日砂漠の中を捜してくれていたようだ。それから森根さんが私を待ってジャロの電話中継所にいることも教えてもらった。そこはジャロでの森根さんの連絡場所なのだ。私は水島さんにジープに燃料を入れてもらうとそれを運転してまたザッケム・ヤードに引き返した。

ヤードの食堂でパンとミルクを御馳走してもらった時、パンにバターやジャムを塗るのももどかしげに急いでぱくつくと、喉を鳴らして一気にミルクで流し込んだ。浅ましいという意識を遥かに超越していた。カチカチの硬いパンであったが、飢えている胃袋にはとても美味しく感じられた。食欲が満たされて気持ちが落ち着いてくると向かい合ってコーヒーを飲んでいた水島さんに経緯を順序だてて話した。水島さんは熱心に聞いていた。

「実は今、毎晩『宮本武蔵』を読んでいるところですが、まるで今の話は修業にひた走る『武蔵』だ」と、コーヒーカップを口元に運びながら水島さんが言った。

「私も『武蔵』は大好きです」と、私は自分に言い聞かせるかのようにつぶやいた。

水島さんは私に微笑んだ。

日が西に大分傾いた頃、水島さんに見送られて私はザッケム・ヤードを後にした。アスファルト道路はすぐであった。地表から一メートルほど盛り上がった道路に乗り上げるや、砂の上とは違う乗り心地に改めて溜め息を漏らした。砂漠を左右真っ二つに分けてアスファルト道路が地平線の一点を目差して延々と走っている。変化のない直線道路に眠気を誘われそうになる。途中、荷物を満載し砂漠を南下して帰国するスーダン人の出稼ぎ者たちのトラックとすれちがいながら、まっしぐらにジャロの村に向かった。村に近づくにつれ草が疎らにはえ、背の高い椰子の樹がぽつりぽつりと現われた。村に入るとすぐに給油所に駆け込んで燃料を補給した。給油係のリビア人はジープの痛み具合を見て呆れたように頭を振っていた。

村の大通りを通って、その南端にあるナツメ椰子林をぬけ、小高い丘を登りつめるとNECの電話中継所の建物があった。砂漠から北上して村に入る時に、右手の丘の上にひときわ目につく場所である。そこには巨大なパラボラアンテナ二基が砂漠の奥地に向けて設置されていた。コンテナ型の管理棟の前にジープが二台あり、内一台は見覚えがあった。私はそれに並べてジープを止めた。そのジープも私のものと同様、ウインドシールド一面に泡粒状の曇りを生じていた。その時、私の背後で管理棟のドアが開き、「おう、やっと出て来たな」と声がした。

振り向くと、森根さんが目を細めて笑みを浮かべながら近づいた。この一瞬をどんなにか待ち望んだことか。私は言葉が詰まり森根さんを見つめながら頭を振った。森根さんは私の姿を見てすぐに経緯を理解したらしかったが少しも同情的な態度は取らなかった。

　森根さんがそばに立つと私は、

「砂嵐の中で置去りにするなんて、どんなにか死ぬ思いをしてきたんだからこん畜生！」

　と、心の内とは裏腹のことを言って森根さんの肩に軽くジャブを放った。

「すぐそういう置去りなんて人聞きの悪いことを言う」

　森根さんは肩を揺すって甲高い含み笑いをした。

「そう砂漠で道に迷ったら自力で脱出してこなくちゃ駄目だ。それが正解だ。私も努力して捜したんです。ところが簡単に捜せるものじゃない。こっちこそこん畜生だ！」

　おどけて私の肩にジャブを打ち返した。

　森根さんは目を細めて笑みを浮かべると、私の肩を抱いて支えるようにして管理棟の中に導いた。そこで通信機器の管理をしているＮＥＣの二人の日本人技師を紹介された。腰をおろす前に、私は森根さんに促されて、まずベンガジ事務所と交信をした。ベンガジ事務所も私の遭難を心配していたようだ。私は迷惑をかけたことを謝って簡単に経緯を説明した。

交信の中で、職人たちが明日の午後二時にジャロのホテル前に到着予定だという連絡を受け取った。交信を終えると、私は森根さんにもまた経緯を話した。

森根さんは注意深く聞き入っていた。駱駝に乗った少年に助けられなければ今頃はすでに息絶えていたであろうくだりはことさら誇張して同情をかうように説明した。マン・ルートで私がついて来ないことに気づいた森根さんは引き返して長い間捜したらしい。お陰で森根さんの自己弁護の説明を長々と聞かされた。長い捜索にもかかわらずお互い遭遇することができなかったのだ。

「水島さんからも聞きました。毎日捜索をしてもらって迷惑をかけました」

私は森根さんに深々とお辞儀をした。

「これで砂漠に大分馴れたことでしょう。私も安心して砂漠の現場に戻れます」と、森根さんはうなずいた。

地平線に夕日が沈みかける頃、森根さんはジープに水や食料、燃料等を積み込んで、テント生活をしている仲間たちの身を案じながら、夜の砂漠に入って行った。メスラよりもさらに奥地に行くのである。「砂漠の銀狐」と、私はジープの後ろ姿につぶやいた。

私は中継所で空のドラム缶を一本譲ってもらった。それをジープに積み込むと、職員たちに礼を述べて、宿を求めてジャロの村へと向かった。

四

朝の四時。モスクからのコーランを朗読する拡声器の声で一度目が覚めた。しかしすぐにまた寝入ってしまって、二度目に目が覚めたのは八時であった。ベッドに横になったまま薄暗いホテルの部屋を見回した。窓に掛かったカーテンの隙間から光が漏れて壁の色あせた砂色のペンキが識別できた。天井から裸電球が吊り下げられ、他にはこれといった設備はなかった。昨夜は夕食にオリーブ油のたっぷりと浮いた羊のシチューを食べてシャワーを浴びると、八時前にはベッドに潜り込んだ。充分に睡眠をとったせいか気分はすっきりしていた。起き上がってカーテンを引くと朝日がまぶしく差し込んだ。風は冷たかった。

窓から見えるホテルの道向こうには露天の市場が開かれて人だかりがあっ

た。野菜を広場に並べて商いをしていた。早めに野菜を調達しなくてはと考えながらそれを眺めていると、ドアをノックする音がして黒人の給仕がチェックアウトは九時だと告げた。追い立てられるように、塩が浮いて埃にまみれた服を着ると、また一気に疲れが蘇るような気がした。体全体とりわけ足腰に自分の体でないようなだるさとむくみを感じながら、塩気のある水で洗面を済ませた。足の指にはいくつもまめができ、今にもはち切れそうになっていた。このままでは靴をはけそうにない。安全ピンで一つずつを潰すと水を拭きとり、汚れた靴下をはいて足を靴に収めた。宿代の支払いを済ませ、埃っぽい大通りに面した屋外のテラスに出た。そこには同様に追い立てられてチェックアウトを済ませた人たちが椅子を引いて座っていた。色んな人種がいた。殺風景なテラスには屋根がなく、日がまぶしく照りつけた。このテラスは村で唯一の待ち合い場所なのだ。一日一便のベンガジ行きのバスも、朝早くにホテル前から出発するのだと、森根さんは言っていた。

　市場で野菜を調達することにした。左右の足を引きずってジープに乗ると、道路を横切って市場に車を止めた。胸のペンは隠した方が良さそうだ。ベンガジでもそうであったが二本も持っていると欲しがられるであろうと思い、見えないようにポケットにペンを隠した。市場には女性より男性の数が圧倒的に多い。イスラム世界の習慣として男子が買物をするのである。山羊や羊の汚臭に顔をしかめて、頭の周りを飛びかう蝿を手で払いながら、段ボールや篭に入った野菜、そして日用雑貨を商っている市場の喧騒の中を歩いて行った。値踏みをしながら、レタス、トマト、ジャガイモ、ネギなどを一箱単位で調達をした。多量になると老人たちは計算ができなかった。ジープ一台分の野菜を買い込むともうお手あげだ。近くにいた他所の子供がしわだらけの包み紙を破いてぶつぶつとつぶやきながら懸命に足し算をした。見かねて計算器で手伝ってやろうかとも思ったが、欲しがられると困るのでやめにした。清算がすむとジープの屋根の荷台に野菜を箱ごと積み上げてロープで固定してもらった。

その時、「ヤバーニー！」と響きのある声がした。

「シャリカ・ヤバーニー！」とさらに声がする。

その方向を見るとダブダブの白い服に髪のちぢれた色の浅黒い少年がいた。大きな黒い瞳に特徴があった。

「アリー！」と私は思わず少年に駆け寄った。

「シュクラン・アムス」と握手をすると、昨日の礼を述べた。

アリは礼など意に介さず、「来い」と軽く頭を傾けて合図をした。ついて行くと幼い少年が卵を商っていた。

「ベイダ」とアリは段ボール箱の上に置かれたパレットの卵を指差した。

「ファッダ（どうか）」と聞く。

アリはパレットを少年に預けると、段ボール箱の蓋を開けた。大粒の卵がパレットにぎっしりと詰まって重ねられていた。

「ヘナ・クワイス（上等だろう）。買わないか」と私の顔を覗いた。

「クワイス。カムフルース（いくらか）」とアリに尋ねた。

アリが一枚のパレットを少年から取ると、「スタンナ・ヘナーク」と私はアリを制して段ボール箱を指差した。

「ヘナ（これ全部かい）」とアリは箱に手を触れて念をおした。「エシュリーン」とアリはボールペンで箱に20と書いた。

いい買い値だ。毎日消費するものだし、いざの時は誰かに抱かせても良い。

そう思いながらアリのペンを借りて20を横線で消し、そばに15と書いた。命を助けてもらった恩はあるが、これはお互い商売だと割り切った。アリは一言「ラ」と強く言って首を振ると、右手の人差し指を立てて顔の前で左右に何度も振りながら私を見つめ、「ムシュ・モンケン」とノウの意志表示をする。私はしぶしぶ15を消して一六と書いた。アリはまた首を振る。アリは私からペンを取ると16を消して一八と書いた。私は「アイワ」と大きくうなずいた。アリに20ディナールを渡すと「アテン・ファトウーラ」と領収書を請求した。アリは埃でざらついた紙幣のおつりを私に渡し、それから段ボール箱の下のセメント袋を破るとミミズのようなアラビア文字で領収書を作成した。私はそれを受け取ると、計算器をポケットから取り出し、アリと少年の目の前で計算器からメロディを奏でさせながら、おつりの計算をして見せた。アリと少年は顔を寄せ合って計算器を覗き込んでいた。私はアリに欲しいかと尋ねた。アリは白分にかいと指差した。そうだと言うと、アリは笑みを浮べてうなずいた。私は計算器をアリにくれてやった。アリと少年は頬にえくぼを浮かべた。アリが計算器を丁寧にポケットにしまう時の表情を見ると、少しは恩返しができたことを嬉しく思った。アリが車はどこかと聞く。雑踏の外れにあるジープを指差すと二人は車まで卵を運んでくれた。

車に積んだドラム缶にディーゼル燃料を詰め、ホテルのテラスに戻った。そこには先程と同じ顔触れの人たちがいた。私は日差しのまぶしいテーブルに椅子を引き寄せて腰掛けた。市場で買った硬いパンをかじりながら、小さなグラスに注がれて砂糖のたっぷりと入った濃いアラビック・ティーを注文した。この国では冷やされたソフトドリンクなどという気の利いたものはなかった。飲み物も種類が少なく、好きな時にいつでも飲めるとは限らなかった。埃をかぶったベンツの古いパトロールカーが前を通過した。この村には警官もいるようだ。砂漠で発見した死骸のことが思い出された。本来ならば届け出るべきなのであろう。しかし同じ場所を捜せるものじゃない。異国でトラブルに巻き込まれるのも嫌だ。それに自分だけの秘密を持っているというのも何となく愉快だ。あれこれ言い訳を考えた。そんなことよりもギブリのキャンプに戻って伸び放題の髭を剃り、歯を磨き、下着や衣服を着替えたいと思った。

正午になると市場が引き払われ、売れ残りの野菜を荷車に積んでロバに引かせた農夫が去って行った。モスクからはまたコーランの朗読が聞こえてきた。二回目の祈りの時間だ。一日に五回も繰り返すのである。春の澄んだ日差しの中でコーランの朗読を聞いていると、その意味は分からないながらも次第にイスラム世界の雰囲気が体に染みついてくるような気がした。ベンガジからの職人たちの到着まで後二時間程ある。砂漠の中の一本道をおそらく一二〇キロの猛スピードでここを目指して走り続けていることであろう。私はアラビック・ティーをもう一杯注文すると、胸のポケットから手帳とシャープペンを取り出し、心に浮かんだことを手帳に書き込んでいった。

湾岸戦争と沖縄

目には目を、歯には歯を

――イスラム社会の体験を通して――

一

三十代の人生において、イスラム社会での生活を長いこと続けていた。その中で長期に住んで生活をするということは、日本や欧米のような恵まれた生活環境の中で生活することと決して同一ではなかった。

私達が中近東を離れてすでに三年になる。その間世界は大きく変化し、私達がいた頃の状況はもはや遠い過去のことになってしまっている。当時の日記を取り出して拾い読みをする。すると戦争勃発に到るイスラム社会に共通する諸々の要因を当時の日記に見つけることができる。長いこと現地にいたのであるから、喜怒哀楽一杯あったのであろうが、時間のクッションをおいて思い浮かべたり、さらには湾岸戦争の現実を突き付けられると、平和に結び付くイメージは描きづらい。

二

一九八五年十月、次のような日記をサウジアラビアのダンマンで記している。

「後しばらくで完成する工事の資材を探して、ダンマンの街をゴキブリのように駆けずり回っている。工事のこれまでの経緯を調べたり、右も左も分からないサウジの環境の中で、てごわいアラブ商人達を相手にして現場の注文に応じなければならず、気分的にはまるで熱いフライパンの上で踊らされているような状況だ。

サウジはイスラム世界の中で最も保守的な国だと言われる。特に男性の保守的なことは目を見張るばかりだ。例えば、女性を一人では外出させたがらない。外出に際しては黒のベールとガウンで全身を隠す。他の男性の視線から遮るという考え方がコーランの教えとして生活の中で堅く守られているようだ。

『サウジの女性は隔離された動物と一緒です。外に出て仕事をすることが許されません。寝ることと、ご飯を食べること、そして子供の世話といった実に単調な生活を強いられています』と、サウジでの私達の企業のパートナーの経営者宅に招かれて食事を御馳走になった時、イエメン出身の奥さんは私達にそう話していた。

私はかつてこれ程までの男中心社会は見たことがない。どこかの国の『男尊女卑』の思想よりもさらに悪い。そのカルチャーショックはまるで『猿の惑星』だ」

三か月後の日記には、更にサウジの経済状況を述べている。

「サウジの経済環境はいよいよ厳しくなってきた。過去十年間、特に石油ショックの後サウジは世界中から業者を集め、大規模な設備投資を行ない経済を活性化してきた。その結果社会資本が整備され、石油関連の施設も最先端のものを保有している。市場の物資の豊かさは日本並みだ。リビアとは比較にならない。ところが今サウジには仕事がない。これまでのような石油関連の大型プロジェクトが今のサウジにはない。ピタリと止んでしまった。

先日、ヤンブ、ジェッタ、リヤド、そしてダンマンとサウジのめぼしい都市を回って来た。旅をしていると、サウジの外国人はいずこも本国への引き揚げムード一色だ。建設業者はどこも建設機械やキャンプ等の資産を抱えて沈黙し、引き揚げ時期のタイミングを見計らっている。外国の商社や銀行は店舗や人員の削減をしている。ホテルはどこも閑古鳥が鳴いている。政府は政府関係の仕事をしている外国企業に対し、人の移動に際してサウジ航空の使用を強制している。第三国人に対する給料の支払いを半年以上も行なわないサウジ企業があることをよく耳にする。石油収入の好転を望めない現状では国内経済の活性化は難しそうだ。確かに現在の石油関連施設の操業率は低そうだ。石油を増産しても旨味のない状況なのだ」

そうした状況の下、私達もやがてサウジから撤退した。振り返れば設備投資がほぼ一段落した時期であったのだ。

一年後、サウジを引き揚げた私は十度目のリビア赴任でベンガジ事務所に駐在していた。日記の舞台をリビアに移す。

「ある日系商社のトリポリ支店長によると、最近リビア企業による給料の不払いがよく起こるという。リビア企業から金を貰えず撤退しようにもできなくて困っている日本企業がいくつもあるという。貰えるだけ儲かりですよとコメントしていた、ちょうど一年前のサウジと同じ状況がリビアにも見られる。

リビアではアメリカによるテロ支援国家としての経済制裁で飛行機の部品が入手できず、国内便の便数が極端に減って、ベンガジやトリポリの空港には一、二機の飛行機しか見あたらない。トリポリ空港では搭乗券を入手するのが益々困難になっている。例えば、午後六時発予定の便に乗るのに五時から列に並び、搭乗券を入手できるのが九時だ。その間、四時間も押し合いへし合いの列に並んでいる。国民の数だけいるといわれる大統領達を相手に肉体的精神的疲労は並大抵ではない。その間度々リビアン航空の職員が受付カウンターに現れるのであるが、先を争う乗客達に怒鳴ったりわめいたりしたあげく、職員が相手を見て思わせ振りに搭乗券を発行するのである。私の知る限り八年前から毎回のフライトに対してそうなのだ。外国人はその不合理さを訴えるところがないから全員諦めの境地だ。おかげでベンガジには真夜中の十二時着というのがいつものパターンだ」

三

一九八六年四月、英国を発進したアメリカの爆撃機がトリポリとベンガジを爆撃して多数の死傷者が出たようだ。当時私は現地に居合わせなかったが、マスコミ報道によると爆撃はリビアのテロ活動を阻止するためカダフィ大佐の殺害が目的であったという。アメリカの爆撃は一夜きりでリビアの報復攻撃は起こらなかった。爆撃の後、私がベンガジへ赴任した時には機銃の撃ち込まれた建物が放置され、アメリカに対する糾弾の意志表示をしていた。

一九八七年九月の日記も悲惨な出来事を記している。

「隣国チャドとの戦争で国境近くにあるリビアの空軍基地が襲撃され千七百名の兵隊が殺され遺体が砂漠に埋められたそうだ。ベンガジ市内のあちこちに大きなテントが張られモスクから流れるコーランの朗読の中、追悼集会が開かれている。遺体を砂漠のアスファルト道路を通って一〇〇〇キロ余りもあるベンガジやトリポリに運ぶとなると真夏のことゆえ数からいっても大変だ。国民にとっては大義名分のない戦争のようで治安維持のために秘密警察の活動が活発のようだ。

リビアは国境を接する周りの国々と絶えず戦争をしている。普通イスラム社会での最終的な外敵はアメリカとイスラエルと相場が決まっているらしい。ところがリビアでは日常的には国境を接するどの国でもかまわないらしい。エジプトとは砂漠の国境線に延々と石の壁を築いて人々の往来を禁じている。これなどはアメリカの仲介により、一九七九年三月に締結されたエジプト・イスラエル間の平和条約に反対し、エジプトに対するアラブ諸国からの外交関係の断絶、経済援助の供与停止を内容とする制裁決議をリビアが支持した結果の処置であるようだ。局地戦が起こると軍隊は手当たり次第に外国業者のジープを徴用する。アメリカの爆撃に先行して以前から経済制裁が行なわれ、リビアの市場には食料品を始めとしたあらゆる品物が不足している」

一九八八年十月の日記には更に血腥《ちなまぐさ》い出来事が書き留めてある。

「現地雇いのリビア人の話によると、数日前ベンガジ市内の一画の街灯に数十名の学生や市民の首がずらりと吊り下げられたという。そのグループはある市民レベルの制度改善の街頭デモをしたらしい。その数日後に首吊り事件が発生したようだ。イスラム世界の国々では、権力は絶対的なもので、それに反対する者はすべからく抹殺というのがこの世界のやり方のようだ。一旦権力を握ってしまうと、これまでの旧権力者とその関係者はすべて抹殺されるようだ。そこでは権力の平和的委譲であるとか、引退などはない。委譲や引退をしようものなら、それは即自分の存在の抹殺につながるという。

一九八八年十月末の朝日新聞のコラムによると、隣国のチュニジアでつい先日、イスラム教原理主義者八十人に対し死刑を含む判決が言い渡されたという。イランの支援を受けて政府転覆を謀ったというのが理由だ。かの国のブルギバ大統領は八十四歳。フランスから独立を勝ち取った約三十年前から終始、最高権力者として君臨し、長期政権の陰には反対派に対する巧みな工作や抑圧があったという。だが西側外交筋の間ではどうもイランとは関係なさそうだとの見方がもっぱらで、これまでの抑圧で政治的発言を封じられた人々が、原理主義運動の中に捌け口を見つけたとみる向きが多いとある。

最後にレバノン生まれのアメリカ人学者、サニア・ハマディ女史の『アラブ世界では政府は恐怖と畏怖の源である』という言葉を引用している」

四

遠い中近東で勃発した湾岸戦争に対して、沖縄が兵隊や戦闘機、艦船の出撃基地となるなど、軍事的存在の大きさを私達に思い知らせてくれた。私は沖縄県中部、宜野湾市の普天間飛行場に隣接する地域に住んでいる関係で、湾岸戦争の期間中、戦争の雰囲気が基地内の動きの慌しさとして、また普段に倍する飛行機のエンジン音が基地周辺住宅地域にまで伝わってくるに及んでは、沖縄と戦場の結び付きがいかにも身近に感じられることである。

湾岸戦争の開始から終結に到るイラクと多国籍軍双方の動きがテレビカメラによって事細かに放映し解説された。イスラム社会の日常を少しばかり知っている私は、イラクの戦争への対応を見聞きしていると、いかにもそうであろうと思われることが多々あった。例えば多国籍軍を相手に、その軍事的脅しに屈することなくあえて開戦を挑発することはいかにも無謀に思えるがそれもまたイスラム社会なのだ。案の定、戦闘中はハイテク技術を駆使した多国籍軍の武器の前に防戦一方で、両軍の軍事力の差は明らかであった。アラブとイスラエルの数次にわたる中東戦争を戦っている社会である。アメリカとイスラエルを挑発し、交戦するところがいかにもイスラム社会である。そして敗戦間際の海への原油の放出や油田破壊の報復処置には、軍事力には負けても戦争には負けないとする、〝目には目を〟、そして〝歯には歯を〟のコーランの教えを持つイスラム人気質が表れている。

サダム・フセイン同様強力な権力を持った独裁者がリビアにもいる。思うとイラクのクウェート侵攻と同じことがリビアを舞台に行なわれてもおかしくない状況が常にあった。リビアにはその人口に匹敵する三百万人の大統領がいると言われたものだ。アラブ人は皆個性と自己主張が強く、妥協を知らない面があるように見受けられる。砂漠の植物のように、真夏の高温にも、乾燥にも耐える、強靭な鋼《はがね》のような肉体と精神力を持ち合わせているかの印象を私は持ったものだ。

リビアもイラクも食料不足や経済不況といった深刻な問題が山積みの中、経済再建第一かと思えばまったく逆の戦争という破壊行為に出てくる。そのこと自体、想像を絶することであるが、現地での生活を体験してきた私にはそれはイスラム人気質として受け入れることができるのである。そこに国民の日々の生活の不平不満の矛先を、あたかも外敵に向けさせようとする指導者の意図を感じるのだ。武器の調達に国家予算の大半を費やし、イランとの戦争にこりずにクウェートへの侵攻とあえて多国籍軍相手の戦争を行なう。イラクもまた大きな軍隊を抱えて常に外敵を作り続けなくては政権を維持できない国なのだ。

砂漠という過酷な自然環境があり、アラブとイスラエルの紛争や経済不況があり、さらには石油による富める者と貧しい者の経済格差が広がり、局地紛争が絶えない。そして国内では常に政治的抑圧があり、政府転覆の謀りごとがある。国民は秘密警察の活動に絶えず神経を尖らせている。とかくアラブ世界は平和に結び付くイメージが描きにくい。

人間の生き様

一、講演依頼

今日、皆さんの前でお話をすることになった経緯から話を始めたいと思います。

去る七月のある日、上大謝名老人会の山城賢栄会長へ「仲宗根政善・家族の皆様へ」と題する手紙を送付しました。老人会には戦争体験者がおられる。『沖縄戦全史』を書いていることをお知らせすることで、助言が戴けるかもしれないと思いました。

数日後、手紙を読んだ山城会長から電話を戴きました。「沖縄戦について講演をしてみませんか、ついては新しい公民館が十月に完成するので翌月そこでどうでしょうか」という。

予期せぬ申し出でした。話を聞きながら十分な準備期間があるので『沖縄戦全史』に至るまでの話も面白いかも知れないと思いお引き受けすることにしました。

早速、手紙や日記、新聞への投稿文などを織り込んで原稿を書き始めました。数か月推敲を繰り返していましたら一編の中編小説ができあがりました。結果、朗読を交えた講演にすることにしました。

「仲宗根政善・ご家族の皆様へ」の手紙

拝啓、初めてお手紙を差し上げます。私は現在九年をかけ沖縄戦のノンフィクション作品『かつて沖縄にて　沖縄戦全史』を書いております。

今回、書く糸口を与えてくれた体験記録の一つが仲宗根政善さんの『沖縄の悲劇　ひめゆりの塔をめぐる人々の手記』でした。仲宗根政善さんの体験記録を作品の構成資料として使わせて戴きたく手紙を書いております。様々な「体験記録」を読んで気づいたことは、当然のことですが、どれも自分の見渡せる範囲内で体験したことのみが記録されていることでした。

「体験記録」を読み進むにつれ、ノンフィクションの沖縄戦を描くには一人の主人公ではその人の足跡の点と線しか描けない。複数の主人公でも面しか描けない。複数に倍する主人公を描くことで、初めて沖縄戦全体の立体像が描けるとの思いを強くしました。

今日の視点で、「体験記録」を寄せ集め、『沖縄戦全史』の構成を思いついたのが九年前です。そしてそれをやった「文学作品」がないことに気付きました。私が知っている唯一のものが、文学ではありませんが、琉球新報社の『沖縄戦新聞』でした。今日の視点で七十年前の当時の新聞を復刻する形式が採られています。私はそれを「ノンフィクションの文学作品」にしたいと思いました。

暗中模索の中、周りに内緒で作業をしてきました。そしてほぼ九五％が仕上がってきました。現在は周りの友人知人に概要を話し、助言を戴いたりしております。

私の父政義（大正十四年生）や母哲子（昭和三年生）は戦争体験者です。父は第九師団に所属していましたが台湾に移動して命を救われ、母は当時一高女の四年生（十六歳）で学友の多くが「ひめゆりの塔」に祀られております。二人とも戦争のことを子供たちに話してきませんでした。父が亡くなり、母は高齢で記憶が薄れてきました。私は、自分の子供たちが戦争のことを知らない状況を見聞するにつれ、父や母の体験した戦争を「沖縄戦の体験記録」を通して再現したい思いを持つようになりました。それは戦争の悲惨さと戦後の貧しさをまだ知っている私の世代が、次の世代に伝えたいという強い思いもあります。

昭和二十三年生まれで戦争体験のない私には、様々な「体験記録」を読み進むうちに、こと沖縄戦に関しては作者の創作で見てきたような嘘を書くわけにはいかない強いこだわりがあります。学生時代、歴史学専攻の先輩から、「小説家は見てきたような嘘も書く。小説家の書いたものを一〇〇%信じてはいけないよ」と言われた言葉が半世紀経ってもまだ頭にこびりついていることも影響しております。

戦後七十年、県史、市町村誌、字誌、個人の体験記録等を含めて沖縄戦の記録も充実してきました。初めの数年は資料読みに費やしました。膨大な資料から、あらゆる地獄を集めたといわれる沖縄戦の物語を、戦時にあっても元気な沖縄人像を求めて、かつ「ノンフィクションの作品」をめざして資料を探して参りました。

沖縄戦を次世代に伝えて風化させないという思い、そして戦地で血を流し、汗や涙を流し、弾の下を潜ってきた「体験者自身の記録」を尊重したいとの思いは常に心の底にあります。結果、私の立場は、物語を創作することではなく、沖縄の戦時を生き抜いた「人間の生き様」を描くために編集者あるいは編著者としての立場に徹することがより適切だという思いに至りました。

長くなりましたがここ半年、私は体験記録を作品の構成資料として使わせて戴きたく家族の皆様に手紙を書いたり、執筆の傍らお会いしたりしております。

敬具

さて、沖縄の戦時にあっても元気な沖縄人《ウチナーンチュ》はいないかと気にかけ、それなりの必然性をもって多くの方々に登場いただき、かつファミリー・ヒストリーを描くことで戦前・戦中の沖縄社会を描くことが可能だと考えました。数人の人物について採用の理由を述べてみます。

照屋忠英：一八九二（明治二十五）年生れ。照屋は当時、今帰仁村の天底小学校から異動して本部《もとぶ》小学校の校長で、国策の尖兵となって軍国主義を鼓舞してきた方ですが、本部村伊豆味でスパイ容疑で日本兵に殺害されてしまいます。殺害から三十三年、多くの教え子や関係者の支援で顕彰碑の建立と回顧録が発行されます。さらに六十年後、日本兵によるスパイ殺害記述の手帳が米国立公文書館で発見されました。一人の人間の死と家族の生き様がファミリー・ヒストリーとして展開されます。

國場幸太郎：一九〇〇（明治三十三）年生れ。沖縄戦を語る時、國場幸太郎を抜きに語ることはできません。幸太郎は戦前、日本軍から沖縄本島で六つの飛行場工事を受注します。それぞれが三千名の労働者と二百五十台の荷馬車を動員する大プロジェクトです。国頭村の屋取《ヤードゥイ》集落、それはかつて琉球処分で禄を失った武士たちが地方に移り住んで形成した小集落で生まれ育ち、貧困故に小学校六年で中退せざるをえず、大工の棟梁の許へ丁稚奉公に出された十二歳の少年が、三十年後に日本軍から六つの飛行場工事を請け負うまでに成長します。何が少年を成長させたのか。逆境から身を起こした元気な沖縄人がおり、そこに人間の生き様を見ることができます。そして戦後は四十五の企業集団を率いますが、器がないとできることではありません。

稲嶺一郎：一九〇五（明治三十八）年生れ。本部村の健堅《けんけん》集落で生まれ育ち、父親は四歳の時にペルーへ移民で渡り、母親もその四年後にペルーに行ってしまいます。残された少年は伯父伯母に育てられ、沖縄県立二中、早稲田大学、満鉄と成長していきます。日中戦争の中、一郎は満鉄五万名の社員の中から選ばれて二か年の欧米視察旅行に派遣されます。回顧録に旅の目的と内容は記されていませんが、満鉄調査部の一員として戦時における各国の情報を収集し満鉄本社に送っていたであろうと息子の稲嶺恵一氏は語っておられた。ドイツではナチス党大会のヒットラーの演説を聞いたとも記されています。

帰国した一郎は満州へ帰る途中、沖縄に立ち寄って母校の二中と本部小学校を訪ねます。両校とも恩師が校長になっていて、「稲嶺君、今の話を子供たちを集めるから後輩たちの前で話してやってくれ」と講演を頼まれます。困難な時代、逆境に育った少年が成長し、故郷に錦を飾る物語です。逞しい人間の生き様を稲嶺一郎にも見ることができます。

一年後、東南アジアからエジプトまで往復一年かけてまた視察旅行に出かけます。世界大戦の中、世界を飛び回っている沖縄人がいました。

平田忠義：一九〇一（明治三十四）年生れ。伊是名《いぜな》島で生まれ育った少年が師範学校の当番日誌に鹿児島県人に支配された教育界にあって教師批判を書いたことから退学処分され、その後ペルーに渡ります。メキシコの商業学校で学んで後、邦字新聞を発行したりします。横浜のコロンビア公使館勤務や小倉の歩兵連隊入隊を経て、サイゴンの大東亜博覧会に貿易統制会次席代表として参加したりします。終戦直後には、國場幸太郎と共に熊本から漁船で、米軍統治下の沖縄に密航し、戦後は様々な起業を行い県経済発展に寄与しました。

宮城嗣吉：一九一二（大正元）年生れ。戦前、スヤー・サブローの異名を持つ空手使いの少年の空手にまつわる話が面白い。那覇での外人ボクサーと沖縄人空手使いたちとの興行試合や海軍に入隊時、中城湾に入港した連合艦隊の艦上、宮殿下や海軍兵士たちの前で空手の御前演武をする話。そして小禄飛行場の給油係として南方を行き来する将兵たちから戦況に関する情報を入手する話やガソリンの入ったドラム缶六千本を十・十空襲時の敵機から護るエピソード等々興味深い。

沖縄戦の体験記録を漁っている時、『沖縄県ハンセン病証言集』を見つけ、そこから芋づる式に青木恵哉《けいさい》の『選ばれた島』に出会いました。その裏表紙に今回私が小説のテーマにしている「人間の生き様」が凝縮して表現されていることを見つけました。ライの問題はそれ自体大きなテーマですが、沖縄戦の中でライ者の置かれた境遇はまた悲惨でした。『選ばれた島』や『沖縄県ハンセン病証言集』に出会うまでそのことを詳しく知りませんでした。

以下は編者の渡辺信夫氏が『選ばれた島』について記した文章である。

「かつて島津藩が武器なき琉球王国を搾取のもとにおき、明治以来の中央政府がこの県を最後の後進県として放置し、日本軍が国民の犠牲を意に介せずにこの群島を戦場とし、敗戦後はこの群島を手放した講和条約によって内地の繁栄を確保しようとしたのと本質的には何ら変わっていない。

放置されていた沖縄の事情を最もよく象徴していたのはライ者の地位であろう。差別を受けている沖縄社会の中で、ライ者はさらに差別され、疎外されていた。彼らは部落の中に住むことを許されない。浮浪し、物乞いをしながら野辺に果てるか、部落の憐れみを受ける場合でも、はるか離れた所にしか小屋を建てることができない。国家と県の貧しい行政は彼らには届かない。ライ療養所も建ててもらえない。本土の療養所に入園したくても、病者の乗船は拒否される。それだけに発病者の悲しみは大きい。

このように放置されている沖縄のライ者のもとに、青木恵哉が遣わされてきた。彼は一介の平信徒伝道者であり、自らもライの重荷を背負っていた。彼はもっぱら伝道だけをするために来たのであるが、ライ者の窮状を黙視し得ず、療養所建設の志を立てる。しかも、その療養所建設を官憲の憐れみに頼る形に於いてではなく、ライ者自身が土地を入手し、ライ者自身の信仰的使命感に基づく療養権獲得闘争として展開する。このライ者集団に沖縄のキリスト者たちが協力し、県当局の権力をもっても建てることができなかったライ療養所ができたのである。この経緯がまさに青木恵哉の生き様としてある。それは沖縄やライについての認識を与えてくれるだけでなく、高邁な自立した生き方を教えるであろう」

さてこれから本の発行までには山あり谷ありの長い道のりが待ち受けているものと思われますが、以下に近況をお知らせ致します。

去年の年末、お歳暮を届けるため例年の如くドライブをして今帰仁《なきじん》村越地《こえち》の叔母を訪ねた。途中、昼過ぎ、仲宗根を通る時、吉田光正さんの家があることに気づき、訪ねてみることにした。町はすっかり寂れてしまい、人通りがない。あたりを見回して開いている店を探すのも難しいほどだ。ある店で場所を尋ねると、「今は空き家で誰もいないはずですよ」と女店主が言う。

空き家になっているのかと呟きながら店を出た。

目的の場所に近づくとある屋敷内で高齢の男性が三人立ち話をしている。私は車を停めると、三人に近づき、「吉田光正さんの家はどこでしょうか？」と尋ねた。すると、「ここです」と右手を軽く突き出し、人差し指で足元をトントンと叩くような仕草をした。

「すると皆さんは……？」

「息子です……どちら様ですか？」

「実は、吉田光正さんの書かれた『つれづれに』を小説の構成文献として使用させて戴きたいと思い、たまたま今帰仁に来たものですから、訪ねた次第です……」

私が来意を告げると、空き家になっている家の中に招いてくれた。

「兄弟三人、一人は東京から来て、こうして揃うのも何年振りかなんです。実家でお会いするのも偶然とはいえタイミングがいいですね」と長男が頬笑んで言った。

数日前、私は吉田光正さんの家族宛に手紙をしたため、コピーの裏紙を利用した原稿をたまたま携帯していた。口で説明するよりはと失礼を断って読んでもらった。

長男は〝普天間基地を県外へ、辺野古フォーラム〟代表・吉田義邦さん、七十歳前後で元ＮＨＫの記者。話をしていると、親戚の教員、山城玲子さんと北山高校の同級生だという。

二男は東京から来た吉田武美さん、公益社団法人・薬剤師認定制度認証機構・代表理事、薬学博士、昭和大学名誉教授と名刺にある。

三男は吉田光智さん、私と同年位で県庁を定年退職したようだ。

二枚綴りの手紙を三人が回し読みした後、

「分かりました。父の作品でよろしければお使い下さい」

と丁寧に承諾してくれた。

初めての訪問が偶然、実家でそれも兄弟三人揃ったところで実現し、そのうえ快く承諾してもらい、予期せぬ出来事に私は思わず感動。

越地での用事を済ませて、四時頃、本部周りで健堅にある稲嶺一郎の生まれた集落を見て帰ろうと思い、本部へ車を走らせた。途中、与那嶺《よなみね》の集落にさしかかった。急遽、仲宗根政善の実家を見ておこうと思い立ち、バス停近くの売店で場所を教えてもらった。程なく集落を奥に入って、はてと立ち止まっていると、軽トラックがやって来た。念のため場所を訪ねると、五十年配の野良着の男性が、「すぐそこですから案内します」と車を降りて案内してくれた。分かりづらい所なのかとその親切に恐縮していると、言葉で説明すれば済む所であったが、丁寧に案内して屋敷の説明までしてくれた。

福木の防風林に囲まれた広い屋敷であった。豚小屋跡と家屋跡の石の基礎部分だけが残っていた。正月前、親族の人たちが草刈をしたのか、一角に山のように積み上げられている。屋敷の中央に高いシィークァーサーの樹があり実が黄色く熟れていた。篤農家であったことが偲ばれる。

近所に仲宗根の表札を見つけたので訪ねてみた。親戚だという奥さんが対応してくれた。

「集落で銅像を建てる話を持ち掛けたら、政善さんは笑って承知しなかった」という。

息子さんに会いたい旨を告げると那覇の住所と電話番号を教えてくれた。近くに師範時代の教え子が健在で、詳しい話が聞けるだろうと、紹介してくれた。

山内祐子《さちこ》さんは当時、師範女子部の生徒で、ひめゆり学徒隊の生き残りである。八十七歳になる。来意を告げると快く会ってくれた。戦時体験の話になると、どうしても仲宗根政善の話、荒崎海岸での体験話に行ってしまう。

「先生が他界されてから、一日とて先生を忘れたことはありません」と山内さんが教師時代に子供たち向けに作った体験記録の手作りの紙芝居を持って来て説明してくれた。

「終戦の六月二十三日未明、南の果てまで追い詰められた私たちは、喜屋武《きやん》岬のアダン林の中で、敵兵が目前に現れた時、『自決！　自決！』と叫びながら各自手榴弾を持って仲宗根先生の方へ駆け寄って行きました。自決か、捕虜か、選択は二つでした。その時、私は母を想い出し、『先生！　お母さんに会ってから死にたい』と叫びました。

先生は私を見るなり『栓を抜くんじゃない』と言い、私たち十二名をアダン林から出しました。私たちだけだと自決していたでしょう。当時、『捕虜には絶対なるな』が合言葉でした。先生は生きる道を選んで下さったのです。十二名の命の恩人なのです。

偉ぶらず、誰にでも笑顔で暖かく、ほんとに慈父のような方でした。戴いた数々の励ましの言葉は、私の生きる支えです。天国で待っている多くの教え子たちに、この地上で果たせなかった楽しい学園の夢を叶えてあげて下さい。また故郷、長浜の波の音を聞きながら安らかにお休み下さい。先生、ありがとうございました」

と紙芝居を結んだ。

老齢の人に悲惨な話を繰り返させることを忍びないと思いつつ、私は黙って聞くより他はなかった。

外に出るとすっかり暗くなっていた。昼間の軽トラの野良着の男性は、丁寧に屋敷を案内してくれた。見ず知らずの集落の人たちとの短いやり取りではあるが、村人たちの仲宗根政善に対する思いや態度に、亡くなってなお集落の誇りとして尊敬と敬い慕う敬慕の念がまるで集落全体から発しているかのようで、仲宗根政善という人は只者ではないとの思いを抱きつつ、私は、暗い山原《やんばる》路を南へ車を走らせた。

二、漫画少年が映画館通い

私の父は移民二世としてブラジルで生まれ、教育を受けるために戦前沖縄にやって来た。沖縄で生まれた私は父方の祖父母はよく知らない。一方、母方は戦前、母が八歳の時に父親が亡くなり、祖父母はヨネさんしか知らない。彼女は今帰仁で小学校の教師をしながら哲子、雅子、武美、武美智の四人の子供たちを育てあげた。シングルマザー故、祖父が女学校の学費を援助してくれたと母は言っていた。ヨネさんは初孫の私を溺愛した。それは夏目漱石の『坊っちゃん』に出てくる明治女の清《きよ》を私に思い起こさせた。

ヨネさんが天底小学校で教員をしていた頃の校長が伊豆味でスパイ容疑で殺害された照屋忠英である。

やがて子供たちが那覇に出て独立すると、教師を定年退職したヨネさんは那覇の三原の教会近くに家を新築した。

戦後まもなく沖縄本島北部から大勢の人たちが押し寄せて那覇の松川、大道、三原の真和志《まわし》地区に移住して住み着いた。ヨネさんの家は三部屋と台所だけの小さな家であったがそこに新婚間もない武美さん夫婦、独身の雅子、武美智さん姉弟、そして我部のハンシーさんという遠縁の白髪のおばあちゃんも同居していた。隣近所には琉球銀行総裁の崎浜秀英氏、若い頃の放送作家の上原直彦氏、立法院議員の山川泰邦氏らが住んでいた。

ヨネさんは同郷出身の久松キクさんの経営する久松食堂に住み込みで相談相手兼支配人として働いていた。久松キクさんはヨネさんより少し年長であったが、復興直後の那覇のグランドオリオンの向かいで久松食堂を経営して財をなした貫禄のある女傑であった。武美・信子さんの結婚式は久松食堂の二階で行われた。
やがて安里《あさと》にも木造二階建ての久松食堂を開店するとヨネさんはそこに移った。小学五、六年生の私は母が洗濯したヨネさんの下着や洋服などを風呂敷に包み、三原から安里まで往復六キロの道を歩いて毎週祖母に届けに行った。食堂に着くと決まって沖縄そばをご馳走してくれた。当時の小学生にとってはご馳走であった。教育関係の重鎮、當銘由金先生等、ヨネさんの人脈から、二階の広間ではよく教職員関係者が宴会をしたり、入試の試験問題を作成したりしていたようだ。私はそばを食べ終えると、洗濯物を風呂敷に包んではまた帰路に就いた。

小学生の頃、やっとテレビが出始め漫画が月刊誌の時代、私は漫画に夢中であった。『鉄腕アトム』『鉄人28号』『赤胴鈴之助』等の漫画が流行っていた。友だちの家に行くとまず漫画を探した。お互いに貸し合ったり、貸本屋に行っては借りて読んだりした。漫画の発行日になると小遣いをねだって本屋へ駆け込んだものだ。読み捨てではなく、毎月丁寧に宝物として漫画集めをしたものだ。それが私の世界であった。

中学になると、映画館通いを始めた。錚々たる映画監督や銀幕のスターたちがいて、非日常の世界があった。ある日、台風の中を映画を観に行って、家に帰ると停電したロウソクの灯りの中で親父の前に正座をさせられ、親の心配を知らない奴だと散々叱られたこともあった。叔父の武美智さんが見かねて膝の上に私を抱きかかえ気まずい状況から救ってくれた記憶がある。それ程映画には魅力があった。

真和志中学卒業後五十年の節目で記念誌を出版する、ついては当時の想い出を投稿して欲しいとの便りが「文集」編集委員会から来た。

送られてきた当時の世相年表を見た。その中に、六月『高校三年生』発売、八月「みどり丸沈没事故」、九月「全琉合唱コンクール優勝」とある。私は一瞬、「じぇじぇじぇ、何だこりゃ」と思わず呟いた。この三つは私の中で一つの物語なのだ。

それは音楽の先生から合唱部にスカウトされたことから始まる。コンクールに向けての合宿が宜野座村の漢那小学校で行われた。一年時の級友西銘《にしめ》由美子さんと佐辺《さなべ》涼子さんが麦わら帽と島草履で合宿を楽しんでいる姿がアルバムにある。

帰路のバスは歌謡曲の大合唱で盛り上がった。那覇の天久から泊高橋に差し掛かり、『高校三年生』を全員で合唱していた。その時「みどり丸沈没事故」のニュースをラジオで聞いた。バスの中に衝撃が走った。

一九六三年八月十九日、事故は泊港沖のチービシ近海で、電柱や肥料を大量に積んだ久米島航路のみどり丸を横波が襲った。低気圧の接近で海上はしけて船は一〇分程で沈没した。久米島の多くの子供たちが海に投げ出され、サメがうろつく海で多くの人が溺れて犠牲となった。乗船者二百二十八人、犠牲者八十六人、行方不明者二十六人の大惨事だった。

ちなみにみどり丸は國場幸太郎の経営する船会社の所有であった。

合唱部は、翌月「那覇地区と全琉合唱コンクール優勝」の功績が記録されている。ところが私は両大会に参加させてもらえなかった。スカウトされ合宿までしながら、大会直前声が低すぎてハーモニーを乱すという理由であったような気がする。

（ああ、生徒を二階に上げて梯子を外してしまうなんて、とんでもない先生方だ）

大会の記憶は空白なので、きっと会場に行かなかったのであろう。だが終わりよければなんとやら、全琉の合唱コンクールで優勝したのだから先生方の洞察力に感服し、「はい、梯子外しは正解でした」という他はない。

だが、捨てる神あれば拾う神あり、ある日、国語の先生から職員室に呼ばれた。「文化祭でヴィクトル・ユーゴーの『レ・ミゼラブル』をやるが出てみませんか」との誘いである。

映画好きの私はもちろん断る理由がない。そして練習に入るといつの間にか主役を割り当てられた。文化祭では全校生徒の前で『レ・ミゼラブル』を演じていた。当時は一学年十六クラスがあり、全校では二千名の生徒がいた。戦後昭和の団塊の世代である。

さらに県立首里《しゅり》高校に進学すると、演劇部の女性の部長が訪ねて来て、「全琉高校演劇祭がある。林黒土の『地鳴り』をやるが参加しませんか」という。

この時も映画好きの私は断る理由がない。練習に参加するといつの間にか主役になっていた。

　朝の授業開始前、一般の生徒たちが登校する前に、数十名の全部員が首里山川の那覇一の高台にある三階建ての校舎の屋上に集合した。そこからは遠く那覇の市街地が眼下に見下ろせた。横一列に整列し両手を脇腹にあて腹式の発声練習を行った。

「舞台をイメージして、劇場の五百名の観客を念頭に最後尾まで声が届くようにする訓練だ。喉でなく腹から意識的に声を出して一語一句明瞭に発声すること」と部長の檄が飛ぶ。「あえいおう、あお」「かけきこく、かこ」と五十音を大声で発声練習した。首里城跡を背景に数キロ先の市街地と東シナ海に向かっての練習が毎日続けられた。外郎売りの早口言葉も練習した。訓練された明瞭な声は自信に満ちた印象を人々に与えたことであろう。

　首里劇場を借り切って『地鳴り』が上演された。数年後に沖縄初の芥川賞を受賞する大城立裕さんが審査員の一人であった。

　中学・高校と自分から進んで入部した訳ではなく誘いが来た。漫画と映画好きの趣味が開花したといえる。好きな事は何かしら相手に伝わるものがあるようだ。

国立大学の受験発表の時、祖母のヨネさんは合格を祝うつもりで鯛の煮付けを準備して、発表を見に行った私の帰りを待っていた。ところが祖母の期待に応えることができずに、不合格を伝えて食べる鯛の味は今もって忘れることができない。

受験に失敗した時、母の弟、武美さんは、「優秀な人は公務員や大企業に勤めてそれで人生を終えるが、採用されなかった人は自分で人生を切り開いて大勢の従業員とその家族を養っていたりするものだ。人生は七転び八起き、最後に成功すればいい。若い時はいろいろ経験をして失敗もした方がいい。若い時の挫折は人間を鍛えてくれる」と励ましてくれた。

高校生の頃、両親は共働きで、私の下には二人の弟たちがいた。将来実現したい夢や目標がなかった私は、受験浪人は念頭になく、自分の力で大学を出る決心をした。

上京した私はまだ受験できる大学を探して法政大学の夜学に進学し社会学を専攻した。大学一年時を練馬の母の妹雅子さんの家に下宿し、家からの仕送りなしに牛乳配達をしながら大学に通っていた。

叔母の雅子さんは私より十八歳年長で、人生哲学は一家言を持っていて一角の人物であった。那覇のひめゆり服装学院を経て、東京の桑沢デザイン研究所を卒業した。服飾デザイナーになるのが夢であった。二十代の頃、那覇市天久《あめく》の軍用道路一号線に面して小さな洋装店を開店した。道を隔てた反対側には米軍将校たちの住む広大な牧港《まきみなと》住宅地区があり、そのメインゲートの向かいに店はあった。私が小学生の頃、祖母ヨネさんのお供をして度々店を訪ねたことがあった。米軍将校夫人たちのオーダーメイドの服を作っていた。当時は琉球政府の時代、地元デパートのリウボウ（琉貿）が舶来の洋服を扱っていたので日本人の体格に合うように仕立て直す仕事も請け負っていた。

雅子さんはその後私が東京に進学する頃には、結婚をして東京で家庭をもっていた。英国大使館に勤める友人たちの注文で洋裁の仕事を続けていた。

ある日、黒澤明に感化された私はいつか映画監督になりたいと雅子さんに夢を語ったことがあった。すると、「ちゃんと仕事をして、そういうことは趣味でしなさい」とたしなめられたものだ。芸術の仕事で飯を食うことの困難さを経験した結果のアドバイスであったに違いない。面倒見のいい人ではあったが、叔母の監視下、同じ屋根の下に住むには窮屈を感じた。やがて大学の友だちから千葉に県学生寮があることを教えてもらい二年時に入寮した。

三、太平洋とアメリカ大陸横断

一九七〇年代は全国の大学で学園紛争、安保闘争、沖縄返還闘争、ベトナム反戦運動があった。千葉県習志野に沖縄学生会館があり、私はそこで四年間を過ごした。奨学金と図書館でのアルバイトで生活費の心配をせずに学業に専念、親元からの仕送りなしに生活ができ心から有難く思った。

当時大学・大学院生七十名程の寮生がいた。私の人生に大きな影響を与えた先輩も何名かいる。私の物の見方、考え方の根本はこの時代に寮や大学での先輩たちとの交流を通して作られたのは間違いない。人生の味わい深さは人との出会いにある。出会いが人の心に大きな影響を与え、時には運命までも左右する。出会いの中に一生は過ぎていくし、人生は出会いの積み重ねに他ならない。

「将来金儲けをする訳でもないのに、少しは手加減して論文を通して欲しいものだ」

「小説家は見てきたような嘘も書く。小説家の書いたものを一〇〇％信じてはいけないよ」

特に歴史専攻の先輩たちの言葉は今でも思い出してほくそ笑む時がある。

ある日、寮の玄関先で一人バットの素振りをしていると、新聞配達の小父さんから声をかけられた。

「太平洋を横断してアメリカへ行けるが、一年間新聞配達をしてみる気はないかい」と言う。

私はアメリカという誘い文句に魅かれ、新聞配達をすることにした。当時大学出の初任給が三万円の時代、寮費は二食付きで五千円であった。アメリカ往復の航空運賃は七十万円、簡単に行ける時代ではなかった。

一年後の夏休み、関東一円の大学生五百名の一人として大阪三井商船の国際見本市船さくら丸（一五〇〇〇トン）に乗り込んだ。当時この船は日本製品を積んで世界を回って見本市を開催していた。

船は横浜を出港し、ハワイのヒロを目指した。船内では文学や経済、アメリカの歴史等の講義が行われた。サンフランシスコとロスアンゼルスにも寄港し、ＵＣバークレーやＵＣＬＡに立ち寄った。豊かでスケールが大きく、まさにハリウッドの映画そのものでアメリカに魅了された。往復四十日、太平洋の満天の星空は忘れ難い。

アメリカから帰国すると、寮の先輩で法政大学の歴史学専攻の大学院生、新城敏男さんに誘われて慶應義塾大学の三田の図書館でアルバイトをすることになった。赤レンガの図書館は歴史が古く、重要文化財のような威厳と風格があった。

大学と大学院生男女十名程がアルバイトで働いていた。新城さんはそこの年長であったので私にとっては居心地が良かった。階下の部屋が控室で各自机が与えられ仕事の合間には自分の勉強をすることができた。伊豆に慰安旅行にも行ったりした。新聞配達に比べると学生には恵まれた環境といえた。

図書館には一般の閲覧が制限された書庫があった。そこには福沢諭吉の頃からの膨大な古文書があった。初めて足を踏み入れた時、私はある映画を想い出した。

中学生の頃、全校生徒を対象に文部省特選の映画見学があり、一学年八百人余の生徒が市内の映画館に見学に行った。内田吐夢監督の『宮本武蔵』第一部、中村錦之助が主演であった。全六部を年一作ずつ丁寧に製作した映画で、若い武蔵が描かれていた。関ヶ原の落ち武者武蔵が捕えられて寺の境内の大木に吊り下げられ、あげくお城に連行されて天守閣に幽閉される。武蔵は沢庵和尚の計らいで、青春の数年の歳月をそこで書物と過ごすことになる。印象に残ったのは、縄を打たれて城に連行される粗暴な武蔵と、年月を経て城を出る時の、凛として成長した武蔵の変化だ。書物の持つ意味を、武蔵を通して映像で教えられた気がする。

もう一つ忘れられない想い出がある。図書館の前に見上げるような大きな銀杏《い》杏《ちょう》の木があった。葉が黄色くなったある日、用務員の小母さんと木の下で銀杏《ぎんなん》の実拾いをしていた。初めての経験であった。その時、三島由紀夫が市ヶ谷の自衛隊総監部で隊員たちを前に決起の檄を飛ばす場面がテレビで中継されていた。用務員室に職員が集まり中継に見入った。全国にテレビ中継されたその日、三島由紀夫は割腹自殺を図った。銀杏の季節になると衝撃的な三島の事件を思い出す。

当時は新宿や渋谷に名画座があり古い映画を四本立てで上映していた。いろんな映画を見まくった。西部劇や『ベンハー』『戦場にかける橋』『アラビアのロレンス』『ゴッドファーザー』そして黒澤明の一連の作品が好きであった。

　翌年、大学卒業を控えた私は、図書館副館長から、

「慶應義塾で数年振りに職員を採用するが受験してみる気はないか」と声をかけられた。

　学園紛争の中、就職に二の足を踏んでいた私は大学五年生で、三年間図書館勤めをしていた。大学はノルマもなく居心地のいい場所だと感じていたので、

「分かりました考えてみます」と返事をした。

　副館長の推薦のお陰でその年、慶應や早稲田、そして法政出身の四名が採用され、私は管財部に配属された。大学の土地や建物の資産管理をする部署である。同期で採用された茅原修一は早稲田の文学部を出て慶應義塾に就職した愉快な男で畑違いの経理部に配属された。尾崎史郎の人生劇場の雰囲気をもった文学青年であった。経理部と管財部は大学本部のある塾監局一階の同じフロアの隣同士でそこで二年間一緒に働いた。

　二人はすぐに意気投合し、野球部に入部して長野の諏訪で合宿したり、茅原の神奈川の実家に招かれて食事をご馳走になったりした。貫禄のあるお母さん

は、「玉城さん、うちの修坊と友だちになってあげて下さいね」とお願いされたのが印象的だ。

「こちらこそ、宜しくお願いします」と私はお辞儀をした。

その後、お母さんの希望通り、私の帰省に合わせて茅原と沖縄を旅行したりした。

人生は皮肉だ。いつも文学論を口にした彼を差し置いて、五十年の歳月はビジネスを専攻した私を小説家にした。茅原は逆に経理部門から始まって学校経営の様々な分野の部長職を歴任した。定年後も非常勤で、ある学校法人の顧問を務めている。

今帰仁に行った時には叔父の玉城政雄さんの家に泊めてもらい、茅原共々本島北端の辺戸岬や茅打ちバンタを案内してもらった。十四歳年上の叔父は私の人生で忘れ難い一人だ。今帰仁プロパンというガス屋を経営していたが、人間のできた人で、周りに対する気配りと面倒見がよかった。県道に面した店舗兼屋敷にはアヒルが二、三十羽放し飼いにされ、集落の青年たちが集ってはよくアヒルを潰し、つられて近隣の人まで参加することが常であった。

戦後、集落にまだ電気がなかった頃、政雄さんは発電機を導入し、集落の共同売店を開設したりした。集落の高齢者たちからも何かにつけて「政雄、政雄」と慕われ頼りにされる存在であった。コインランドリーを村でいち早く導入したりと事業意欲も旺盛で、ある時は大きなリゾートホテルの建つ今帰仁の海辺へ連れて行き、ここでパーラーを計画しているとその場所を案内してくれたこともあった。

私が中学生の頃、政雄さんが那覇に出て来て、ある映画に誘ってくれた。それは那覇のグランドオリオンで観たイタリア映画、グァロティエロ・ヤコペッティ監督の『世界残酷物語』だ。劇場の前には長蛇の列があった。青龍刀のような大刀を振り下ろして太い牛の首を胴体から切り離す場面は強烈な印象としてある。

就職までの三年間同じ大学の図書館で働いていたこともあり、ほとんどの職員が顔馴染みであった。大学は営業ノルマもなく新卒の青年には恵まれた快適な職場環境であった。

管財部の上司に桐谷幸治という五十代の元帝国陸軍の軍人を思わせる課長補

佐の人がいた。若い頃、中国大陸での軍隊生活が長かったようだ。所作動作が機敏で軍隊経験が自ずと危機管理能力を備えさせたであろう親分肌の雰囲気を持っていた。

全国の大学で機動隊と学生との間で投石や火炎瓶が飛び交う日常生活の中、桐谷さんのように戦場の危機管理能力を身をもって修得した人材は貴重であった。人事部や総務部の課長たちが何かにつけては「桐さん、桐さん」と訪ねて来た。そして椅子や机で構内にバリケートを築く学生たちへの対処方法を助言してもらっていた。

管財部唯一の女性職員鹿子木さんはいつも桐谷さんの博識ぶりを耳打ちしてくれた。

「まるで生き字引き。どんな質問にも答える。二十も資格免許を持っているらしい」

五時の終業時間になると桐谷さんは「玉城、帰るぞ」と声をかけて出口に向かった。

「ほら玉城さん、声が掛かってるわよ」と鹿子木さんは笑みを浮かべて言った。

桐谷さんは塾監局の建物を出ると道を隔てた隣の建物の半地下にある用務員室に直行した。そこは一階が生協の売店で、大学構内の営繕と植栽の維持管理を担う四、五十代の用務員の人たち十名程が詰めていた。詰所の責任者は桐谷さんで、その下に主任がいた。たまに酒を躊躇すると「アパートで待ってる人でもいるのか。そうなら引き止めないが……」と切り出しながらもグラスに焼酎を注いでくれた。

私は軍隊時代の話に興味を持った。軍の廃車ヤードから部品を掻き集めてトラックを再生する話。不発弾の火薬を集めて地雷を作る話など興味深くよく質問した。社会で生きていくには中学卒の学力と知識で充分だと桐谷さんは言った。確かに鹿子木さんの言う百科事典並みの博識があった。

慶應義塾大学に就職して二年が経過したある日、母の末弟、叔父の武美智さんが上京して来た時、食事に誘われた。武美智さんは七十名程の従業員を抱えて自動車販売会社を経営していた。私とは十五歳違いで当時四十歳だ。

横道にそれるが、去年中学卒業後五十年の同級生会があり、会場で学友たちと話をしていると与儀幸治が突然、「玉城の家は金持ちだった。石鹸箱ダービーに出ていた」と言った。

五十年前のことをよく覚えていることに私は一瞬、驚いた。

小学生の頃、米軍主催の石鹸箱ダービーがあった。ブレーキとハンドルだけを付けた分厚いベニヤで作った畳一畳ほどの四輪車を坂の上から二台で走らせて競う遊びだ。牧港の沖縄電力前の坂の上から米軍のキャンプ・キンザーに向かって長い下り坂がある。レースはそこで行われた。私たちの通っていた松川小学校からは遠い隣町で、彼がそれを知っているのが不思議であった。

「石鹸箱のような車を作るから君がそれを運転しなさい」と武美智さんは言った。自社の修理工場でベニヤの車を作らせその現場に立ち会わせたり、軽トラックに積んで牧港に行ってはコースで練習をした。確かに子供の感覚では金持ちの遊びだ。出場者の八割方は米軍将校の子供たちであった。ダービー当日はベニヤ製の車体をカラフルに塗り立てた四、五十台の石鹸箱が参加した。数百人の米軍家族や一般市民の見物する中、米軍軍楽隊やポップコーン、ホットドッグ、アイスクリームの屋台も参加してアメリカ式のカーニバルが賑やかに行われた。私の乗る石鹸箱の白い車体にはウサギの赤い目がデザインされ左右の車体には黒で大きくＲａｂｂｉｔ号と書かれていた。当時売り出された富士重工のラビット・スクーターを米兵向けにレンタルするための宣伝であった。

その武美智さんが東京に出張でやって来て食事に誘われた。

「牛乳配達や新聞配達をして、太平洋を横断したり君なりに努力しているようだ。努力する人には周りは支援を惜しまないものだ」と言う。

「ここに百万円ある。株をしてもいい、数倍にしてみろ」と突然封筒を差し出した。

スバル３６０の軽自動車が出回り始めて、商売が儲かっていたのだと思う。

突然、株と言われてもそれに興味のない私の口から出たのは、この発想も突飛であったが、「アメリカに留学してもいいですか……」という言葉であった。

四年前の朝日洋上大学でアメリカの大学を見て憧れていたに違いない。武美智さんは、一瞬意外な顔をしたが、「留学か……いいだろう」と躊躇せずに承諾してくれた。

「百万円はくれてもいいが、それでは君のためにならない。あえて貸してやるが、それでいいか」とも言った。

「はい、お願いします」と私は頭を下げた。

「アメリカはできたら西と東の両海岸を体験したらいい」と助言までしてくれた。私の年収の二年分をいとも簡単に貸してやると言う叔父に、人生の先輩として改めて尊敬の念を抱いたものだ。

私の母の四人の兄弟姉妹は、教員の父親を戦前に亡くし、子供の頃に戦争を体験した。教員の母親の下、皆高校しか出ていなかった。若くして自動車販売会社を創業した兄弟二人は、経営者として人を引き付けるものを持っていた。弟の武美智さんが創業者で、兄の武美さんが副社長であった。武美さんは経営手腕に加え人材の育成が上手く組織を束ねる力量が秀でていた。一方、武美智さんは社交的で社外において自動車関係の会長職をいくつも兼務し、兄弟それぞれの長所を車輪の両軸として会社は順調に成長していた。

自ら事業を築き可愛がってくれる叔父たちを訪ねることは楽しみであった。武美智さんはその後も亡くなるまで私の人生でいつも保護者となり私を支えてくれた。私が今日あるのは偏にこの武美、武美智さんの尽力が大きい。

私は前準備もないまま留学することになった。せっかく採用してもらった職場を二年で辞めることには世話になった職場の先輩方に申し訳ない思いがあった。しかし留学のためだと言うと皆さん全員が励まして送り出してくれた。私は感謝の気持ちでいっぱいになった。カリフォルニアで英語を学ぶため、サンフランシスコ州立大学に語学学校を見つけた。

語学学校を探す過程で年間授業料と生活費が計算できた。学生ビザに義務付けられた復路航空券の前準備をすると一年しか留学できない。物事が動き始めた以上、私は無謀な冒険を承知で計画を前に進めた。その過程で武美さんも五十万円貸してくれた。私の二人の弟も建築と土木を専攻して大学に進学した。両親は共稼ぎである。三人同時の学費負担は大きい。私は両親に済まない気持ちで、手紙で留学に至る事情を説明した。反対がなかったのはせめてもの救いであった。

当時、サンフランシスコはヒッピー文化が華やかで『花のサンフランシスコ』や『カリフォルニアの青い空』等の歌が流行っていた。街角で日本車を一台も見ない時代であった。

私は大学近くの七十代の未亡人ミセス・レイル家の二階の一室に下宿した。

地下には大学院で小説を専攻し、私より五歳年長のアイルランド系のロジャーが下宿していた。縁なしの眼鏡をした物静かな貫禄のある青年で、学校の事を教えてもらったり、初対面から馬が合いすぐに友だちになった。

1ドル三百六十円の時代、自費の留学は金がかかり預金通帳とにらめっこをしながらの生活であった。ハンバーガーを注文してお代わり自由のコーヒーにミルクをたっぷり入れて栄養バランスを考え安上がりの食事を工夫したりした。映画は日本の三分の一の料金で、ロジャーと二人『エクソシスト』や『ダーティ・ハリー』等を観に行った覚えがある。たまにロジャーと二人でミセス・レイルをレストランに誘うととても喜んでくれた。

ある日、ロジャーの部屋で雑談をしていると、西部劇で使うリボルバー式の銃を見せてくれた。銃を手にする初めての経験だ。それが身近にあると思うと、まさに銃社会アメリカが実感された。

サンフランシスコ州立大学の英語のクラスでは、日記の提出が宿題であった。私はタイプ打ちしたそれを毎日添削してもらった。英語で思考する訓練であった。英語はなかなか上達せず、授業は高校レベルを勉強していた。それでも目標は大学院に決めていた。一年後ニューヨーク大学のビジネススクールが入学を認めてくれた。

車でアメリカを横断しようと決め、フォードLTDという中古車を購入した。その頃、トイレットペーパーを買い占める日本のオイルショックのニュースが伝わって来たが、ガソリンは安く日本ほどには危機感はなかった。

映画『イージー・ライダー』が流行った頃、ニューヨークへ南回りで五〇〇〇キロを横断した。旅の途中までロジャーが同伴してくれた。ネバダやアリゾナの中西部では大陸を思い知らされ雰囲気はジョン・フォードの西部劇そのものだ。ミシシッピーやアラバマでタイヤがパンクしたり、路肩にタイヤを取られて助けが必要な時、親切にも助けてくれるアメリカ人たちがいた。沖縄にいるアメリカの占領軍の軍人たちとはまるで異質の人たちに思えた。

沖縄では戦後二十七年間の軍事政権下、高等弁務官が司法・立法・行政の三権の上に君臨していた。銃とブルドーザーで土地を奪って基地を造り、沖縄を飛び立ったB52爆撃機が毎日ベトナムを爆撃している現実があった。沖縄人《ウチナーンチュ》を殺しても基地に逃げ込んでは本国に帰ってしまう。裁判をしても無罪になる。

言論統制や米軍に不都合な出版物への弾圧があり、住民の基本的人権や自由が抑圧された植民地状態にあった。沖縄は米軍が血を流して勝ち取った島だという占領者意識を持った軍隊。それとは異質のアメリカ人がいることをサンフランシスコや大陸横断の途中実感できたことは嬉しかった。

ニューヨークでは地下鉄があるので車は売却した。ニューヨーク大学（NYU）のビジネススクールはウォール街の世界貿易センタービルに隣接し、ビジネスマンたちの職場に近く、彼や彼女らが夜学べる環境にあった。ニューヨークは都会のエネルギーに満ち溢れ、落書の氾濫する犯罪都市の印象だ。カリフォルニアの明るく伸びやかな空気とは異質であった。私の日常生活は大都会の片隅で、アパートと教室と図書館の三角形の三辺を規則正しく往来していた。

大学院では一学期で三科目履修した。単位の履修方法は、各科目分厚い参考書を三、四冊読んでレポートを提出させる仕組みだ。三科目の履修となると、三か月で約十冊の参考書を読み、及第点以上のレポートの提出が必要だ。猛スピードで追って来る機関車の前に立って走る感じだ。日本でのような一年で一冊の薄っぺらな英語の教科書を読む感じではない。クラスメートたちも昼間働き、夜学んでいるので彼らも時間に追われて生活している。彼らは六科目を履修していた。授業料が高く金のプレッシャーも大きい。前準備なしの留学を反省し、後悔させられたものだ。ニューヨークの摩天楼の下で生活していると、自分がいかにも社会の底辺でネズミやゴキブリのようにビルの隙間を這いずり回っていることを思い知らされた。三角形を往来する生活が二か年続いた。

毎週土曜日は隣の州ニュージャージーの日本語学校で小中学の子供たちに日本語を教えるアルバイトをしていた。大学院生だとすぐに採用してくれた。

大学のビジネススクールには二人の沖縄出身の先輩がいた。琉球銀行を退職しハワイ大学を経て博士課程で経営学を学んでいた平敷徹男さんと、もう一人は平安座島にある外資系ガルフ石油の社長秘書をしていた女性である。平敷さんとは食事をしたり、ナイアガラの滝を一緒に見に行ったりした。

ニューヨークで唯一の息抜きはブロードウエイや学生街での映画鑑賞であった。ある日、黒澤明の映画週間で一連の黒澤作品が上映されていた。『椿三十郎』が終わると観客が総立ちして拍手する光景を覚えている。日本人として誇りを感じたものだ。黒澤映画の品格はハリウッドの監督たちにも多大の影響を与えたとされる。大都会の底辺で貧乏生活している中、黒澤映画は闇に差し込む一条の光のように勇気と希望を与えてくれた。

ＮＹＵのビジネス・スクールの先生たちは昼は企業で働き、夜は大学で教える人が多かった。会計学の先生はプロレスラーのような大柄な公認会計士であった。ある日、授業の終わりに先生から声をかけられた。名刺を頂戴したらロックフェラー財団の副公認会計士、レオ・カーシュナーとある。先生は私の生活の現状を聞いて後、「朝鮮戦争の頃、東京に兵隊として駐留したことがある。日本語が話せず外国生活の困難さを体験した。よければ日曜日、電車で一時間の郊外の自宅に招きたいが」と言った。

先生の家には奥さんと高校生の娘と中学生の息子がいた。近くの公園や森を一緒に散歩して、食事をご馳走してくれた。そのおかげであろうか会計学のテストは及第点を頂戴することができた。

先生は授業中とても含蓄のあることを言った。

「皆さんは、大企業に勤めるにはいいが、自分で事業を始めるのは止めた方がいい。事業を始めたければここで学ぶよりもっと賢い方法がある。それは街に出て働くことだ」

せめて二か年は学業を続けさせて欲しいと両親に援助をお願いしてきたが、二か年では終了できそうになかった。学費が高く金が続かなかった。1ドル三百円の時代、三人の大学生を抱えた共稼ぎの両親のことを思うとそれ以上の我が儘は言い出しかねた。ニューヨークは不法移民が多く、学生ビザでの就労は監視と規制が厳しかった。唯一の方法はアメリカ人と結婚し、市民権を得ることであったが、そこまで踏み込む勇気はなかった。結果、未練はあったが、二年で中退することにした。

沖縄に帰国すると一年後に結婚した。彼女は沖縄国際大学のある宜野湾の出身であった。沖国大の図書館で彼女がアルバイトをしている時に知り合った。その来歴は、NYU時代の先輩、平敷徹男さんがそこで講師をしていたが、琉球大学に異動することになり、急遽私を後任の非常勤講師として推薦してくれたことによる。しかし突然のこともあり、大学で教えるにはまだ力不足であった。一学期で辞めることにした。

私は宜野湾で花卉栽培を始めた。沖国大の周りにいっぱいキビ畑があった。

義理の父が地元の有力者で、その斡旋もあり、五、六ヶ所に散らばった農地約三千坪を貸してもらい、グラジオラスの栽培を始めた。温暖な沖縄の冬の気候を利用して端境期に花を本土に出荷しようというのである。サンフランシスコにいた頃、冬にメキシコから花が輸入されていることを知っていた。本土市場が品薄になる時期に露地栽培で出荷できる強みがあった。

四、徳田虎雄氏との出会い

花卉栽培をしていたある農閑期、武美智さんから医療法人徳洲会理事長の徳田虎雄氏を紹介された。それが縁で徳田氏の秘書としてカバン持ちをすることになった。全国に二十四時間態勢の総合病院を展開する壮大な計画を持つ徳田氏の『人間の生き様』に興味があった。

徳田氏は初対面の部下予備軍と向き合う時には、虎が射すくめるように相手を睨みつけて話をした。私は当初戸惑い、目を逸らすなと何度か叱責された。

当時の徳田氏の仕事は医師のスカウト、病院の用地確保、そして自らの事業・計画の理念を述べた本のタイトルと同じ『命だけは平等だ』の講演を全国各地で行った。病院建設のためメガバンク出身者が融資を担当し、医師のスカウトと用地探しの担当者が十名程全国各地を飛び回っていた。脈在りの医師がいると徳田氏が直接乗り込んでホテルのロビーで面接をした。

徳田氏は最初の徳田病院を造る時、生命保険を担保に「失敗したら自殺して、保険金で返す」と銀行融資を実現させたという。その二年後一九七五年医療法人徳洲会を設立した。

移動中の車の中でよく戦国武将の織田信長を引き合いに出して、「自分は医療で日本一、いや世界一の病院ネットワークを構築する」と夢を語った。全国を飛び回って講演する六〇年安保闘争実践者の徳田氏は、安保闘争と同じ社会変革の運動をしているのだとも言った。医師の自尊心、強い権力志向、そして社会変革者としての気迫と凄みが感じられた。強い意志と並外れた行動力、叩き上げの人間の気迫と凄みを備えたタイプの人間であった。

私は東京、軽井沢、大阪、福岡、沖縄と、徳田氏に付いてホテルでの講演会開催の手伝いをした。講演終了後、徳田氏の理念と『人間の生き様』に感動した聴衆は列をなして本を買い求めた。徳田氏は数百冊でも求めに応じて本にサインをした。

ある日、私は徳田氏の傍で顧客から本を預かると表紙を開いて徳田氏がサインをしやすいように両手で本をおさえる役を買って出た。その時、私が片手で本を押さえていたら、「あなたの手が死んでる」とサインしながら徳田氏が呟いた。当初、その意味が分からないでいると、再び「手が死んでいる」と呟いた。程なくして気づいた私はその小さな呟きが恫喝よりも鋭い矢として胸に突き刺さったように感じた。

徳田氏は幼い頃徳之島で三歳の弟を医師の診療を受けられずに死亡させた経験をしていた。それをきっかけに大阪大学医学部に入学した。父親は一時黒砂糖の密貿易をして家族を支えた。母親は大阪で美容院を経営して大学を卒業させてくれた。

医療法人徳洲会設立に際し「生命を安心して預けられる病院」「健康と生活を守る病院」の理念を掲げ、その実行方法として次の六つをあげた。

一、年中無休、二十四時間オープン
二、入院保証金、病室の室料差額、冷暖房等一切無料
三、健康保険の三割負担金も、困っている人には猶予する
四、生活資金の立て替え、供与をする
五、患者からの贈り物は、一切受け取らない
六、医療技術・診療技術の向上にたえず努力する

「徳洲会の原点である離島や僻地医療を維持発展させるために、都市部の病院に協力させる態勢を万難を排してつくる。たとえ医師会を敵に回しても自分が日本の医療体制を根本から変える」という揺るぎない信念と、既存病院への不信感を持っていた。

たらい回しされた患者、治療費の支払い困難な人たちを救済するため、徳洲会は多くの病院をつくる必要があり、それは医療不足にあえぐ地域の患者たちからの要請でもあると徳田氏は主張した。

そのために「三千の診療所と百五十の病院を造る」とよく言っていた。

徳田氏と行動を共にするスタッフは徳洲会病院の所在地では常に病院に寝泊

まりした。月に一度しか帰宅を許されず、仕事は厳しかった。病院誘致を働き掛ける政治家も平身低頭して東京や大阪本部にやって来た。

新設間もないある病院で徳田氏が上座に座り、医師と事務系の二十名程の管理職員を集めて会議をしていた。途中、ある職員がドアを開けてすっと退席した。すると徳田氏は、「彼を呼び戻せ！」とドアに近い職員に声をかけた。

呼び戻された職員は何事かとキョトンとした表情をした。すると、「会議室から礼もせずに黙って退席する奴があるか！」と鋭い眼光で一喝された。

職員は部屋の空気が一瞬水を打ったような緊張に包まれる中、「すみませんでした！」と深々と頭をさげた。

さらに、徳田氏が六十代の元県立病院の事務長経験者に、「病院の預金通帳は誰が持っているのか？」と訊ねた。

「経理課長です！」と事務長。

「決済印は誰が持っているのか？」

「自分が持っています！」と経理課長が言う。

「事務長、通帳と印鑑をなぜ彼が持っているのか。印鑑はあなたが管理すべきではないか?」

事務長と課長は徳田氏の鋭い眼光に射すくめられ、「はい、以後気をつけます!」と声を絞り出すように言った。

徳田氏の規律や管理の不徹底に対する追及は厳しく、事務系スタッフに対しては、「君のような奴は世の中に掃いて捨てるほどいる!」と同席しているのが気まずくなるようなことを平然と言った。

言葉で罵倒し、時には拳骨《げんこつ》や平手まで振るわれた。レスラーや相撲取りのような巨漢でも徳田氏の眼光に睨まれるとたじろいでしまうほどに気迫と凄みがあった。理事長来院の情報が入ると病院内は医師も事務方も空気がピリピリした。反面、直接患者に接する医療現場の看護婦たちには軽口を叩いて終始にこやかに接していたのは印象的だ。

企業経営やビジネスの面で徳田氏は、ある種天才ではないかと思わせる勘を持っていた。普通の尺度では計りきれない幅を持った人物であった。その人脈には、国会の与党から野党議員、労組の幹部、地域医療や海外医療機関の経営者、批判を浴びながらも腎移植を決行した医師など、多彩な人々がいた。さらに、徳之島という日本の地域格差や過疎問題を象徴するような離島に総合病院を設立し、地域医療に大きな貢献をしてきたのが徳田虎雄である。本来それは政治が解決すべき問題だ。

ある日、私は大阪の徳田氏の自宅に泊めてもらった。その時、居間の畳の間に折りたたみ式の小テーブルがあり、その上に観音開きの父親の小さな仏壇が置かれていた。徳田氏と一緒に仏壇に手を合わせながら奄美や沖縄の大きな仏壇とは違う印象を受けたので、私がそのことを訊ねると、「仏壇を立派にすると母親がそこに行きたがるからだ」と徳田氏は言った。

同郷出身の薬剤師の奥さんは徳田氏が席を外した時に、「徳田についていくのは大変でしょうが、辛抱してくださいね」と気配りをしてくれた。

各地の徳洲会病院では黒塗りの理事長専用車があった。ある時、運転手が黄色の信号で停止しようとすると「止まるな、行け！」と後部座席から拳骨が飛んだ。運転手は「はい！」と返事をしてアクセルを踏み込み緊張して交差点に突っ込んで行った。

「親の死に目にあえるかどうかって時に信号を守る奴がどこにいるんだっ！」

徳田氏にすれば一人でも多くの生命を守るための病院建設は最重要なのだろうが、世間には理解されにくいだろう。徳田氏は世間の善悪を超越し、目的のためにはすべてを正当化して周りを自らの論理に従わせてしまう独特のエネルギーを持っている。立派な理念の反面、社会規範を無視する言動が散見された。

その後、武美智さんには申し訳なく思ったが、この仕事は自分には不向きだと考え、三か月で辞めてさっさと花卉栽培に戻ってしまった。武美智さんには辞める理由を詳しく説明しなかったが、それ以上訊いてもこなかった。

五、赤い土が広がるアフリカ大陸

宜野湾で三年間花卉栽培をしていると都市化の波が押し寄せて地主たちが畑を潰して学生向けのアパートを建て始めた。結果、農薬や肥料が使いづらくなってきた。考えた末、純農村地である出身地の今帰仁に活路を見つけてそこで花卉栽培を始めることにした。今帰仁の叔父、叔母に声をかけると四、五軒の農家が花卉栽培を始めてくれた。農家の高齢化で、重労働のキビ作に限界を感じていた矢先、代替え作物を探しているタイミングが合致したのだ。トラクターを今帰仁に移して単身赴任で畑探しをしていた。

そして、園芸用の土造りによいとのことでミミズを養殖することにした。政雄さんに相談するとガス屋の敷地内にある豚小屋を開けてくれて養殖用の施設として提供してくれた。

その頃、今帰仁村越地《こえち》に那覇で久松食堂を経営していた久松キクさんが高齢のため引退して住んでいた。

甥の平良尊俊さんの広い屋敷内母屋の裏に小さな家を建て、地域の老人たちを集めては社交の場にしていた。尊俊さんは、越地で花卉栽培を始めてくれた一人である。家族は子供たちも小さく賑やかであった。

そうしたある日、私はキクさんを訪ねた。

「久松キクさんですよね」と問い掛けると、縁側に座ったキクさんは軽く会釈をした。

「安里の久松食堂に祖母ヨネの洗濯物を毎週届けに行っていた孫のまさしです」と自己紹介をすると想い出したようだ。

私を招いて茶菓子を出してくれた。

「当時は仕事に追われてあなた方が訪ねて来ても構ってあげることができなかった」とキクさんは頭を下げて詫びの言葉を述べた。

私は洗濯物を届けに行くと決まっておいしいソバをご馳走になった話をした。

「食堂は繁盛してましたね」と言うと、キクさんは懐かしそうに言った。

「他の店がそばに二枚の三枚肉とかまぼこをのっけると、私の店では三枚のっけた。それが客を喜ばせるコツだ」

キクさんはまだ記憶もはっきりしていたので、私は時々訪ねては昔話をした。

そうしたある日、武美智さんから、「話があるから那覇に出て来なさい」との電話があった。

用件を問うと、「國場組が海外工事を始める。英語のできる人を探している。ついては國場幸一郎常務に会って話を聞いてみなさい。君のことを話してある」と言う。

今帰仁で畑探しをするが見つからずに困っている話はしていたので、私の農業の先行きを危ぶんだのであろう。私は叔父の好意を有難く思い、指示通りに那覇へ出かけた。

國場幸一郎常務は当時、すでに建設・設計会社の「国建」と沖縄初の大型リゾートホテル「ムーンビーチ」を創業し夢とロマン、そして情熱をもった経営者で、叔父と同年の四十五歳であった。幸一郎常務に会って世界進出の話に魅せられるのにそれ程時間は必要なかった。常務はその場に人事部長を呼んで私の入社手続きを進めさせた。配属先は常務室であった。土地探しの難しさに直面していた私は、今農業を辞めても他人に迷惑をかけるわけでなし、自分なりにそれでよしと判断した。

一年後、夜のオフィスで常務室だけ明かりが灯っていた。時計は午後十一時を回っている。冷房は運転を停止してオフィスは蒸し暑かった。

その時、フロアの隅のテレックス室で「ピーッ」と低音のブザー音が響いた。

受信を知らせる米粒大の赤い表示ランプが、キーボードの一画で点灯し、プリンターがパチッ、パチッ、パチッとスピーディにタイプを始めた。夜のオフィスでは音が大きく響いた。私はテレックスに向かって歩いた。誰からだろうとテレックスを覗き込んだ。

宛名は國場組常務、國場幸一郎殿とある。文字は英文ではなくローマ字だ。内容はリビアの石油公団からメスラプロジェクトの発注内示書を六月十日付で取得したとある。本契約に先立ち、客先から発注の意思あることを内々に知らせる通知で、数行の短い文章だ。最後に「AKASAKA」と発信人の名前が印字された。入札の商談で出張している丸紅鉄鋼開発室赤坂課長からだ。一気にけだるさを吹き飛ばす衝撃があった。リビア時間、午後四時過ぎの打電だ。

遅い時間ではあったが、内容が尋常ではなかった。上司に電話をして知らせるべく電文にもう一度目を通すと急いで席に戻って私用の電話帳をめくった。番号を捜しあてると昂ぶる気持ちを押さえてダイヤルを回した。

数日後、丸紅と國場組の間で請負契約が結ばれた。海外工事部が立ち上げられ、軍工事経験者の技術と事務系スタッフが集められた。そして建築、土木、電気、設備、測量、事務の十名の社員の第一陣派遣が決まった。事務の一員として常務室所属の私もその中に含まれた。

第一陣は砂漠で仮設キャンプを作る必要がある。技術者たちも丸紅から情報を集めて持参する物品をリスト化した。リビアは釘一本作れる国ではない。資材や工具、日本食材を調達する必要があった。食材は十名の半年分を調達した。「砂漠は娯楽がないから本の大量調達が必要ですよ」と鉄鋼開発室の関氏はアドバイスした。

私は古本屋から段ボール数箱分の小説を調達した。コンテナは二〇フィート五台分になった。現地到着まで三か月の予定だ。

半年後、会議室正面に「第一陣壮行会」の横断幕が張られ、式が開始された。地元新聞やテレビのカメラマンがフラッシュをたいた。熱を帯びた役員の音頭で万歳が三唱された。役員の挨拶を聞きながら、昔の出征兵士も同様な見送りを受け戦争に行ったに違いないとふと思ったりした。

「リビアは観光客の受け入れはしない」

今時そういう国があるのかと、その言葉が強く印象に残った。私は日本を出発した日から日記をつけることにした。

一九八〇年十二月、第一陣一行は成田から北極回りのロンドン行きに乗り込んだ。深い霧の中、午前六時頃ヒースロー空港に到着した。リムジンバスでガトウィック空港に運ばれ、そこからブリティッシュ・カレドニアン航空に乗り換えて約三時間、フランスと地中海の上空を南下した。辿り着いた所は赤い土が広がるアフリカ大陸であった。空から見るリビアの首都トリポリの郊外は緑濃いオリーブ畑が延々と続いていた。

自らの哲学が書かれた『緑の書』をかざしたカダフィ大佐の大きな上半身の写真が空港ロビー正面に掲げられている。横の額には英語で〝リビアに貢献する人は歓迎するが出稼ぎ者はいらない〟とある。

通関が始まった。検査官が一言二言アラビア語で怒鳴ると上から目線で眼と顎で指示をし、反応が遅いと後回しにする。機内で出されたワイン類は全て没収された。ビデオも然り。内容をチェックして申請があれば後日返却するという。週刊誌もページをめくって酒や水着の写真が原因で没収された。チェックの内容は肌を露出した女性が映っていないかどうかのようだ。役人の態度には呆れたが、異議申し立てのできる雰囲気ではない。

トリポリからさらに一〇〇〇キロ東にある最終目的地のリビア第二の都市ベンガジに着いたのは真っ暗な夜であった。沖縄を発ってから約三十五時間が経過していた。リビアの地理的位置を想像し、飛行機でそれだけの時間を費やす所となると、感覚的にはまさに地球の裏側といえそうだ。

丸紅の駐在員が現地雇員を連れて出迎えてくれた。ホテルへの道すがら郊外の道路は人も車もなく街灯が砂埃で霞んでいる。地中海に面した港町ベンガジは背後が砂漠で華やかさがなく白と黒のモノトーンの世界だ。北アフリカが舞台の映画『カサブランカ』やジャン・ギャバンの『望郷』を思い出した。

ホテルで丸紅の雇員がフロント係に声をかけるとアラビア語で二言三言やり取りをして十名分の鍵をカウンターに並べた。係は客を一人ずつ睨んで笑顔もなく鍵を渡した。それから昇降機を指さして部屋は上だとアラビア語で指示をした。各自荷物を持ち昇降機に乗り込んだ。丸紅の人たちはそれを確認すると引き揚げて行った。

皆、早くシャワーを浴びてベッドに潜り込みたかった。ところがシャワーの栓をひねってもお湯が出ない。他の部屋でも同様に気づいたようだ。リビアと沖縄は同じ緯度だ。冬に水のシャワーは耐えられない。私は大変な国に来たものだと思った。まるで猿の惑星だ。

沖縄からのコンテナは一月も前にベンガジ沖に到着しているようだが、沢山の船が沖待ちをしている。郷に入らば郷に従え、リビアの通関手続きに歩調を合わせるより他ない。役所の窓口は、リビア人以外受け付けない。そのため外国企業は運転手と渉外担当のリビア人雇員を採用している。

六、砂漠にて

第一陣一行は砂漠の中の村ジャロの南一五〇キロにあるメスラの油田地帯で作業を始めた。ジャロまでは舗装道路があるが、それから先は道なき砂漠だ。メスラの現場には國場組と、日本鋼管の下請けレバノンのベイルートから来たザッケムのキャンプが約五〇〇メートル離れて作られている。あまり近すぎると盗難などの問題が発生するらしい。國場組の第一陣の社員たちはコンテナで自炊しながら、本格的キャンプ施設の位置出しを始めていた。

やがて建設資材が到着し現場が動き出すと事務の仕事も忙しくなった。通信や連絡、食料調達、人の移動に加えて、日報の作成業務が発生する。作業現場に足を運んで日々の進捗を確認する。現場の観察は、砂漠で唯一変化が感じられ、ささやかな楽しみの一つだ。

現地赴任後、初めての夏のある日、砂漠の状況を次のように日記に書いている。

「ベンガジから約六〇〇キロ離れたメスラまで摂氏六〇度の気温の中を南下した。砂漠全体蜃気楼が激しく踊っている。土手のように一メートル程嵩上げされた砂漠の中のアスファルト道路を時速一五〇キロで車を走らせる。砂漠ではまわりの風景が動かないので速度の感覚が麻痺してしまう。クーラーはエンジンが過熱するので役に立たない。窓を開けると熱風ですぐに眼球の表面が乾いてしまう。眼を細め続けていると、顔面の筋肉が疲れる。窓を閉めると車内はまるで高温サウナの蒸し風呂だ。窓の開け閉めを繰り返しながら車を走らせた。過酷なのは人間だけではない。ハイウエイの沿道いたる所に摩擦熱で爆発したトラックのタイヤが捨てられている。走行中のタイヤは触ると火傷をする。

砂漠の中の道なき道を運行するトラックは日中の活動を停止している。リビア人運転手は車体下の日陰に潜り込みマットを敷いてよく昼寝をしている。

現場のフィリピンやタイの作業員たちは日々のうだる暑さの中、眼と口の部分をくり抜いた毛糸の頭巾を被って作業をする。肌と外気が直接に触れないためかえって凌ぎやすいという。

職人たちをメスラの現場に輸送しているベンガジ事務所のパキスタン人運転手グルザールは片道六〇〇キロを二往復して疲労で寝込んでしまった」

キャンプの朝は早い。朝もやの中、朝礼五分前に現場事務所のスピーカーから太田裕美の『木綿のハンカチーフ』が流れる。四百人の作業員たちがラジオ体操を始める。トラックで現場に向かうザッケムのスリランカ人たちが、車を停めて荷台から物珍しそうに見物する。ジープの長い無線用アンテナにブラジャーやパンティをなびかせて砂漠を走り回る上半身裸で短パン姿のイギリス人検査官たちもつられてジープを止めて眺めている。

ある日、私は同僚とザッケムの砂漠の現場を通りかかった。ジープを止めてパイプラインの敷設作業を眺めた。ブルドーザーの先端に直径四メートルの鉄製の大型水車の溝掘り機を取り付けて、砂漠に深さと幅一メートルの溝を掘っている。トレーラーで運ばれたパイプが北に向かって一直線に仮置きされている。ブルドーザーの埋設機がそれを溝に渡した角材の上に並べていく。そして自動溶接機が接続する。その後ろから溶接個所をレントゲン検査のグループが追っかけて作業をする。最後にブルドーザーの埋設機がパイプを吊り下げて溝に埋めていた。

地平線に向かってカタツムリのように地道にコツコツ、しかし作業は確実に前進していた。途中何ヶ所かで別のグループも同じ作業を行っているようだ。

その時、陽炎の立ち昇る遠い地平線上にぽっと米粒大の影が現われた。パイプを積んだトレーラーが砂埃をあげて次第に近づいて来る。まるで映画『アラビアのロレンス』でラクダに乗ったオマー・シャリフの登場場面を連想した。砂漠でないと見ることのできない作業風景だ。

ある日、仰天するニュースがもたらされた。國場組が発注したアメリカからの本建設用の木材がジャンボジェット四機をチャーターして空輸されるという。木材を飛行機で運ぶなど前代未聞だ。船の沖待ちを理由に工事を遅らせる訳にもいかず、それが客先に通用するとも思えない。なにせリビアには人口の数だけ大統領がいる。國場組にとっても大勢の職人たちを何か月も遊ばせる訳にはいかない。東京の丸紅と那覇の話し合いで決まったようだ。

白一色の砂漠、酒も娯楽もなく、一年を通して私生活は「飯食って仕事して寝る」単調な日常の繰り返しだ。月遅れで新聞が沖縄から送られて来る。ビデオは没収されることを理由に、那覇の本社から届くのは人畜無害な録画したテレビ番組ばかり。時々丸紅が購読している朝日と日経新聞が現場に届く。

日本社会はバブル全盛だ。新聞には、地上げや株高の情報が躍っている。映画『マルサの女』が大ヒットしている。知人のある経営者は株で一日に一千万円の利益をあげたと砂漠にまで話が伝わる。炎熱砂漠で地道に働いて国内給与の二・五倍、年収六百万。一日一千万円は夢物語だ。

砂漠で楽しみにしている文芸春秋に「推理作家の創作工房」という連載がある。海外、英国の推理作家が主に掲載される。何故英国で推理小説が盛んに生まれて読まれるのかという問いがなされる。ある説は、金と時間と暇を持て余した貴族階級の趣味が高じたのだという。もっともらしい回答だ。そうした著名な作家たちの創作現場や書斎がカラー写真で掲載される。窓からは森や英国風庭園が眺められる。作家はペンと紙があれば作品が書け、何より他人に束縛されない自由があるように思える。小説は細部に至るまで作家自身が支配できる。運が良ければこの世に作品を残せる。白一色の砂漠でそうした職業と生き方に憧れを抱かされる。

リビアは観光で行ける国ではない。私は入国時から日記をつけ始めた。夕食後、麻雀をしない私にはすることがない。幸いに、キャンプの娯楽室には段ボール数箱分の小説がある。就寝までの自由時間、私は日記を書いては小説を読み始めた。そのうち読んだ小説を興味本位にリストにした。読書量を目視するためだ。単調な砂漠の生活の中、仕事以外で少しでも目に見える形での日々の進歩が欲しかった。

余暇の時間をいかに有意義に過ごすか。読書は時間つぶしの最善の方法である。やがて年間百編読めることがわかった。二年、三年と、日記と読書を続けた。すると不遜にもこれ位の小説なら自分にも書けそうだと思い始めた。

そうしたある日、沖縄タイムスに「新沖縄文学賞」応募の募集広告を見た。小説のテーマは問わず、枚数は原稿用紙百枚で、ストーリー展開や人間描写の力量など多角的な観点から審査が行われるとある。私は一瞬目標を見つけた気がした。その後、夜の自由時間、年間百編の小説の読書と日記、そして創作を開始した。結果生み出されたのが体験に基づいた『砂漠にて』である。

ある日、手帳をめくっているとメスラからジャロの村へ直線にして一五〇キロの砂漠をジープで出かけ、途中砂嵐に遭遇した体験が、一二、三ページにメモしてある。目を通すと面白いと思った。それを原稿用紙十枚程に表現してみた。推敲を重ねて五十枚に膨らませた。

半年ごとの帰省時、往復の飛行機の中で、空港での待ち時間、日記と読書を続け、四年間かけてさらに百枚に膨らませた。その間、小説は四百編読んだことになる。都会では年間数冊の小説を読むのがやっとだ。砂漠では膨大な夜の自由時間があった。砂漠での体験記録である、他人が真似できない確信があった。

七年間のリビア滞在中、年二回アテネ経由でリビアへ入った。アテネには古代史を象徴するパルテノン神殿や古代遺跡がある。私の博物館、美術館巡りの出発点はアテネであった。

リビア滞在中、仕事で土木技師の先輩とエジプト近くに日本企業が施工中のセメント工場を訪ねた。そこは第二次大戦のドイツと連合国軍の戦車戦の戦場となったトブルクであった。北アフリカの地中海沿岸の古代ローマ遺跡に始まり、モロッコやスペインの博物館、大英博物館、ルーブル美術館、ベルリンの博物館そしてローマ等を訪ねた。そこにはその民族の加害と被害、侵略と殺戮の壮大な歴史が、そして略奪してきた厖大な文化遺産が展示してあった。それらに触れることで何かが私の中に蓄積されたと思われる。

余談ながら社員は半年に一度帰省が許された。帰省の度に一週間、十日と年休を貰いヨーロッパ各地を旅した。現地給与が三万円支給され、半年貯めると二十万になる。リビアでは衣食住すべて会社支給だから、煙草を吸わない私にはそれがそのまま旅の原資だ。月五十万の給料は会社から奥さんの口座に振り込まれる。当時流行の「亭主元気で留守がいい」という言葉は肯ける。

思えば、三十代で就職すると北アフリカのリビアとサウジアラビアの砂漠で八年間仕事をした。時間に追われて生活する現代人の感覚では八年間の砂漠生活は陸の孤島、監獄の逆境で過ごすことに等しい。そこでは夜の長い時間、有意義な過ごし方を自ら見つけなければならない。結果、衣食住が保障された中での監獄生活は、私にとっては好きなことを発見しそれを実践できる得難い環境となった。

「一冊の本には人生を丸ごと変えてしまう力がある」

これは黒人公民権運動活動家マルコムXの言葉だ。彼は狭い監房の中で読書を通して知識を広げ、世界を知るようになる。結果、一因人から宗教指導者にまで上り詰めた。良い本、あるいは文学には自分が知り得ない違う世界の人間の生活や人生、生き様を疑似体験させ成長させる力がある。南アフリカのマンデラさんは二十七年の投獄生活の末に、そしてウルグアイのムヒカさんは軍事政権に十三年間収監された末に大統領になった。逆境や環境の克服はその人の考え方次第だと思う。

七、リビアからの撤退

メスラプロジェクトの後、國場組はベンガジ郊外のキャンプにかなりの建設機械と運搬車両を保有していた。二束三文で売却するのも偲びず、そのために丸紅は営業活動をして石油公団の、例えばパイプラインの塗装工事等の維持管理の仕事を細々と受注していた。そのためリビア滞在も八年が経過しようとしていた。その間に産油国の生産設備が整い、石油の需給が世界的に安定してくると産油国での工事もいよいよ終わりに近づいていた。

リビア撤退前のある日、ベンガジのキャンプで、かつてメスラの娯楽室にあった文庫本の入った段ボール箱を開けて、小説をいくつか取り出した。その中に吉村昭の『戦艦武蔵』があった。ベンガジの長い夜、暇に任せて読み始めたら引き込まれるように一気に読んでしまった。自分の波長に合う小説に出会った瞬間であった。『戦艦武蔵』は私に強烈な印象を与えた。それは単なる戦記小説ではなかった。その喜びは砂漠でダイヤモンドを拾った気がした。小説の舞台で、武蔵が建造された長崎と佐世保は強く私の記憶に焼き付けられた。

　半年後、松浦火力発電所の建設工事で長崎に赴任することになろうとは夢にも思わなかった。赴任時、福岡空港で飛行機を降りて電車で長崎に入ると終点が佐世保であった。ついでの市内観光と称して出迎えの友人が連れていってくれたのが、佐世保港に面した弓張岳の展望台であった。何とそこからは戦艦武蔵が建造された佐世保重工のヤードの全景が一望の下に見渡せた。夜の闇に紛れて武蔵の進水の行われた佐世保港の狭い地形も小説に描かれている通りであった。不思議な因縁を感じないではいられなかった。

　武蔵が建造されたとおぼしき巨大なドッグを眼下に見下ろしながら「心に描いた夢は必ず実現するものだ」と私は思わず好きな言葉をつぶやいていた。

『戦艦武蔵』の物語は次のように始まる。

「日中戦争が勃発した一九三七（昭和十二）年の夏、有明海沿岸の海苔養殖業者たちは秋の養殖に欠かせない棕櫚網の原料が何者かによって買い占められ、九州一円はもとより、全国の生産地から姿を消してしまったことに驚いた。

　この奇怪な買い占めは三菱重工長崎造船所によって行われた。この年六月、長崎造船所では、すでに一九三五（昭和十）年、密かに海軍艦政本部から命令を受けていた新戦艦建造に着手した。同じ図面で造られる新造艦の一号艦『大和』は広島の呉海軍工廠で着工され、二号艦『武蔵』は三菱重工長崎造船所に発注された。それは世界建艦史にもない七万トンを超える巨大戦艦であった。問題の棕櫚は建造中の巨大戦艦を人々の眼から遮蔽する材料として買い占められた。総量は五百トンという膨大な量だ。

長崎造船所では建造に当って、二つの難点に直面した。

第一点は、貿易港長崎で外国人と市民から巨大艦の存在を秘匿せねばならなかった。長崎の街は丘の上にあり、造船所を眺望できた。そこで棕櫚の簾《すだれ》で艦を覆い、人眼を遮る一方で、憲兵隊、特高警察、海軍警戒隊を動員して、厳重体制を敷いた。

第二点は、巨大艦をどう進水させるかだ。呉の一号艦はドック内で建造できるが、長崎では長さ二六三メートル、最大幅三八・九メートル、七万トンの艦体をどう海に浮かべるかが課題となった。長崎湾は六八〇メートルの幅である。対岸に船体を激突させずに海中で自然に方向転換させることと、七万トン

の重量に耐える進水台の製作が問題であった。（中略）
深い静寂が、船台をおおった。技師も工員も、身じろぎもしない。静止した空気の中で、小川所長の体が動いた。伏見軍令部総長宮に一礼するのがみえた。その手に斧が光った。それが上方にあげられ、勢いよく振り下ろされた。
船体は確かに動いていた。徐々にではあったが、かすかに動き始めていた。同時に舷側に固定された大きな鎖が、船台の上に曳かれ始めた。荒々しい鎖の音が速度を増すとともに、すさまじい轟となって船台をおおった。鎖と船台のコンクリートの間で、激しい火花が起こった。雷鳴に似た音が体をつつみ、土埃が竜巻のように逆巻いた。
巨大な城が滑って行く。それは一つの生き物だった。尾部が海面に突っ込むと、激しい水飛沫が上がった。その音が鎖の音と交叉して、作業員たちの声をかき消した。滑り出ていく船体の重量に、固定台に塗られた獣脂が加熱して、猛烈な白煙をあげている。それを予期して予め配置されていた数本のホースから、水が放たれ注がれている。大きな波が、船体の両側に盛り上がり、十二本の鎖が、海獣の群れのように水飛沫をあげながら曳かれて行く。対岸に激突しないだろうか、渡辺の胸に、不吉な予感が甦った。対岸の丘を視野から隠した船体は、艦尾をやや右に向けて停止した。
渡辺たちは、海面に濡れた眼を向けた。毎日見上げていた船体だったが、その全容を眺めるのは初めてであった。大きかった。設計図で想像していたものより、四倍も五倍も大きな船体だった。（中略）
その後、武蔵の艤装工事は進み、翌一九四一（昭和十六）年七月一日佐世保に回航された。そのドックで、舵、推進軸が取り付けられると、再び長崎に戻り、砲の取り付けが始まった」

吉村昭によれば、一九六三（昭和三十八）年秋に、彼は友人のロシア文学者泉三太郎から、アメリカ軍の押収を怖れて焼き捨てられた旧軍部関係の資料の中で密かに持ち出されて保存されていた「武蔵」の建造日誌の存在を知らされ、それを読んだことが、この長編を書こうとする動機だったと言う。
敗色を次第に濃くしてゆく連合艦隊の旗艦として、建艦目的である艦隊決戦に一度も臨まず、空しく長く係留されたり、輸送船代わりに用いられたりした。

一九四四（昭和十九）年十月、フィリピンに逆上陸して来た米軍を迎え撃つ「捷号作戦」に参加し、レイテ湾に出撃の途上、十月二十四日午前十時から始まったアメリカ機動部隊の艦載機と交戦の末、被爆、夕刻シブヤン海に沈没するまでの地味な武蔵戦史が簡潔な筆致で描かれる。

遥かベンガジのキャンプで、数ある段ボール箱の中からくしくも『戦艦武蔵』を選んだ。半年後の長崎赴任の予告のようにも思える。八年間リビアやサウジアラビアを行き来し、さらに長崎に赴任して一月後、文学賞受賞の知らせが長崎に舞い込んだ。昭和天皇が下血を繰り返して今日亡くなるか、明日亡くなるかという頃であった。

長崎松浦の火力発電所工事で機械技師の島袋和雄さんが私の上司であった。長崎赴任に際し、リビアから帰任して間もない私に、「一緒に行って欲しいが、あなたの意向を聞いておきたい」と気配りをし、家族同伴を希望する私の要望を聞き入れてくれた。そして仕事をする時は、報告、連絡、相談の「報連相」を押さえておれば細部には口を挟まず、働きやすい環境を作ってくれた。

二年後、長崎に続く具志川火力発電所の建設工事でも、島袋さんは所長、私は事務長で同じ事務所にいた。ある日、島袋さんの義父の葬儀が宜野湾の実家で行われた。沿道には集落の人たちに混じって発電所工事の所長たちを始め大勢が作業着姿で義父の葬儀に駆けつけて焼香してくれた。

人間のできた人であった。お陰で公私共に長崎や具志川での充実した日々を過ごさせてもらった。

私が文学賞を受賞して後、今帰仁に政雄さんを訪ねた時の忘れ難い思い出がある。

「御祝儀だ」と、十万円の大金を封筒に入れて私に渡した。

「君が兄さん、兄さんと訪ねて来てくれるだけで嬉しいんだよ」

その言葉に私は一瞬感極まって言葉を発することができずただ深々と頭を下げて頂戴した。

晩年、政雄さんは集落の同世代の親友たちが一人二人と周りから先立ってしまうと寂しかったのか、やがて酒に溺れるようになった。昼間から県道に面した店舗の軒先で酒を飲むようになった。まだ七十前の若さであった。葬儀には大勢の村人が焼香に見えた。親戚の長老から告別式の答辞を読むように前もって言われた私は、子供の頃から可愛がってもらい、多くの楽しい思い出を作ってもらったせめてものご恩返しと思い、ありがたく引き受けさせてもらった。

今もって悔やまれるのは、死に直面する程依存症が悪化する前に、専門の施設に収容するなり、断酒会に参加するなり、周りの知恵と力を借りる方法を模索する行動をとってやれなかったことである。親戚の校長先生や村会議員の大先輩たちが近隣に住んでいた。私のような若輩がたまに訪ねてでしゃばるのもどうかと行動を控えて遠慮するところがあった。そのことは私自身生涯深く反省するところだ。

盆正月、今帰仁に帰省する楽しみの一つは政雄さんに会えることであった。

八、中南米放浪のバスの旅

二〇〇〇年、私は退職を決意した。三つの理由を述べてみる。

一九八六年から続いたバブル景気の中、会社は莫大な資金をリゾート開発に投資していた。一九九一年にバブルが弾けると巨額の融資をしていたメガバンクが倒産し、地元の幹事銀行も不良債権の処理に苦しんでいた。数年後、九〇年代中頃から会社も人員整理を始めた。プラスαの金額が上積みされた退職金が社員に示された。私は妻に相談して退職を決意した。会社の海外工事撤退を潮目に小説家になる夢を持ち始めた事が理由だ。

二つ目は、妻が始めたアメリカンウェイ（ＡＷ）ビジネスが四年経ってサラリーマンの私の収入を超える結構な年収を得て、三人の娘たちの大学の教育資金に目途が立った状況がある。四十六歳で出会った私にＡＷはできなかったが、その間小説を中断して十五年間妻を支えた。

三つ目は叔母をブラジルに連れて行くことにした。

私の父の妹、七十歳になる芳子さんが、

「元気なうちにブラジルの妹たちに会ってみたい」

と何かの折、私に呟いたことがあった。

父は戦前、十七歳の時に、次男の政昭、長女の芳子の三人で教育を受けるためブラジルから沖縄にやって来た。芳子さんは十三歳であった。戦後三人とも結婚して、政昭さんだけ嫁さんを連れてブラジルに帰った。ブラジルには芳子さんの三名の妹たちがいた。私が幼い頃、父は酒を飲むと陽気になり片言のポルトガル語を使っては皆を笑わせていた。父もブラジルを訪ねたかったことであろう。だが三人の子育てに精一杯で、それは叶わなかった。

二〇〇〇年に、沖縄の具志川火力発電所が完成した。五十代前半になり、私は妻に相談し了解を得て、会社に辞表を提出した。妻の収入もあり、子供たち三人に大学教育を受けさせる目途がつき、家族への務めは果たしたと自分なりに大義名分を考えた。

私はブラジルの政昭さんに芳子さんの夢を叶えるべく手紙を送った。

半年後、芳子さんを連れてサンパウロへ出かけた。私の長女の慶子、叔母の長男篤、三女祐子の五名の旅である。途中ロスアンゼルスで一泊、レンタカーで市内を案内した。芳子さんは見るもの総てに目を丸くして喜んでくれた。

サンパウロでは、政昭夫婦と妹の仲村渠《なかんだかり》信子、信照夫婦、そして長男エジソンが迎えてくれた。叔父の政昭さんは同じサンパウロ州でも七〇〇キロの遠方から来てくれた。ブラジルは広い。姉妹は六十年振りの再会に、涙を浮かべて手を握り合った。私は叔母を連れて来たことを嬉しく思った。

政昭さんが一人一人を紹介した。次女の信子さんは日本語を話せた。息子のエジソンも片言だけ話せた。私が「エジソン」と呼びかけ握手をすると、笑みを浮かべて「会えてうれしい」と頭を下げた。

ショッピングモールで食事をしながら、サンパウロ州に散らばる姉妹の訪問を政昭さんと信子さんが段取りしてくれた。その後、私たちは政昭さんと後日の再会を約し、サンパウロ市の郊外にある仲村渠家で旅装を解いた。

高い塀に囲まれた邸宅は熱帯樹が植栽され、テニスコートとプールがある。信子さんの家族五人とお手伝いが数人いるようだ。

テラスから庭を見て「わあ凄い」と慶子と祐子は声を発した。

私と芳子さんも庭を眺めていると、信子さんが側に来て、「長女の所で夕食をしましょう。準備して待っているらしい」と言った。

「凄い屋敷ですね」と私は信子さんに感想を述べた。

「第二次大戦の時、ブラジルでは日系人の排斥があり、信照は中学しか出ることができなかったの。だが子供たちを大学まで出して家族を支えてくれた。その上事業まで残してくれて子供たちは信照を尊敬している。ただエジソンがまだ結婚してくれないから、それが悩みね」

信子さんは首をすくめて微笑んだ。

「このように成功している姿を見ると誇りに思いますよ」と私は信子さんに思いを伝えた。

信照さんはカジュアルウエアの店を二軒持ち、二人の息子が経営しているようだ。エジソンがドラセナ市内の店を案内してくれた。大通りに面した店はテニスコート大の売り場面積がある。日本のユニクロと同様の商品構成で、繁盛している雰囲気があった。

「慶子と祐子は好きな服があればいくらでも貰っていいよ」とエジソンは二人に言った。

「うそっ!! ほんとに!!」と二人は少女のように目を見開いて顔を見合わせた。

信子さんの長女婿、川村さんはクリニックを経営している。川村家でお互いを紹介した。川村さんは私と同世代だ。キャロリーナという十九歳になる素敵な娘がいた。彼女も兄のファビオ同様医学生だ。慶子や祐子と年が近く、言葉は通じないながらも打ち解けて笑い合ったりしていた。

夕食までの間、川村さんは私たちをクリニックに連れて行き、内部を案内してくれた。その晩は川村家の庭で夕食会をした。

「クァッチイマンディ（ご馳走がいっぱいだ）」とテーブルのご馳走を見て、エジソンが頬笑んで声を発した。

「沖縄の方言《ウチナーグチ》を話せるんだ」と私は思わずエジソンに微笑んだ。

男親を早くに亡くし、母子家庭で育った信子さんたち姉妹、貧しかったであろう移民生活をエジソンのご馳走に感激する沖縄方言《ウチナーグチ》から私は想像したりした。

翌日、サッカーが好きな信照さんは、近くのサッカー場とコーヒー色の赤い水の流れる川に私たちを案内して散歩してくれた。

その晩、信子さんは古いアルバムを見せてくれた。

「お父さんはすでに亡くなって、兄と姉たちは沖縄へ行ってしまう。小さい私たちは淋しい思いをしたわね。私たちだけ残してってずいぶん泣いたものよ」と信子さんは言った。

私は黙って相槌を打った。

「沖縄も戦争で大変だったけど、ブラジルでも哀れをしたんだねえ」と芳子さんは信子さんを見つめて目頭を押さえた。

数日後、政昭さんの家でも親戚が集まり昼食を共にした。叔父夫婦には子供がいない。戦後、ブラジルで撮った正装した叔父夫婦の写真をアルバムで見たことがある。アルゼンチンタンゴの世界から抜け出して来たかのような南米の雰囲気があった。

政昭さんはこれまで養鶏場を経営していた。数千坪の広い敷地の一角に五右衛門風呂付きのこじんまりした家があった。敷地内に三女の和子さんも住んでいた。

かつてリビアから政昭さんに手紙を送ったことがある。

「リビアとブラジルは近い。部屋を用意して待っているからサンパウロに訪ねて来なさい」と誘いの手紙をもらったものだ。この部屋がそうだと私と慶子にその話をしていた。

数日後、四女の雅子さんの家族を訪問した。六人兄弟の末っ子で若々しい。ご主人は隠退し、長男は銀行に勤め、夫婦は落ち着いた生活を送っているようだ。皆さんとは、車を連ねてパラグアイとアルゼンチンの国境にあるイグアスの滝を見物した。

途中エジソンの弟ロベルトの家族も合流して経営している店と家を案内してくれた。学生時代に知り合った奥さんはスペイン系でモデルのような笑顔が美しい女性であった。三歳の息子が一人いた。

滞在は慌ただしく過ぎた。ブラジルの広さを感じる。信照さんとエジソンが車を二台出して二週間も面倒を見てくれた。

「皆さんの負担を考えると長居もできない」と芳子さんは時々呟くように言った。

芳子さんの出発の日、兄妹たちが見送りに来た。空港で食事をしながら、芳子さんは妹たちと十分に話ができたか私は気になった。一方、妹たちの生活ぶりを見てきっと満足したのではないかとも思った。

翌日、一人残った私を今帰仁プロパンの政雄さんの弟、恒雄さん夫妻が、仲村渠家に迎えに来てくれた。恒雄さんは四十年程前、高校卒業後ある叔父の呼び寄せでブラジルへ渡ったのである。

沖縄出発前、私の家族と本島南部を一緒にドライブした時の写真をアルバムで見たことがある。

恒雄さんの住むハーキュランデイア村は広大なキビ作地帯で、ポルトガル風の赤瓦と白壁の並ぶ住宅地の中に家はあった。通りに面した恒雄さんの経営する雑貨店に連れて行ってくれた。食料品と日用雑貨を扱っている。キビは年に一度の収穫故、客は現金ではなく掛けで買っていた。恒雄さんは村を散歩しながら、車での行商から始めて店を持つまでのことなどを話してくれた。

その晩は恒雄さんの独立した息子や娘たち、美恵子夫人の兄弟たちが来てご馳走で私をもてなしてくれた。

翌日、恒雄さん夫婦は、私の父が育ったアリアンサの入植地を案内してくれた。赤土の大地を舗装道路が真直ぐに伸び、地平線の彼方まで平坦なキビ畑が続いている。見渡す限り山がまったくなかった。

車は数時間走った。車道の側に赤瓦屋根のバス停がポツンとあり、それを過ぎて左折すると赤土の農道に入った。元入植地入口だと恒雄さんは言った。有刺鉄線の張られた牧場に沿って車は進んだ。常緑樹が点在する中、赤瓦屋根に白壁の小さな民家が現れた。屋根の隅に大人の背丈程もあるパラボラアンテナが設置してある。留守なのか人の気配はない。家の正面広場に太い切り株が人の膝程の高さで残っている。私たちは傍に車を停めた。

「ここが政義さんの生家の跡だ。密林を切り開いて開拓した場所だ」と恒雄さんが言った。

「ここが父の生家の跡……ジャングルを切り開いたのか……」

私は周りを見渡して呟いた。

少し離れて赤瓦の納屋があり、傍にコンクリートの敷かれた乾燥場が二面ある。当時のものだろうか。コーヒー豆が敷き詰められ、天日干しの最中だ。木陰に木箱が積まれている。

再びブラジルの土を踏むことなく三年前に七十二歳で亡くなった父。酒が入ると陽気になり片言のポルトガル語を使っては皆を笑わせていた父のことが頭に浮かんだ。

父は結婚にあたって「娘をブラジルに連れて行くなら結婚させない」と祖母のヨネさんに言われたようだ。そのためかどうか沖縄に留まった話を私は幼い頃叔母たちから聞かされた。

ブラジルの話はかつて父の口から聞いたことはなかった。父がここにいたらどう反応したであろう。息子が訪ねたことはきっと喜んでくれたに違いない。

父は那覇商業高校時代野球をやっていた。父も政昭さんも兄弟は体格がよかった。戦後沖縄の社会人野球チームの一員として米軍との親善試合にピッチャーとして出たことをいつか母が話していた。そのせいか家族全員野球ファンであった。

私は沖縄から持って来た親父の写真をバッグから取り出すと、それを胸の前にかざして恒雄さんと並んで、美恵子さんが写すカメラに納まった。一枚は赤瓦屋根と白壁の民家をバックに、もう一枚はコーヒー豆が敷き詰められたコンクリートの乾燥場を背景にした。

芳子さんをここに連れて来れなかったのは残念に思った。

翌朝、サンパウロ行きのバスに乗るため私は恒雄さんと、ハーキュランデイアの村外れのハイウエイに立っていた。車の通りは少なく沿道は牧草地とキビ畑だ。バスは行き先を確認して手を上げると止まってくれるという。恒雄さんは望郷の念にかられるのか寂しそうだ。

やがてバスが来た。私は歓迎してくれたことに感謝し、「恒雄さんもお元気で」と握手をした。恒雄さんは口を真一文字に結び涙を浮かべた。私はバスに乗り込むと窓を開けて手を振った。バスはすぐに発車した。恒雄さんはバスが遠くなっても一直線に伸びた舗道の側でいつまでも見送っていた。

サンパウロに着いた私をエジソンが迎えてくれた。恒雄さんが連絡してくれたのだ。その晩は市内の彼のマンションに泊めてもらった。途中、彼は長旅のためにと靴屋に寄ってブラジル製のカウボーイシューズをプレゼントしてくれた。私はそれを気に入り、彼の気配りに感謝を述べた。その晩、私はこれからの中南米の旅の計画を地図を見ながらエジソンに話した。

翌朝、カウボーイシューズに履き替えるとエジソンがバスターミナルまで送ってくれた。私はブエノスアイレスまでのチケットを買った。英語が全く通じないと言うと、南米はどこもそうだと言い、彼は私を目的のバスに案内してくれた。最後まで面倒を見てもらい心から感謝を述べて私はエジソンと固く握手をした。

いよいよ放浪の旅への出発だ。アルゼンチン出身の医学生チェ・ゲバラが、オートバイを駆って南米大陸放浪の旅をする青春映画を思い出した。アルゼンチンでは美術館と博物館を訪ねたいと思った。どの国も民族の威信をかけて立派な施設を持っている。そして未知の古代文明を垣間見ることに私は胸を弾ませた。

その後私は、ウルグアイ、アルゼンチン、チリ、ボリビア、ペルー、アマゾン、ベネズエラ、コロンビア、パナマ、メキシコを経由、ロサンゼルスまで二か月のバスの旅をした。

旅の途中アマゾンのマナオスである部族を訪ねるツアーに参加した時、なんと客は私一人であった。ナタを持って密林を進む入れ墨をした現地ガイドの後を追いながら、ふと金品目的で殺害され埋められることを妄想した。かつて砂漠でも同じことを考えたことがあり一瞬ぞっとさせられた。しかし、欧米からのカップルたちが汗と埃にまみれた冒険旅行を楽しんでいる姿に妻の同伴なしが少々悔やまれた。だが中南米諸国ではここ数年豊かな日本人に対し武装ゲリラによる身代金目的の誘拐事件が度々発生していたこともあり、かつ通学中の娘が二人いて妻の同伴は当初から念頭になかった。

九、コロンブスとそれ以降の征服者《コンキスタドール》たち

中南米には、かつて無数の原住民がおり、固有の宗教や言語が存在したはずだ。だがスペインの征服後、ブラジルを除く中南米大陸がキリスト教とスペイン語一色に塗りつぶされた現実に、私は驚きを禁じ得なかった。金銀の財宝を求めたコロンブスとそれ以降の征服者たちのなせる業である。私は征服の過程に興味を抱きながらインカ、マヤ、アステカの諸文明発祥の地を訪れた。それにしても中南米諸国は貧しかった。それはアフリカの貧しさとは異質だ。アフリカの貧困は餓死に直結するが、中南米の救いは食べ物は豊富であるように思えた。

ギターやオカリナ、アコーディオンを抱えた奏者たちがチップを求めてバスに乗り込んで来ては演奏してくれた。おかげでサンバやタンゴ、そしてインカやメキシコ等、多様な民族音楽に魅了されながら旅を続けた。

沖縄に戻ると、私は図書館で征服者たちの所業を調べた。そして『コロンブ

ス航海誌』と『インディアスの破壊についての簡潔な報告』という興味深い図書を見つけた。そこにはコロンブスとそれ以降の征服者たち、そして司教ラス・カサスの中南米を舞台にした壮大な「人間の生き様」が描かれていた。

一五〇二年、バルトロメー・デ・ラス・カサスは、ニコラス・デ・オバンドのエスパニョーラ島遠征に参加して、同島で植民に従事するかたわらインディオの教化に当り、一五〇七年聖職に入って後、同島並びにキューバ、メキシコで布教に従事した。

スペイン人征服者たちの非道な行為に対してインディオの魂の救済を任務とする聖職者たちは激しく抗議した。軍事的征服に対し精神的征服を主張する聖職者たちは、それ以後征服戦争と封建的土地・労働制度のエンコミエンダ制の不正を激しく訴え、インディオの自由を擁護する運動を繰り広げた。ラス・カサスもその一人である。

ラス・カサスは他界するまで、六回にわたり大西洋を横断、インディオの自由と生存権を守る運動の中心的役割を果たした。彼は平和的な方法によるインディオのキリスト教化こそがスペイン国王の最大の任務であると考えた。しかし、武力征服は次々と行われ、インディオの状況はますます酷くなっていった。

修道会の司教ラス・カサスは、主君と皇帝陛下に報告のため宮廷に参上の折、目撃した数々の出来事を事情に通じていない人々に話した。すると一同茫然自失し、司教にそれらの出来事をぜひ文書にまとめるよう求めた。

それから数年経てもなお、野望と野心に心を奪われて、忌まわしい悪事を働いた人たちは、その後も残忍な手口でインディアスを荒廃させていた。彼らは再び悪逆な行為を企み、国王陛下にその許可を願い出ていた。

ラス・カサスはその事実を知り、一五四一年末、国王カルロス五世に謁見して、インディオの蒙っている不正とスペイン人の非道な所業を詳説した報告書『インディアスの破壊についての簡潔な報告』を提出、征服の即時中止を訴えた。

ラス・カサスの報告書に触れ、コロンブスとそれ以降の征服者たちの蛮行を知るに及んで私も驚きを禁じ得なかった。結果、不正や悪事、差別は歴史の真実として後世に伝えるべきだという思いに強く駆られた。

私の母の本棚には仲宗根政善の『沖縄の悲劇』を始め、ひめゆり学徒隊の体験記があった。私はそれらの書物に目を通した。ヨーロッパの美術館、博物館巡りや中南米放浪の旅によって何かが私の中に蓄積されたのであろう。遠回りをして時間がかかったが、自分の足下に書くべきテーマが転がっていることに気づいたのである。

私がブラジルから戻って四年後の二〇〇四年、祖母のヨネさんは百歳で息を引きとった。成功した子や孫たちに囲まれて入院していたが、幸福な晩年であったと思う。生前、見舞いに行くとベッドで天井を見つめて何事か呟いていた。枕元で耳を傾けると、朕思うにで始まる教育勅語をそらんじていた。若い頃に教えられた教育の力に私は驚きを禁じ得なかった。

思えばヨネさんの生まれた一九〇四年に日露戦争があり、三十代に日中戦争、四十代に太平洋戦争とまさに軍国主義の時代を生きてきたのだ。明治憲法下、生徒たちは登下校時に奉安殿に納められた御真影と教育勅語にお辞儀をさせられた。ヨネさんは教師として日本の正義の戦争を生徒たちに鼓舞し戦場へ送り出した。それが戦後は民主主義や基本的人権に反する間違った戦争であったと真逆のことを教える矛盾に苦しんだであろうことは想像できた。

十、徳田虎雄氏との出会いから四十年

私が徳田虎雄氏に会ってから長い年月が経っていた。その間、徳田氏に関して様々な情報がマスコミで報道された。

医療法人徳洲会の設立から約四十年、その医療施設は北海道から沖縄まで七十の病院を含む百七十七を超え日本最大の医療法人グループに成長していた。徳田氏はその間、医療法人徳洲会理事長を主軸に自由連合代表、衆議院議員四期を務め、政治とのパイプが太くなったことで順調に病院数を増やしていた。

一方、病院経営で蓄えた莫大な資金をもとに、札束の飛び交う壮絶な金権選挙をやってのけ、その前代未聞の振る舞いは多くの批判を招いた。また大規模な病院建設を繰り返したことで、地元医師会や自治体とのトラブルも絶えな

かった。

二〇〇二年、権力の頂点にいた徳田氏は重篤な筋肉の萎縮と筋力の低下を来す難病ＡＬＳ（筋萎縮性側索硬化症）に罹患《りかん》した。発病から数年で呼吸筋が麻痺し、自発呼吸ができなくなる難病だ。

二〇〇五年、徳田氏は政界を引退し、息子の次男毅に地盤を譲り、〝実弾選挙〟も息子に引き継がれた。

二〇一〇年に新築された徳洲会の湘南鎌倉総合病院最上階の十五階で、徳田氏は難病の治療を続けている。目だけは動くが体は動かせず、耳は聞こえるが言葉は発せない。会話は介護秘書が文字盤を使って行うという。

徳田氏は日本ＡＬＳ協会設立二〇周年記念式典に出席し、闘病中であることを初めて公にした。登壇を促されたが、人工呼吸器のため話すことができず、文章が代読された。徳田氏は「これからが人生の勝負です」と語り、世界中に病院を設立する計画を表明した。

二〇一二年十二月、衆議院選挙鹿児島二区から当選した次男毅議員の陣営に多数の職員を給与・日当を支払い運動員として派遣した疑いと、徳洲会が地元の政界関係者を買収する目的で資金を提供したことが明らかとなり、公職選挙法違反で捜査が入った。特捜部は徳田虎雄氏の娘二人と夫人の秀子を含む七名を逮捕した。徳田氏本人については起訴相当としながらも、生命の危険があるため病状を見て判断を見送った。

二〇一三年十月二〇日、これら一連の事件の責任をとり、徳田氏は医療法人徳洲会の理事長職から退任することになった。

ところが、徳洲会はさらに窮地に陥った。三十年以上にわたって徳洲会を支えてきた事務総長が解任されたのである。全身不随の理事長の名代としてグループ経営の最前線に立つ事務総長に対し、徳田氏の妻や子供たちが、「徳田の威を借りて好き放題をやっている」と疑いの目を持ち始めたのだ。事務総長の立場からは、「子供たちの方が私腹を肥やしている」という話になる。莫大な財産と権力をめぐる、番頭と親族の争いだ。一連の事件で、すでに徳田氏の妻も娘も、そして事務総長も逮捕された。

さらに、徳田毅議員の「選挙違反」の捜査の過程で、猪瀬直樹東京都知事に五千万円を無利子・無担保で「貸した」問題が明らかになった。

福島の原発事故で国から一兆円の公的資金を受けた東京電力に対し、筆頭株主の東京都が東京電力病院の売却を迫った際に、徳洲会が病院取得に動いたとされる。当時の猪瀬副知事の職務権限と徳洲会の関係から五千万円の贈収賄が疑われ、徳田氏に東京地検特捜部の追及が及んだ。結果、徳田氏は都知事共々、さらに社会的地位と名声を奪われ追放されてしまった。捜査過程と結果のすべてを明らかにすれば、それは都知事レベルにとどまらず、日本の政治が一時機能不全に陥ると危惧されたが、それ以上の進展はなかった。

『生命だけは平等だ』の医療改革の理念の原点を思う時、徳田虎雄の『人間の生き様』、それは医療と政治の分野において巨大な権力と財力を手中にした人間の奢りのなせる業か、はたまた権力は腐敗するという定説を国民に印象付けたことは至極残念だ。

十一、平良新助と久松キク

二〇一六年十一月八日、今帰仁村越地の平良《たいら》新助翁の生家跡で新助翁の銅像と『ひやみかち節』の歌碑の除幕式が関係者を招待して行われた。高台になった母屋の跡が公園として整備され銅像と歌碑が建立された。

ハワイ移民の基礎を築き、『ひやみかち節』を詠んだ平良新助翁の「記念碑建立趣意書」が会場で配られた。

かつて四十年ほど前、久松キクさんが建てた小さな家に、屋敷を引き継いだ平良尊俊《たかとし》さん夫婦が住んでいる。私が今帰仁を離れて後、間もなくして体の弱ったキクさんは東京で医者をしている息子に引き取られた話は風の便りに聞いていた。

銅像の台座の背に新助翁の経歴が略年譜として銅板に刻まれている。

一八七六（明治九）年　今帰仁村謝名（現越地）にて出生

一八九四（明治二十七）年　天底小学校、沖縄尋常中学に入学、英語教育の

存続を求めたストライキに参加。在学中から金武村の当山久三を再々訪問、親交を深める。（十八歳）
一八九六（明治二十九）年　中学を中退して、謝花昇、当山久三と共に自由民権運動・参政権獲得運動に若い情熱を注ぐ。（二十歳）
一八九七（明治三十）年　間切り総代二七名と共に今帰仁村における開墾反対運動に取組み、戦いを勝利させ杣山《そまやま》を守る。（二十一歳）
一九〇〇（明治三十三）年　上京し英語を学ぶ。（第一回移民団ハワイに上陸）（二十四歳）
一九〇一（明治三十四）年　当山久三の依頼を受け、移民の実情調査のため、ハワイに渡る。（二十五歳）
一九〇四（明治三十七）年　念願の米本国へ上陸。サンフランシスコを振り出しに厳しい下積み生活に耐え、ニューメキシコ州ラトンで土地をえて家を建てる。（二十八歳）
一九一九（大正八）年　カリフォルニア州ブローレー市に移り、レストランを経営、商売の傍ら日系移民の生活向上のため幅広い活動を展

開。（四十三歳）

一九二四（大正十三）年　海外協会設立のため一時帰国して官民一体の設立総会を開かせる。（四十八歳）

一九四〇（昭和十五）年　ロスアンゼルスに移住。ホテルと雑貨店を経営。（六十四歳）

一九四二（昭和十七）年　アリゾナ州ヒラー砂漠の日本人収容所で抑留生活をおくる。（六十六歳）

一九四五（昭和二十）年　収容所から解放され、ロスに戻り再びホテルを開業。（六十九歳）

一九五三（昭和二十八）年　五〇余年の渡米生活を打ち切り帰郷。荒廃した郷土に立って詠んだ琉歌が『ひやみかち節』である。（七十七歳）

一九五四（昭和二十九）年　海外協会設立の功績で琉球海外協会より感謝状が贈られる。（七十八歳）

一九五九（昭和三十四）年　乙羽山村有林地内に植林事業を受託経営する契約申請書を提出するも却下される。（八十三歳）

一九六五（昭和四十）年　移民功労者として琉球新報賞を受賞。（八十九歳）
一九六八（昭和四十三）年　琉球政府松岡政保主席より移民功労賞を授与される。（九十二歳）
一九七〇（昭和四十五）年　長寿を全うし九十四歳で没す。勲六等瑞宝章を授与される。

除幕式は主催者挨拶や来賓挨拶と新助翁の思い出話が続いた。

「二か年に渡る期成会活動の困難は資金確保であった。講演会や慈善公演会を開催した。村文化協会や琉球芸能を愛する幼稚園児から高齢者まで幅広い年齢層の出演者に会場は溢れるほど賑わった。越地、今帰仁村、郷友会の方々の芳志で六百万円の目標金額を確保でき感謝したい」

「新助おじーは学生の頃に謝花昇と共に自由民権運動に関わり、数々の悪政に立ち向かう正義感溢れる若者で、不正不義なことには徹底して闘ったようだ。また海外移民の必要性を説き、当山久三が送り込んだ移民団のハワイや米国本土での受け入れに奔走し、時には移民団と共に過酷な労働にも耐えながら移民の定着に尽力し、北米移民の礎を築いたとされる。その情熱と努力が、海外移民の成功に繋がったと言われる。地元の若い方々が新助翁の心意気を汲み取り、頑張る一助になればこの上ない喜びである」

「戦後、新助おじーがアメリカから戻り、戦禍で荒れ果てた郷土に立ってできた歌が『ひやみかち節』だ。宝島・沖縄のため、県民を鼓舞し、復興に心を一つにして立ち上がろう。希望と誇りをもって頑張ろうと人々の心に元気と勇気を与える歌として広く親しまれている」

「新助おじーを直接知る方々は今日そう多くはない。地域では『アメリカおじー』と慕われていた。私たちが小さい頃、いろんな果実が実る広い屋敷に忍び込み、許可も得ずに果物を食べていた。ある日、友だち数人と捕まったことがあった。すると新助おじーは『断りもなくそういうこそ泥みたいなことをしてはいけない。それは泥棒と同じだ。断りさえすれば欲しいだけあげる』と時には子供たちを厳しく叱って躾けることもした。正義感溢れる人だった。記憶では、小柄でかくしゃくとして真っ黒に日焼けした顔が印象的だ。小学校に来た時には『一生懸命勉強して世界に飛びたて』などと生徒を激励していた」

後日、私は平良尊俊さんを訪ねて平良新助と久松キクさんの話を伺った。

終戦直後、キクさんは越地の屋敷内で養豚をしていたようだ。間もなく那覇に出て平和通りの闇市で畳二、三畳の小さなソバ屋を始めたという。

「キクさんには最初の夫との間に長男がおり、鹿児島出身の二番目の夫との間に次男がいた。その後グランドオリオン通りの久松食堂は長男が引き継ぎ、キクさんはさらに安里に二階建ての久松食堂を開店した」と尊俊さんは言う。

「壺屋小学校の近くに、一軒家を持っていましたね。柱も壁も天井も煤で黒々として、コンクリートの土間では女の人たちが昆布や野菜、豚肉などを下ごしらえしていました。ウフオバー（曽祖母）と呼んでいたヨネさんのお母さんもそこで働いていました。そば屋でそんなに財産がつくれるものですか」と訊くと、

「不動産です。東京と軽井沢にも不動産を持っていたと聞きます」

「東京にまで手を伸ばす経営感覚はどこからきたのでしょう」

「平良新助の影響が大きいと思います」

「大学時代、大里康永の『謝花昇伝』を読みました。母の本棚に『平良新助伝』

があり、その著者も大里康永でした。裏表紙には久松キクのスタンプが押されており、キクさんが配られたものだと思います。平良新助とはどういう関係だろうと疑問に思っておりました」

「新助とキクの父親同士は兄弟です」

「あっ、親同士が兄弟でしたか」と私は納得して呟いた。

「大里康永は『謝花昇伝』の資料を活かして『平良新助伝』を書いたのでしょう」と尊俊さんは言った。

自由民権運動や海外雄飛に情熱を注いだ平良新助と女傑久松キクが老後、前後して今帰仁の生家跡に家を建てて住んでいたこと、そしてキクさんが『平良新助伝』を友人知人に謹呈した理由が初めて理解できた。

尊俊さんはヨネの母ウフオバーが当時久松キクさんの下で働いていることを知っていた。

私はウフオバーについていくつかのことを想い出した。

謝名での若い頃、ウフオバーは同居していた姪の敏《とし》さんに、

「哲ちゃんをおぶってヨネの所に行っておっぱいを飲ませて来なさい。ご飯は

帰って来てから食べなさい」と言いつけたりしたようだ。

当時ヨネは謝名から三キロほど離れた今帰仁村立天底《あめそこ》小学校で教員をしていた。哲子が二歳、敏さんが十歳の頃である。

「途中おぶっている哲ちゃんがぐずって足が地面についてしまい、道端でベソをかいたこともあった」と敏さんは何かの折に私にそのことを話していた。

私の知っているウフオバーは晩年いつも写真入りの週刊誌のページを読むではなく飽くことなくただめくっている印象があった。教育も受けてなかったであろう明治女のウフオバーは若い時は厳しい面もあったようだ。

後年、敏さんの次女山城玲子さんが小学校の修学旅行で今帰仁から那覇に来た時、ウフオバーは宿泊先の旅館に迎えに来て壺屋の久松食堂の作業場にある自室に泊めてくれたこともあったと玲子さんは懐かしんだ。

十二、伊波普猷賞

上大謝名《うえおおじゃな》公民館での講演会から半年後、四十五年前、慶應義塾大学の三田の図書館で共に勤めていた新城敏男さんに、沖縄で最高の学術賞、伊波普猷賞が沖縄タイムス社から贈られることになった。沖縄学の父と尊称される伊波普猷の沖縄学の継承とさらなる発展をめざす者に贈られるものである。

図書館勤務時代、新城さんは大学院で歴史学を専攻していた。その後、角川書店に勤めて『日本地名大辞典』の資料室長として全国の地名項目を網羅し、同時に沖縄県の編集に関わった。沖縄は日本の一つの県であるが、かつては王国であったとの気概で編纂したいと、歴史研究者や郷土史家に原稿を依頼し、沖縄県の特色を出した編集をしたという。

「こういう辞典が経営的にペイするのですか」と尋ねると、「角川書店の創業者、角川源義の遺言なので、息子の春樹は採算は気にせず、定期的に刊行し、完成を目指せ」と言われたという。

その後、新城さんは故郷の八重山石垣市史編纂にかかわる。それから沖縄本島北部の名護に新設された名桜《めいおう》大学で十二年間教鞭をとって定年退職した。ほぼ十年区切りでそれぞれの研究と実践を果たした。私は新聞の受賞者紹介欄で文化部門の石垣市政功労者と名桜大学名誉教授の称号を受けたことを知った。

数年前の年賀状には、第一線を退くと社会から取り残された感があると添え書きがあった。今年の年賀状にはある出版社がこれまでの論文十七編を一冊にまとめて『首里王府と八重山』と題して三百部出版してくれるとあった。年賀状を戴いて電話を入れた。

「『首里王府と八重山』が伊波普猷賞を受賞しました。授賞式に出席してもらえませんか」

図書館時代から仕事上でも何か頼みごとをする時には、たとえ年下の者へでも命令調ではなく、「何々してもらえませんか」と相手の意向を尊重してくれたものだ。そのスタイルは現在も変わっていないなと思いつつ、

「それはおめでとうございます。喜んで出席致します」

私は祝いの言葉を述べた。

受賞の経緯を尋ねると、「新開社の担当者から電話があり、その時、後輩が選考委員だと初めて知った」と言う。

もし一冊にまとめて出版しなければ審査員の目にも触れず受賞もなかったに違いない。

「研究成果を一冊にまとめたのは正解でしたね」と私は妙に納得して新城さんに言った。

那覇のタイムスホールでの授賞式には故郷八重山から、そして名桜大学の学長はじめ歴代の受賞者の方々等、大勢の友人知人が駆けつけて盛会であった。歴代受賞者の中には故人の仲宗根政善先生もおられる。

人間は何か夢中になるものがあると、人生はきっと豊かになるに違いない。私も先輩をお手本に完成まじかの作品を早く形にしたいと決意した。その時、図書館勤務時代、階下の控室で新城さんが言った言葉をふと思い出した。

「十年間一つの事を研究して結果が出せなければ、その研究課題か、方法論の変更を検討すべきかも知れないと教授に言われたよ」と嘆いていた言葉である。研究者としての心構えかと思う。

新城敏男さんは、生涯をかけて、学者としての「人間の生き様」を私に見せてくれた。

十三、不労所得や権利収入

人生の二大出費である家を持ち、三人の娘たちに大学教育を授けることができた。娘たちが社会の荒波に乗り出す準備を整えたことで、一応親の役割を果たしたことになる。

『沖縄戦全史』の完成には資料読みと図書館通いの膨大な時間が必要だ。そのためには働かなくても収入が入る不労所得や権利収入の仕組み作りが不可欠だ。周りに対しての気配りと報連相を忘れずに、夢や目標を持ち努力すれば手を差し伸べ支援する先輩たちが現れるものだ。留学や小説を書く体験からそのことを教えられた。

海外赴任後、自宅の購入を仲介してくれた十歳先輩の金城正明さんは私の夢を知るとその実現のために不動産の知識をもって支援してくれた。学生時代の寮の先輩に正明さんと同じ崎本部出身の仲地哲夫さんがいた。歴史学専攻で八歳先輩の大学院生であった。

「将来金儲けをする訳でもないのに少しは手加減して論文を通して欲しいものだ」

「小説家は見てきたような嘘も書く。小説家の書いたものを一〇〇％信じてはいけないよ」

私は当時の仲地さんの言葉を想い出してほくそ笑む時がある。後年、沖縄国際大学名誉教授となり歴史分野の功績に対して比嘉春潮賞を受賞した。私は新聞社での授賞式に旧友たちを誘って参列した。共通の友人がいたお陰で正明さんとは初対面から意気投合した。リビアから帰省の度ごとに正明さんの事務所を訪ねては世間話の報連相をして親交を深めた。今では四十年の付き合いになる。

バブルの頃には軍用地より株の方に魅力があった。ところがバブルが弾けると毎年値上がりする軍用地の価値が見直された。正明さんは退職金で軍用地を買うことを勧めた。

数年後、今度は軍用地を担保に正明さんの事務所の近くで売りに出された五百坪の土地を買うことを勧められた。アメリカンウエイビジネスが軌道に乗り、妻と住宅兼事務所、そしてミーティング会場を持ちたいと日頃から相談し合っていることを正明さんにも話していた。当面はその土地を賃貸することで権利収入を増やすことも可能だ。やがて国民年金、厚生年金、軍用地料、五百坪の土地の賃貸による不労所得が形成された。執筆に十年かかった『沖縄戦全史』の完成には偏に正明さんの支援が大きかった。

二〇一七年末、『沖縄戦全史』の前にこれまでに書き溜めた六作品を一冊にまとめて『人間の生き様』のタイトルで自費出版した。それを読んだ叔母が「政嗣は転んでもただは起きないわね」と言ったことがある。確かに挫折もしたが常に新しい夢に挑戦する自分がいた。「ただは起きない自分」に気付かされたことである。

「人間の九割以上は人生でやりたいことを見つけられないで死んでいる。誰も行ったことのない処に行き、誰もやったことのないことをやれ。そしていい人に出会うには偶然の出来事に適応して生きろ。人生は川の流れのように流れていく」

とある作家が言った。

私も半生を振り返ってその考えに賛同する。学生時代、寮の玄関前でバットの素振りをしていなければ太平洋を横断することもなかったに違いない。アメリカを目指した新聞配達に始まり『人間の生き様』と『沖縄戦全史』完成までの七十年の半生で、個人的には些細な夢を幾つも実現してきた。今は夢の対象が小説作品に置き換えられた。その間、経済的にしっかりと足を地につけていられたのは幸いだ。残りの人生は『沖縄戦全史』の出版と新しい小説作品を目指したいと思う。子や孫たちに語って恥じない『人間の生き様』をテーマにこれからも夢を追い続けていることであろう。

参考文献

＊『コロンブス航海誌』林屋永吉訳（岩波文庫）
＊『インディアスの破壊についての簡潔な報告』ラス・カサス著　染田秀藤訳（岩波文庫）

アメリカ海兵隊

一

一九三〇年代、世界恐慌の中、不況の波は沖縄の農村の荒廃を招来し、農民の生活は極めて劣悪であった。わずかな耕地を抵当に入れて借金を抱え生活は困窮した。旱魃や台風の災害が覆いかぶさると深刻さは想像を絶した。

ある本土大手新聞の記者は、「与那城、勝連《かつれん》の村から成る与勝《よかつ》半島へ自動車を乗り入れた夕は、満月傷心の極みであった。この地方は七月から旱魃のために農作物は全く枯死の状態に陥って、村民は収入の道がなく、生命の糧となる甘藷すら乏しくなり、一日一食の惨めさに陥った者さえある。子供は学校の弁当の甘藷すらなくなって目を凹ませる者が多く、食いものがない窮乏が村を見舞った」と記事にした。

そうした状況下で隷属農民の数が増えていた。それは借金のかたに富裕農に一定期間隷属し、牛馬のようにこき使われる年季奉公人である。さらに絶望的な手段として身売りが行われた。男子は漁業専従者の集住する糸満の貸元に漁労従事者として奉公する糸満売《いちまんう》い、女子は辻遊郭に売られる辻売《ちーじう》いであった。どちらも金銭貸借に縛られた人身売買である。

農民たちは、ほそぼそと生活を続け、身売りをしても状況の転換は困難で、勢い他の手段、移民や出稼ぎの方法をとらざるをえなかった。

「耕すべき土地がなく、働くべき仕事がない。しかも食べずにはいられない」

この冷徹な規律が県民を海外に移住させた。根本的理由は経済的貧困である。

一八九九（明治三十二）年のハワイ移民によってスタートした沖縄の移民史は一九二九（昭和四）年、四千四人と大量の数に達している。主な渡航先はフィリピン・ペルー・ブラジルで、フィリピンだけで全体の三五パーセントに達し、毎年千人前後を送り出した。ミンダナオ島ダバオへのマニラ麻栽培の農業労働者であったり、ルソン島マニラへの漁業従事者が多かった。

沖縄県の歳入額に占める移民の送金額の割合は、一九二九（昭和四）年には、六六・四パーセントで、その比率は極めて高い。この莫大な額は、原始林に入植し風土病と戦い、食うための食糧を確保しながら移民たちの苛酷な労働の中から捻出された結果の金であった。

一九一五（大正四）年、蔵下善堂は沖縄県勝連村津堅島に生まれた。善堂は次男で幼少の頃から離島苦を味わい、いつかは島を出たいと思った。フィリピンには沖縄移民が大勢いた。善堂は津堅の海人《うみんちゅ》（漁師）たちからフィリピンの話を聞かされて育った。そして心を動かされ、その中に生きる希望を見出した。

一九三四（昭和九）年、善堂は十九歳で同郷の久子と結婚すると津堅島の先輩からの呼び寄せ移民としてフィリピンへ渡り、ルソン島のマニラで漁業に従事した。

善堂もそうであったが沖縄移民の多くは、移植地を永住の地としては考えず、稼ぎを得て家族に仕送りをし、また財産を築いてやがては故郷に錦を飾るつもりでいた。

二

一九四〇（昭和十五）年、蔵下善堂と久子の間に芳久が生まれ、その後二年おきに訓生《くにお》と勝子が誕生した。善堂は教育熱心で将来子どもたちが日本語を話せるように家では日本語を使うように気を配った。マニラの日本語学校から教科書を見つけてきては就学前の芳久に読み書きを教えたりした。

一九四三年十月、南方地域における徴兵延期の撤廃が決まり、在留邦人の徴兵が強制されることになった。制度導入時、軍の指示で食糧増産が叫ばれ、食糧の供出、陣地構築、若者の徴用、軍事訓練、徴兵など老いも若きも軍への戦争協力に明け暮れた。日本兵の数が増えると民家に分宿したため、久子たちは兵隊のために調理の手伝いも行った。

軍政期には移民たちは戦争協力に多忙となり、長年の努力で築いた漁業や農業による移民生活はあっけなく崩され、生活を通して形成された沖縄人の郷友会社会もその機能が崩壊してしまった。有無をいわせぬ国家の強制力の前に、女、子供は芋、野菜を植える生産隊として状況に適応し、日本人意識を持った立派な日本人移民になるべく、国の勝利を信じ自ら進んで戦争協力に邁進した。

一九四四年七月、米軍の進攻でサイパンが陥落すると、フィリピンの情勢は刻一刻緊迫の度を増し、島全体が緊張と不安に包まれた。やがて空襲と艦砲射撃の矛先がマニラに向けられた。米艦隊が火を吐いて集落に砲弾を撃ち込むと町や村は炎に包まれ住民は怯えて山の奥深くに逃げ込んだ。道はごった返し、逃げ惑う群れに砲弾が降り注いだ。戦場のどさくさの中、沖縄からの親しい移民家族はお互いに散り散りになってしまった。死んだ母親の乳房にすがる乳飲み子や、大木の枝にぶら下がる死骸など、蔵下芳久たちはおびただしい数の屍を見た。自分たちもいつこんなになるのかと久子は、「死ぬ時は家族一緒に、一撃で死なせてください」と何度も呟いた。

そして連合国軍が上陸すると日本軍は飛行場を破壊し、敵軍の攻撃を逃れて山中へ退却した。負け戦の連続で、もう勝ち目はないと思われる状態で召集令状なんか来ないと善堂は思った。だが召集の仕方もばらばらで避難したジャングルの奥地まで令状を持って来た。

善堂の召集は口頭で「すぐ出なさい」と簡単に呼ばれたもので、日本国内のように赤紙が来たのではなかった。現地召集なので軍服はなく私服であった。日本軍の隊長は召集兵を見下して馬鹿にしていた。

善堂が召集されて後、さらにジャングルの中を逃げる途中、弟の訓生が艦砲弾の破片を頭に受けて即死した。噴出した血が髪の毛を伝わって流れていた。悲しくてやりきれなかったが、弟は砲弾の穴に葬った。他に方法はなかった。

家族は約十日もサトウキビの汁以外、ほとんど食べていない。真っ暗な壕の中で数十人が声を潜めて過ごした。壕の中を流れる川の水だけを飲んでいた。水があるだけまだましだった。

ある日、壕に兵隊たちが十五人くらい入って来た。

「この壕は日本軍が使う。子供がいたら敵に気づかれて爆雷を投げ込まれる。三歳以下はこっちで処理する」と言い出した。

三歳以下は五人いた。この五名を殺すというので、親たちは壕から出るからと隊長に相談した。すると、「君たちがスパイをやるから、出てはいかん」と頑として受け付けない。

兵隊が五、六名来て、一人ひとり捕まえて注射をした。母の久子はどうにかして娘を助けようと、壕を出るからとお願いしたが、聞き入れられなかった。勝子の呼吸が弱々しくなり、ついに死んでしまった。生まれてわずか数か月で命を落としてしまった。戦争の犠牲になった生涯だった。それから芳久たちは日本兵が怖くなった。

「戦争中にあなたを産んでごめんね」と母は暗い中、指先を目の代わりにして勝子の顔の輪郭や体を撫で回していた。

数日抱き続けた後、壕の奥に埋葬した。もはや生きたらいいのか、死んだらいいのか、母は分からなくなった。芳久が目をさますと母のむせび泣く声が何度か聞こえた。

ある日、米軍が投降を呼び掛けた。住民たちは壕から出すよう日本軍に申し入れたが、壕内部の情報が米軍に漏れるのを恐れ、「出たら射殺する」と拒否された。

その時、先に捕虜となった度胸のある住民が投降を呼び掛けにきた。

「どうせなら暗闇でなく、明るい所で死のう。今出ないと米軍は壕にガソリンを流し込む準備をしている」と彼はねばって説得をした。

結果、大勢が外に出てほとんどの避難民が米軍に保護された。空腹で長期間暗い壕にいたため体を支えきれず、外に出た直後、強い日差しに失神する人もいた。芳久の家族は米軍の収容所に移された。戦場の恐怖の中を生きた三か月だった。

「戦争は人間が人間でなくなる」と久子はやつれた表情で呟いた。

収容所では衰弱した人々が次々に死んでいった。火葬場には栄養失調やマラリアで亡くなった住民や日本兵の遺体が毎日トラックで運び込まれた。遺体を包んできた毛布は、「また使う」と運んできた人が持ち帰った。

砲弾でできた穴に丸太を敷き、その上に遺体を並べ灯油をかけて夜も昼も焼き続けた。途中で遺体が動いたり膨らんだ腹が破裂したり、色んな物を見せられて芳久は怖さが分からなくなった。

ある日、収容所で偶然父と一緒に徴兵された津堅島出身の負傷した友と出会った。その時、母は父の戦死を知らされた。二人の子と夫を失った母の落胆は痛ましかった。

数日後、母親も、「芳久、沖縄に帰りなさい。津堅人《ちきんちゅ》の海人魂《うみんちゅだましい》を忘れず、しっかり勉強するんだよ」と言い残して息を引きとった。

芳久は母親をフィリピン人農夫のアントニオの子供、そして他の遺体共々火葬に付した。

芳久は家族を失い一人ぼっちになってしまった。だが戦場で多くの死骸に出会ったせいか、母親が荼毘に付されても不思議に涙は出なかった。

収容所には沢山の孤児がいた。親戚に引き取られたものの、働き手として期待され教育の機会を逃す子供、親は仕事に追われて子供を養育できず、盗みを働く子供も多かった。そうした中、敬虔なクリスチャンのアントニオ夫妻は一人ぼっちになった芳久の身を案じてくれた。芳久は収容所で夫婦と行動を共にした。二人は芳久に、働き手として期待するようなことはしなかった。

数か月後、収容所から解放される時、夫婦は芳久に、「お父さん、お母さんと呼んでいいよ」と言った。

芳久も素直に提案を受け入れて信心深い夫婦と行動を共にすることにした。アントニオ夫妻の家から小学校に通うようになると芳久の方から家計を助けるために進んで仕事をした。

アントニオ夫妻の家はトタン屋根、壁や床は隙間風の通り道で、極貧の生活だった。養母のマリアは屑鉄を集め、業者に売って生活の足しにした。激戦の跡地には薬莢や銃器類が散乱し、原野に放棄された米軍戦車の残骸は戦闘の激烈さを表していた。海に白波を被る沈船の残骸も、悲惨な戦争の慟哭であった。幼い芳久も何とか養母を喜ばせようと暇さえあれば道に落ちている釘、針金を拾ってポケットに入れた。中でも真鍮や薬莢は高値でいくらでも売れた。米軍の射撃場は、金を生む玉手箱だったので、芳久も時々通ったが、大人の人が取り尽した後で、わずかしか手に入らなかった。大人の中には射撃中に拾うのもいた。まさに命懸けであった。

芳久は小さいポケットが一杯になったら家に帰った。養母は笑顔で迎え「無理しなくていいよ」と心配してくれた。養母の喜んだ顔が嬉しく「次はもっとたくさん拾ってこよう」と、小さい胸を躍らせた。

小学生になると、屑鉄に煙草の吸殻が加わった。道に捨ててある吸殻を集め、それを刻みにして売るのである。買った人は煙管に詰め込んで吸った。好評で飛ぶように売れた。芳久は彼なりに今日という日を精一杯生きた。明日のことなど頭になかった。子供たちはいつも腹を空かせていた。

芳久は米軍基地のゲート前で靴磨きをしたり、中学校を終えるまで長いこと米軍将校のハウスボーイをした。靴磨きやトイレ掃除、庭の草刈り、その他雑用の走り使いが主な仕事であった。昼間の食事はホットドッグとスープで、デザートはパイナップルの数片か、ケーキの一切れであったりした。日当は1ドルから、弾んでくれれば二十五セントプラスされた。

朝鮮戦争が勃発すると、米軍の前進基地となった日本は特需景気が発生、急速に経済が上昇し始めたとの報道がされた。その余波を受けて、フィリピンにも鉄屑ブームが巻き起こった。庶民は米軍開放地跡でこれまでにも増して屑鉄を漁った。熊手で土を掘り返すと、ボルトやナット類にいろいろな鉄塊が出てくる。それを現場に出張して来た屑鉄業者に渡すと、即座に現金をくれた。一日に大工二人分の日当を稼ぐ者もいてたちまち黒山の人だかりになった。ある人は業者に屑鉄を売り、その後、業者のヤードからそれを盗み出し、別の業者に売ることを繰り返す者も現われた。屑鉄業者の中には当たりに当たって、朝鮮戦争が終わる頃には、一躍にして檜舞台に上がった者もいた。やがて戦争の残骸や沈没船もいつの間にか姿を消した。しかし、農民が自分の畑で鍬を振り下ろした途端、土中の不発弾が爆発、死亡した事故は激戦地の怖さだった。

芳久が中学を卒業した日、養父母はささやかな食事会をしてくれた。

「卒業の日を迎えとても嬉しく思う。これを機に芳久は将来を考える時かもしれない。今沖縄は朝鮮特需で景気がいい。フィリピンからも大勢出稼ぎに行っている。日本の教育を受けるいい機会だと思う。ここに留めて芳久の将来を潰してはいけない」

アントニオは芳久に言った。

芳久の意志を尊重し将来を案じてくれる養父母に芳久は心から感謝した。

後日、芳久が部屋で旅支度をしていると、アントニオが来て、

「少ないが旅の足しになるだろう。たまには帰って来るんだよ」

金入れを握らせた。

「長いこと面倒をみてもらいありがとうございました」と深々と頭を下げると、アントニオは涙を浮かべて芳久を抱きしめた。

三

蔵下芳久が沖縄へやって来た時、東アジアの政治・軍事情勢の中で沖縄は激変の最中にあった。

中華人民共和国の成立、朝鮮戦争の勃発、そして日米講和条約で、沖縄は米国の施政権下に置かれ、引き換えに日本本土はＧＨＱが去り独立を得た。沖縄の戦略的重要性を再認識した米国は「太平洋の要石」として共産圏封じ込めの恒久的基地建設を本格化させた。

核・毒ガス兵器の貯蔵、特殊部隊の配備から作戦行動に到るまで、一切の制限がない沖縄の基地は米国にとって、他に例をみない貴重な前進基地であった。本土の在日米軍基地は住民の反対で戦後著しく減少したが、沖縄の基地は維持強化され続けた。

米軍は沖縄上陸以来、占領の名の下に土地を無償使用したが、一九五〇年六月に朝鮮戦争が勃発すると地主から軍用地使用料の支払要求運動が起こり始めた。一方、講和条約発効後、土地の使用根拠を失った米軍は、極東情勢の緊張を理由に沖縄を巨大な不沈空母にするという基地建設計画を発表、「土地収用令」を公布し、各地で強制収容を始めた。

一九五三年七月、朝鮮戦争の休戦と時を同じくして、伊江島の爆撃演習場の明け渡しの口頭通告に対し、伊江島村民の反対闘争が起こった。村民は米国大統領・米国民政府などへの訴願、接収地に於ける武装米兵との実力闘争、沖縄全島に及ぶ「乞食行進」による世論の喚起など種々の戦術で粘り強い闘争を展開、百人余の逮捕者を出していた。そうした状況を背景に沖縄の祖国復帰運動が大規模に展開された。

転機は、一九五三年十二月の奄美諸島の返還である。軍事的比重が小さく、復帰運動がより激しい奄美諸島を日本に返還することが長期的な沖縄支配政策上有効と判断した米国民政府は以後、沖縄の復帰運動を対日講和条約の合法的国際秩序を乱し、国際共産主義運動を利するとして厳しく弾圧し始めた。それが民衆の復帰運動の正当性を強め、米軍支配に対する住民の「島ぐるみ闘争」を支える精神的支柱となっていった。

一九五四年三月、米国民政府が発表した軍用地料の一括払い方式に反対して、琉球政府の立法院が「一括払い反対」「適正補償」「損害賠償」「新規接収反対」を内容とする「土地を守る四原則」を全会一致で決議した。

米軍が武力を行使し、伊江島真謝《まじゃ》区の十三戸の住戸をブルドーザーで壊し、農作物と共に焼き払う強硬手段をとってから伊江島土地闘争が熾烈化した。同日、米軍は宜野湾市伊佐浜でも強制接収を通告、武装兵とブルドーザーを出動させたが、区民の座り込みに阻まれ、数日後に再度通告、その時も数千人の支援団体が集結したため見送った。だが翌未明、支援団体の隙をついて一挙に強制接収し、多くの逮捕者を出した。

同五四年九月三日、米軍による軍用地接収をめぐる「島ぐるみ闘争」の高まりの中、米軍人の犯罪が大きく取り上げられ、米軍当局に対し激しい抗議運動が展開される事件が起きた。石川市の長山由美子ちゃん六歳が米兵に暴行・殺害され、嘉手納海岸で死体で発見された。加害者は嘉手納基地高射砲大隊所属の三十一歳のH軍曹。沖縄各地の「基地の街」では「由美子ちゃん事件と子供を守る大会」が開催されて世論が盛り上がった。立法院でも「鬼畜にも劣る残虐な行為」だとして軍事裁判の公開を求める決議を行った。抗議や世論の高まりに米軍当局も厳重に処罰すると発表、同年十二月六日に犯人に死刑を宣告した。だがその後本国送還となり、結局事件はうやむやにされた。

さらに同五四年十月、米国下院軍事委員会のプライス調査団が沖縄に派遣され、公聴会と軍用地視察を行い、調査結果と勧告の報告書が提出された。だが、勧告は地料の算定に譲歩しただけで、沖縄側の「土地を守る四原則」の要求は聞き入れなかった。中でも地料の一括払いによる永代借地権あるいは絶対所有権の取得勧告は、沖縄の期待を大きく裏切るもので、プライス勧告を契機に「島ぐるみ闘争」は一層燃え上がった。

そうした状況下、蔵下芳久はフィリピンの米軍基地の将校の推薦状を携えて沖縄にやって来た。そして嘉手納空軍基地で軍雇用員として働くことになった。

基地内将校住宅のガーデンボーイが蔵下の軍作業の始まりであった。仕事は朝から夕方までただ草を刈るばかりであった。広大な芝の中に点在する住宅の庭を手押しの草刈り機で刈った。機械は手入れが悪く、掌は水膨れして黒く打撲のようになった。芳久はやがて友人ができると、その伝《つて》を通じて物資集積所の住み込みの守衛（ガードマン）の仕事に就いた。

　かまぼこ型の宿舎に同僚七十人と野戦用ベッドと毛布を支給され、メスホールで食パン、肉、ポテトなど米兵並みの待遇を受け、痩せた少年は日増しに血色を回復し充実感に浸った。守衛の範囲はテントでカバーした食糧と衣服が野積みされた約二〇〇メートル四方の広さであった。十年前の敵国の沖縄人に、米軍は軍服にヘルメットと戦闘靴、そしてカービン銃を携帯させた。蔵下たちは昼は真面目に、夜は上司の軍曹が不在でガードマンたちの天国であった。金持ちの米国に対し罪の意識もなく、肉缶・果物缶を抜き取り、我が物顔に頬張った。満腹の後は、銃のいたずらだ。弾倉から弾が銃身に入らないようにセットして引き金を引き、カチッというその音に打ち興じていた。

「銃は絶対に人に向けるな」が上司の口癖であったが、ドラム缶に向かって引き金を引いた途端、ドカーンと一発実弾が発射したのにはびっくり仰天した。

　軍作業は一度首になると軍の監督官事務所に記録され労働許可証が二度と発行されない。在職者は常に首にならないように心がけていたが、いざ首になるような事態になると、同僚たちが互いにかばい合った。

ガード責任者の宮城信栄は英語は得意でなかったが、人望が厚く米国人上司と同行で琉球人の歩哨個所の巡視を主な仕事としていた。なぜか米国人は琉球人という呼び方をしていた。

ある夜、宮城は上司と巡視に出て、部下の当山良次が居眠りしているのに遭遇した。ガードの居眠り勤務は、猶予なしの一発解雇である。宮城は上司の目の前で、当山のカービン銃を取り上げた。それから当山を戒める口調の日本語で、そうしなければ自分が首になることを伝え、暗黙の了解を得て、彼に殴る蹴るの暴行を加え、米国人上司がそれを止めるまで続けた。結果、米国人上司は当山の怪我を気遣い、彼を首にすることはしなかった。

仕事に慣れるにつれ、蔵下芳久は夜学の工業高校に通い手に職をつけたいと思い、四時半に終わる仕事を見つけることにした。嘉手納基地のＰＸはキャンプ桑江同様、大規模な売店だった。蔵下はある伝《つて》を通じてＰＸに就職した。ストアキーパーと称して数人のフィリピン人がおり、マネジャーは米国人であった。嘉手納基地には施設の整備のために設計や請負会社も多く、軍人・軍属を含めて一万人近い人々が生活していたのでＰＸは年中大忙しであった。

フィリピン人は、沖縄人を「シッ、シッ」と牛馬のようにこき使った。敗戦国民ではあるが、沖縄人はそのことを癪に思っていた。そのうちに店の棚卸で、彼らが大穴をあけた。時機来たりと、日頃から語り合っていた同士と計り、蔵下がマネジャーに、「私たちにストアキーパーを任せて下さい。三か月で赤字を消してみせます」と申し出た。

すると翌月から赤字が消え、マネジャーも大喜びだった。しかし、首謀者の蔵下はしばらくフィリピン人たちから付け狙われたものの大事には至らなかった。嘉手納基地でのこの事件後、キャンプ桑江の売店でもストアキーパーは沖縄人に代わったと聞いた。

巨大な嘉手納基地と隣接したコザは軍作業員の人口が多かった。基地にしか仕事がないこともあった。北部の村々からもコザに移住し、軍作業に糧を求める人々が集まって来た。灰色の空気が立ち込める中で、ある種の活気があった。

夕方の五時頃になると、軍作業を終えた人たちを乗せたトラックが、コザの道を行き交う。その時間になると子供たちは遊びをやめ、道の側でトラックが通るのを待った。家族を迎えるためではなく、アメリカ兵の運転手が、子供たちの上にキャンディの雨を降らせてくれるからだ。ばらまく者と、拾う者。よくある光景だった。守礼の民はどこへやら、ギブミー民族に成り下がった敗戦国民の姿があった。蔵下芳久と大人たちはトラックの荷台から苦々しく辛い思いでそれを眺めていた。

蔵下芳久が嘉手納基地で働いている頃、日本の南極観測がスタートして二年後の一九五九年秋、第四次観測隊の中に、沖縄出身初の宗谷丸の乗組員・甲板長として津堅島出身の嘉保《かほ》弘道がいた。沖縄の新聞社から宗谷丸の津堅島沖通過の情報が村役場に伝えられた。そして数日後、オレンジ色の船体が水平線上に見えると島は騒然となった。

その日、蔵下は両親の出身地、津堅島に前日から待機していた。当日、与勝《よかつ》半島沖には勝連や与那城、そして近隣の島々から大漁旗や幟《のぼり》、「激励・嘉保弘道」の横断幕を掲げた数十隻の漁船団が待機した。船には与勝半島と津堅島の地元の青年団が盆踊りの勇壮なエイサーの衣装に身を包み、腰には大太鼓を吊り下げて大勢乗り込んでいる。やがて汽笛を鳴らしながら大海原を宗谷丸が近づいてきた。宗谷丸の右舷甲板では大勢の乗組員たちが手を振って歓迎に応えた。漁船団は一斉にエンジンをかけて宗谷丸に伴走した。

青年団のリーダーが拡声器で「ひやみかち節いくぞーッ」と声を上げた。島民たちは宗谷丸に伴走しながら三味線や太鼓、小太鼓の合奏と共に「ヒヤ、ヒヤ、ヒヤヒヤヒヤ……」と全員が声高らかに力強く指笛を交えて合奏を繰り広げた。大太鼓の集団演武と気合いの入った勇壮な「ひやみかち節」の大合唱で嘉保弘道を激励した。「気合いを入れて頑張れ」の壮大な合唱であった。志を高く保持して屈しない不退転の幟を掲げ、応援し見送りに駆けつけてくれた故郷の人々の思いやりに、嘉保は目に涙を浮かべた。そして宗谷丸の乗組員たちと甲板から両手を高々と振って声援に応えた。宗谷丸の両舷の消火ホースからは宙に高々と放水がなされ、汽笛による賑やかな返礼もなされた。

宗谷丸の拡声器から「島民の熱烈な激励に感謝し、乗組員一同南極での任務を頑張ってきます」と船長が力強い言葉を述べた。

漁船に乗って伴走する蔵下の耳にも船長の声が届いた。

賑やかなパレードの歓喜と感動は勝連半島と周辺の島々に聞こえ伝わった。

蔵下は感動に震え、皆に夢を与えられる人、皆のためになる人、皆に誇りに思われる人になりたいと思ったことである。

宗谷丸は翌年四月十六日、任務を終えての帰路、那覇に寄港し五万人の歓迎を受けた。立派な髭を蓄えた嘉保弘道は津堅島の実家へ帰り、島を挙げての歓迎で揉みくちゃにされた。区民総出の歓迎会が村の拝所の草原で行われ、蔵下も参加した。島には電気が無かったので漁り火用のカンテラを焚き、前年の台風で食糧危機に直面していた島の人たちはその夜は全てを忘れて祝いあった。

大人たちは子供たちに呼びかけた。

「弘道おじさんは小学校しか出ていない独学の人だ。こんな人口五百名の離島から日本一の甲板長になったのは努力したからだ。皆も勉強して嘉保甲板長に続け」

「沖縄生まれの自分が南極の寒さに耐えたのだから、皆さんも頑張れば何でもできる」と嘉保は子供たちを激励した。

そして、乗組員が南極でやる体操を披露、望郷の思いを込めて民謡の浜千鳥節を歌い、やんやの喝采を浴びた。

蔵下は「津堅人の海人魂を忘れず、しっかり勉強するんだよ」と言った母の言葉を、代々受け継がれた津堅の島民たちの負けじ魂として心に刻んだ。
大歓迎を受けた宗谷丸は二泊三日の滞在後、那覇を後にしたが、その夜、嘉保から一通の電報が沖縄の新聞社に届いた。自作の琉歌が記されていた。
「天からがやゆら　神からがやゆら　志情ぬ雨に　濡りて嬉しや
(天が降らせたのか　神が降らせたのか　人情の雨に　濡れて嬉しい)」

四

一九六〇年十二月、南ベトナム解放民族戦線と人民解放軍が結成され南ベトナムのゴ・ディン・ジェム政権に対する武力攻撃を開始し、内戦が始まった。翌年一月、ジョン・F・ケネディが合衆国大統領に就任した。米統合参謀本部は沖縄で東アジアのどこにも派遣できる三千人の対ゲリラ戦専門将校の訓練を開始、五月には米軍人で構成する六百人の「軍事顧問団」をベトナムに派遣した。そして南ベトナム解放民族戦線壊滅の目的でクラスター爆弾、ナパーム弾、枯葉剤による攻撃を開始した。さらに十二月には第三海兵師団が広大な沖縄北部訓練場に対ゲリラ訓練場を開設した。

蔵下芳久は大学進学の方法を模索していた。沖縄にやって来る米兵たちは軍隊に入隊することで退役後政府の奨学金を得る目的の若者が大勢いた。蔵下は職場の上司に相談した。

「君は勤めて何年になるかね」

「五年です」

「入隊の意味は分かっていると思う。それでも奨学金が欲しいかね」と上司は尋ねた。

「はい」と返事をする蔵下に、「海兵隊への入隊が可能かどうか、少し検討する時間をくれ」と上司は蔵下に言った。

アメリカへの憧れもあり、蔵下は奨学金の取得が可能であれば入隊したいと思った。

数日後、上司が身元引受人になることで入隊の手続きを進めていいとの返事を貰った。目の前のドアが明るく開かれた気がした。

「ありがとうございました」と蔵下は上司に深々と頭を下げた。

入隊と大学進学という目標が設定された。蔵下は早速高度の英語力を習得したいと思い基地内のブックストアで合衆国大統領に就任したジョン・F・ケネディのソノシート付きの演説集を買い求めた。そしてそれを徹底的に音読・筆写することにした。単語はノートを作り、文法書は何度も読んで構文を覚えた。ソノシートが擦り切れるまで音読して練習した。演説集を持ち歩き、バスの通勤時間、職場の昼休み等、寸暇を惜しんで暗記した。そうした勉強を約一年間毎日、四、五時間、日曜祝日には七、八時間続けた。おかげでケネディの演説は全文を暗唱できるまでになった。

ある日、職場のアメリカ人の同僚が蔵下の英語の上達ぶりに、「どのようにして英語を学んだのか」と質問してきた。

「ジョン・F・ケネディが教えてくれたんだ」と答えたら同僚は一瞬きょとんとしていた。

海兵隊への入隊を蔵下は誇りに思った。蔵下にはかつてフィリピンの戦場での日本軍の民間人への非人道的な行為が記憶にあり、米軍は皇軍の蛮行から救ってくれた解放軍であった。

養父母のアントニオ夫妻に海兵隊への入隊を手紙で知らせると、養母はとても落胆したとのことであった。蔵下は養母も喜んでくれると思っていた。そして子供の頃から自分がいかに貧しさに苦しんできたかを養母は理解していないと思った。孤児として一人で将来を切り開かねばならない蔵下の人生に海兵隊はチャンスを与えてくれると期待していた。

蔵下芳久はカリフォルニア州サンディエゴにある米国海兵隊の新兵訓練基地のゲートをくぐった。建物の正面広場に太平洋戦争で硫黄島に星条旗を掲げた海兵隊員の銅像があった。〝ゲートの向こうに海兵隊の将来がある〟と刻まれた銅製のプレートがはめ込まれていた。

蔵下たち海兵隊志願兵は広場で鞄を足下に置いて待機していた。

建物から鍔の広いベージュの教官帽キャンペーン・ハットを被った黒人の訓練教官がやって来た。

「二列横隊で整列！」

　蔵下たちは突然の命令に戸惑いを見せた。

「聞こえんのか、虫けらども！　つま先を白線に合わせろ！　整列！」

　鞄を持って戸惑いながら立ち位置を探す。

「気をつけ！　だらしない奴ばかりだ！　私は訓練教官のメイクマン専任軍曹である」

　軍曹は左脇に細長い指揮棒を挟み左手で支え、右手の甲を背中のバンドの位置に付け、志願兵たちの列の前を背筋を伸ばして歩いた。

「今まで何をしてきた！　乱痴気騒ぎか。祖国の悪口ばかりほざいてきたな。その目は何だ！　教官の目を見る資格はない！　前を見ろ！　そして話しかけられた時以外口を開くな。口でクソたれる前と後に〝サー〟と言え、分かったかウジ虫！」

「サー、イエス・サー！」

「全員で答えろ！　ユー・アンダースタンド？」

「サー、イエス・サー！」と全員が声を張り上げた。

「だらしない奴ばかりだ！　どいつもこいつも！　一人前になるには一年は捧げなくてはならない！　その間には戦争が起こる。女子供のいる村を襲うことになる。覚悟しろ！　分かったか？」

「サー、イエス・サー！」

「これから八週間かけて、海兵隊としての心構えを持ってもらう！　海兵隊はヒッピー面の毛虫を蝶に変える教育を行う。それは人生を覆すような教育だ。基礎訓練は厳しく武骨だが、世代を越えて受け継がれる。妥協を許さぬ伝統がある。新兵にとって八週間の訓練を生き延びることは、これまでの最も厳しい訓練であるに違いない。しかし、そこに存在意義がある。時代のハードルを越えられるか、今、貴様らに問われている。今まで過ごして来たマリファナパーティーのぬるま湯の生活を期待する者は今すぐゲートから立ち去れ！　希望者は手を上げよ！」

　軍曹は一瞥し「よろしい！」と言った。

「海兵隊に入隊して一番初めに教えることは、先ずは『黙れ！』ということだ。一般社会、学校では先生たちが、知恵を絞ってモノを考えることを教える。だが軍隊では考える必要はない。君たちに必要なことは、上官の命令を実行することだけだ！　分かったか？　ウジ虫！」
「サー、イエス・サー！」
「目を合わせるんじゃない！　まっすぐ前を見ろ！」と軍曹は声を張り上げた。

蔵下たちの訓練基地での生活が始まった。寝具と訓練用の衣類一式を支給されると兵舎と寝台を割り振られた。兵舎は三〇メートル四方の広さがある。南北の壁の中央に出入口があり、東西双方の窓のある壁に沿って小隊四十名分の鉄パイプ製の二段式寝台が配置されている。寝台の一段目の住人は窓側に頭を向け、二段目は逆に中央の廊下側に頭を向けた。

入隊最初の仕事は椅子に腰かけ電気バリカンでお互い髪を刈ることであった。額の真上にバリカンを入れるのは全員が初体験で、神妙な顔付きになった。椅子の周りが髪の毛で埋まると、羽毛を刈り取られた七面鳥あるいは仏教僧みたいだと互いに感想を述べあった。

第一週目、訓練初日。

午前四時半、メイクマン訓練教官が兵舎に入って来ると出入口脇のゴミ缶を持ち、中に指揮棒を入れてガンガン音を立てた。

「午前六時三〇分より屋外訓練を行う！　寝台片付け、訓練着着用！　二分後に清掃開始！」

「スティーブ、デブ、クラシタ！」

「サー、イエス・サー！」

「寝台片付けの後、貴様らは便所掃除だ！」

「サー、イエス・サー！」

「ピカピカに磨き上げろ。イエスキリストでもウンコしたくなるようにな！」

「サー、イエス・サー！」

ストレスの下で行動できる兵士を育てるため、常に訓練兵に一度にいろいろなことをさせるというのが軍隊の基本のようだ。

清掃の後、屋外での障害物訓練が始まった。

まずはロープの昇り降りだ。四階建て程の太い木柱を一辺が六メートル四方の真四角の角の位置に立て、その四本の柱の上を太い水平材で固定してある。水平材の長さは約六メートル。一本の水平材に五本の太いロープが吊り下げられ、それには五〇センチ間隔で結び目の節が設けられている。両手両足を使い、いかに速く上に辿り着き、そして降りるかを競う訓練だ。

「チンタラすんなデブ！」

「上をめざせ！　全力を出せ！　少しは気合いを入れろデブ！」

「じじいのファックの方がまだ気合が入ってる！」

容赦ないメイクマン軍曹の檄が飛んだ。

次は雲梯《うんてい》だ。

「この訓練は一〇秒でやっつけろ！」と軍曹は叫んだ。

二・五メートル程の高さにある梯子状の遊具だ。二十本程の鉄棒に一本一本ぶら下がり懸垂しながら渡る訓練だ。中間地点まで昇り勾配で、それ以降は下り勾配になっている。左右両方の列で同時に訓練が進行した。

「モタモタするなデブ！　貴様ら全員が一〇秒でやっつけるまで役立たずのフニャマラは誰一人卒業させせん！」

訓練教官はいつなんどきでもぴしっと折り目のついたシミ一つない制服を着こなし、どんな訓練でも先に立って手本を示すことができるように蔵下には思われた。

最後に十名が横一列に並んで懸垂をさせられた。

「司令官殿に一回！」

「海兵隊に一回！」

「情けない面するなデブ！　ケツを上げろ！」

「たった一回の懸垂もできんのか？」

「役立たずのクソバカか？　とっとと失せろ！」

「次、かかれスノーボーイ！」

ロープの昇降、雲梯のぶら下がり移動、そして懸垂もデブのチャーチルには苛酷に思えた。

夜、就寝前に、ベージュの教官帽を被ったメイクマン軍曹が兵舎にやって来た。入口脇にあるブリキのゴミ缶を捧げると中に指揮棒を入れて音をたてた。訓練兵たちは肌着とパンツの下着姿で、瞬時にベッドからかけ降りた。銃床を床につけて銃身を右手で支え、各自の寝台の前に直立不動の姿勢で立った。

軍曹は左脇に指揮棒を挟み右手の甲を背中のバンドの位置に付け、訓練兵たちの間を背筋を伸ばして歩いた。

「今夜から貴様らイモは小銃を抱いて寝る。各自小銃を女名前で呼べ。貴様らが遊べるカノジョはこれだけだ。貴様らのカノジョは鉄と木でできた武器だ。浮気は許さん！」

「スキン顔、名は何と言う？」

「サー、マーフィーです。サー！」

「本日よりスノーボーイと呼ぶ。いい名だろう？」

「サー、イエス・サー！」

「聞いて驚くなスノーボーイ、うちの食堂では黒んぼ料理は出さん！」

軍曹は隣のデブの兵隊に向かう。

「サー、イエス・サー！」

「お前を見たら嫌になる！　現代芸術の醜さだ。名前はデブか？」

「サー、ジョン・チャーチル、サー！」

「イギリスのチャーチルか？」

「サー、ノー・サー！」

「名誉ある名だ。王族か？」

「サー、ノー・サー！」

「名前が気に食わん。オカマか水兵の名だ。スマイリーデブと呼ぶ！」

「サー、イエス・サー！」

「おかしいかデブ二等兵？」

「サー、ノー・サー！」

「気色悪い笑みを消せ。早く顔面に伝えろ！」

「サー、頑張ってます、サー！」

「デブ二等兵、三秒やる。三秒だ！　間抜けなアホ面を続けるなら目玉えぐって頭蓋骨にファックしてやる！」

「ワン、トゥ、スリー！」

「サー、できません、サー！」と目を閉じる。

「跪《ひざまず》けクズ肉！　首を絞めろ！」

チャーチルが両手で自分の首を絞める。

「俺の手を使えボケ！」

チャーチルが軍曹の手を取ろうとする。

「誰が手を引っ張れと言った？　ドアホ！」

チャーチルが軍曹の手に自分の首を持ってくる。軍曹が首を右手で締め上げる。

「まだ笑いたりないか？」

チャーチルは顔を真っ赤に、かすれ声で「サー、ノー・サー！」と言う。

「大声を出せ！　聞こえない！」

「サー、笑いません、サー！」

「ふざけるな！　大声出せ！　キンタマ落としたか！」

「サー、イエス・サー！」

「よし、起立！」

チャーチルは顔を真っ赤にしながら苦し気に立ち上がる。

「ケツの穴を引き締めろ！　ダイヤのクソをひねり出せ！　さもないとクソ地獄だ！」

「サー、了解しました。サー！」

「俺を見るな！　目玉をくり抜いてぶっ殺すぞ！　分かったかウジ虫？」

「サー、イエス・サー！」

「貴様ら雌豚が俺の訓練に生き残れたら、全員が兵器となる戦争に生き残れる。その日まではウジ虫だ！　地球上で最下等の生命体だ！　貴様らは人間ではない！　両性動物のクソをかき集めた値打ちしかない！　貴様らは厳しい俺を嫌う。だが憎めばそれだけ学ぶ。俺は厳しいが公平だ。人種差別は許さん。黒豚、ユダ豚、イタ豚を俺は見下さん。すべて平等に価値がない！　俺の使命は役立たずを刈り取ることだ。愛する海兵隊の害虫を！　分かったかウジ虫？」

「サー、イエス・サー！」

「ふざけるな！　大声を出せ！」

「サー、イエス・サー！」

　軍曹が隣の訓練兵の前に歩み寄る。

「どうだ？」

「どうも軍曹！」

「何だと？」

「……!?」

「何と言ったボーイ？」

「サー、軍曹です。サー！」

「その前だ！」

「サー、何も言ってません！」

「どうもと言っただろう！　それは女に言う言葉だ！　俺は女か？」

「いいえ！」

「サー、ノー・サーだ！」

「サー、ノー・サー！」と大声で答える。

「俺とやりたいからそう言ったのか。ホモか？」

「サー、ノー・サー！」

「出身はどこだ？」

「サー、オクラホマシティ、オクラホマ、サー！」

「あっ！　オクラホマにいるのは雌牛とホモだ！」

「お前はどっちだ！　角がないからホモか？」

「サー、ノー・サー！」

「聞こえんな甘ったれが！」

その時、反対側の列の遠くで誰かがクッと笑いをもらした。軍曹はそれを察知して、「誰だ？　どのクソだ？」とすぐに振り向くと駆け寄って叫んだ。

「赤の手先の雌豚め！　ぶっ殺されたいのか？　答えなしか？　上等だ！　頭がマンコするまでしごいてやる！　ケツの穴でミルクを飲むまでシゴキ倒す！」

ある訓練兵の前に歩み寄ると、

「貴様か腐れ雌は？　クソガキが！　貴様だろ臆病雌は？」

「サー、ノー・サー！」

「サー、自分であります。サー！」と隣の蔵下が言った。

「そっちのクソか？　勇気あるコメディアン二等兵。正直なのは感心だ。気に入った。家に来て妹にファックしていい！」

そう言うといきなり蔵下の腹に右手の肘を曲げてフックを入れた。蔵下は、

「おうっ！」とうめいて膝から崩れ落ちた。

訓練教官は新兵を口で罵倒しても普通殴ったりはしない。入隊前の新兵宣言で新兵の権利について伝えられるので、うっかり体罰をやると訴訟の対象となる。そのため言うことを聞かせるのに罵倒する言葉の迫力には凄みがあった。

「スキン小僧が！　じっくり可愛がってやる！　笑ったり泣いたりできなくしてやる！　さっさと立て！　隠れてマスかいてみろ、首切ってクソ流し込むぞ！」

「名前は何だボーイ？」と軍曹は顔を近づけた。

「サー、ホウキュウ・クラシタ、サー！」

「大学行きたいのか、坊っちゃん？」

「サー、イエス・サー！」

「この指揮棒の刻みを見ろ！　脱落した依願退学者だ。本クラスでは貴様が第一号だ！　半数は脱落する。そうなるようにしごいてやる。貴様らの弱点を暴いてやる。筋金入りの海兵隊員になるにはまず俺に勝たねばならん！　分かったか？」

「サー、イエス・サー！」

「デブ、勇気あるコメディアン二等兵を今日から貴様の班長にする。寝台をコメディアンの上に移動しろ！」

「サー、イエス・サー！」とデブは返事をした。

「なぜ海兵隊員になった？」と軍曹は隣の訓練兵に顔を近づけた。

「サー、殺すためです。サー！」

「殺し屋志願か？　戦争の顔をしてみろ。殺す時の顔だ！」

軍曹は目を見開き、大口を開けて叫びながら、

「これが殺しの顔だ、やってみろ！」

訓練兵が大口を開けて叫ぶ。

「それで殺せるか！　もっと気合いを入れろ！」

訓練兵が再び大口を開けて叫ぶ。

「迫力なし、練習しとけ！」

兵舎の中、小隊全員が寝台の前に整理箱を出して座り、白いタオルを小型ト

ランクの上に広げて軍靴をクリームで磨いている。

「右から左へ、次は左から右へ通す」と紐の通し方を蔵下がデブに教えている。

「毛布とシーツを重ねて一〇センチの幅に折る」と蔵下が手本を示す。

その側を軍曹が各人の寝台メーキングの進行具合を見回っている。

「分かったろ？　じゃやってみて」とデブに促す。

蔵下がアメリカ本国で新兵たちに接して改めて知ったことは、彼らが社会の貧しい階級からきていることであった。生活苦から大学教育を受けられない。入隊するしか人生に未来がない若者たちであった。

黒人のマーフィーはニューヨーク・サウスブロンクス出身であった。そこにはアルコールや麻薬中毒、犯罪、貧困、そして非常に高い失業率など多くの社会問題が存在した。彼はそのことを蔵下に話した。

マーフィーは母子家庭で育った。彼には三人の姉妹がいて、母親一人で四人の子育ては十分ではなく、彼は高校を中退して海兵隊に入隊した。しかし、母親に入隊を告げると、非常に失望し泣き伏したという。彼は母親が与えることのできなかった人生における様々なチャンスを海兵隊が与えてくれると信じていた。

「大統領は国民全体でのベトナム戦争支持を訴える。しかし大統領の息子たちが戦場に行くことは決してない。どの国でも戦場で死ぬのは、一番貧しい若者たちだ。恵まれた階級の若者たちは決して入隊しない」と彼は言った。

晩、指揮棒を左脇に挟んだ軍曹が兵舎にやって来た。訓練兵たちは竿に掲げた赤い小隊旗を先頭に、四列横隊で銃身を右脚の横で支え、肌着とパンツの下着姿で整列した。

「銃を右肩に載せろ！」

訓練兵たちは「ワン、トゥ、スリー、フォー」と声を発しながらぎこちなく銃を移動した。

軍曹は前列の訓練兵に近づくと、「パパの散弾銃とは違うぞカウボーイ！」と顔を近づけて言った。

「サー、イエス・サー！」

「頭を中心に銃を動かす。銃を中心にするな！」

「胸の前に構え！」

「胸から一〇センチだデブ！　一〇センチ！」

「銃を左肩に移動！」

軍曹の号令で訓練兵たちは一斉に銃を移動した。

「右向け右！」

軍曹は先頭に立って右手で自分の睾丸を鷲掴みにした。

「これぞ我が銃、こっちは我が大砲！」

訓練兵たちは軍曹の後について動作と台詞を繰り返した。中央通路を、左手で銃床を支え持ち、右手でパンツの上から睾丸を鷲掴みにして上下に揺すりながら、「銃で戦い、こっちで楽しむ！」と口ずさみながら行進した。

蔵下は睾丸を鷲掴みにした下着姿の訓練に唖然とさせられた。

軍曹の「就寝！」の号令で、訓練兵たちは銃を胸の前に捧げたまま後ずさると、一斉に上段と下段の寝台に横になった。軍曹の「控え銃！」の号令で、仰向けの胸の上で、銃口を上にして両手で支えた。

軍曹が「祈れ！」と発した。

「これぞ我が銃、我が最良の友、我が命。我、命を制す如く、銃を制すなり。我なくて銃は役立たず。銃なくて我役立たず。我、的確に銃を撃つなり。撃たれる前に必ず撃つなり。神かけて我これを誓う。我と我が銃は祖国を守護する者なり。我らは敵には征服者、我が命には救世主。敵が滅び、平和が来るその日までかくあるべし。アーメン！」

「全員休め！」

軍曹は出入口で「お休み、お嬢様！」と兵舎の電気を消した。

「グッド・ナイト・サー！」

翌朝未明、蔵下たち四十人は、真っ暗な中、軍曹の叩くゴミ缶で起こされた。森や山を駆け回る一〇キロのランニングから一日は始まった。その後、午前と午後ハードな障害物訓練が組み込まれていた。

一〇〇メートルの間に、高さの違う板壁の障害物が設けられている。何秒でそれらを乗り越えてゴールできるかを競った。まず、二メートルの板壁をジャンプして這い上がり乗り越える。次は三メートルをロープをよじ登って乗り越える。最後に五メートルを同様によじ登って乗り越える。訓練が進むにつれ、制限時間が縮められ、ゴールできないと罰としてグラウンドを十周させられた。

高さ約一五メートルの木柱が約四メートルの間隔で二本立っている。二本の柱には厚さ七、八センチ、幅三〇センチの松板が梯子の階段のように五〇センチ間隔でボルト締めされている。五階建てに相当する見上げるような高さだ。

「さっさと登れ肉布団！」

「急げのろま、動け！」

「どうでもいいがデブ、落ちるなよ！」

「どこまで迷惑をかけるんだ、さっさと乗り越えろ！」

「何のんびり待つんじゃないデブ！」

「開き直る気か貴様！」

「鯨のケツにど頭突っ込んでおっ死ね！」

「俺の障害物から離れろ！」

「少しは根性をみせろ！　さっさと降りろグズ！」

「タマ切り取ってグズの家系を断ってやる！」

「人食い人種の巨根が粗チンになろうとも、とことん鍛え直すぞ！」

際限のない軍曹の矢のような檄がチャーチルに浴びせられた。

蔵下たちは泥沼を集団で突っ走った。

「トロトロするな雌豚め！　腕を振れ！」

蔵下に支えられたデブが転ぶと後続の二、三人もつられて泥の中に転んだ。

軍曹がデブの銃を持ち、蔵下に支えられて立ち上がるデブ。

「気合いを入れろデブ！」

「スキンのまま生まれたクソバカかデブ？」

「努力してこうなったのか？　答えろ！」

「速く走れ！　モタモタするな！」

「ベトナムへ行く前に戦争が終わっちまうぞアホ！　走れ！」

「死ぬか？　俺のせいで死ぬつもりか？」

「さっさと死ね！」

「走れ！　モタモタするな！　急げ急げ！」

「目が回るか？　倒れそうか？」

「要するにおっ立っちまった訳だ！」

蔵下がチャーチルに対し一五メートルの梯子の最上階で四メートルの水平材の跨ぎ方の練習に付き合っている。

「焦らず跨いで……」

「よしできた！」

「あと一跨ぎで堂々のゴールインだぞ！」

「ナイス行こう！」

「そうそのまま降ろせ！」

「よしジョン、よくやった！」

バジルスティックという競技用武具を使っての格闘技の訓練も始まった。

「次の二人行け！　チンタラするな！」

頭部や顔面を保護するアメフト用のヘッド・ギアをつけ、棒の両端に怪我防止の詰め物をした一メートル程の武具を使ってのライフルと銃剣の戦闘訓練だ。戦闘における格闘技を体験することで、最低限の訓練で訓練兵に利益をもたらすと教官は言う。さらに、素手やナイフの武器を持った格闘技、手榴弾や地雷等の武器の扱い方と手入れの仕方等、多種多様な実践的訓練がなされた。

蔵下とチャーチルが訓練場で小銃の位置の替え方を練習している。

「控え銃！」と蔵下が見本を示し、胸の前一〇センチに銃を移動する。そして、「立て銃！」と体の右に銃を立てて支えた。チャーチルが動作を繰り返した。

一周五〇〇メートルの障害物コースが作られてある。初めの障害物は無数の古タイヤを寝かせて並べた五〇メートルのコースだ。蔵下たちの前に別の小隊がキビキビした動きでその訓練をやり終えた。蔵下とチャーチル、スノーボーイの三人がどうにかタイヤの中央に足を運んでモタモタと駆け抜けた。

「八週間ではあのようになる。今のお前たちには見る資格もない！」と軍曹。

「次、ここを駆け上がれ！」

三人は小高い盛り土を駆け上がった。

「遅い！　速くもっと速くだ！」

上には水を満たした池がある。池を飛び越えるためのロープが吊り下げられ、蔵下たちはそれを掴むと、ジャンプして向こう岸へ着地した。続いて、二五メートルの距離に四〇センチの高さで網のように張られた有刺鉄線の下を匍匐前進して抜け出るまでの速さを競った。

「私語を交わしたので二マイル追加する！」と容赦ない軍曹の声がした。

こうした一連の訓練が制限時間を縮められて毎週続けられた。達成できないと、腕立て伏せやグラウンド十周の追加の罰が課せられた。

蔵下たちは「ガス室」での訓練を受けた。ガスマスクを着用して催涙ガスの充満した部屋で行われた。ガス室を出る前にマスクを外すことを要求されるため、ガスの影響を短時間体験することができる。教官は蔵下たちがマスクを外している間、名前や社会保障番号、忠誠の誓いを述べるように要求した。誤って答えると再度ガス室での訓練を受けさせられた。

ある日、蔵下たちは寝台の通路側に整理箱を置き、その上に肌着とパンツの下着姿で向き合って立たされた。全員が両肘をL字形に曲げ、前へ倣えの姿勢で手の平を下に向けている。指揮棒を左わきに挟んだ軍曹が、片方の列から見て回った。途中、訓練兵の手の甲を指揮棒で「爪を切れ！」叩いた。少し歩いては「足が臭い！」「靴まめを潰せ！」とピシッと指揮棒を唸らせた。

デブ二等兵の所で整理箱に目を止めて立ち止まると、

「おい何だこれは？」と屈んで整理箱の錠を取り上げた。

「なぜ鍵をかけん？」

「サー、分かりません、サー！」

「俺がこの世でただ一つ我慢できんのは鍵をかけ忘れた整理箱だ！」

「サー、イエス・サー！」

「貴様のようなデブのせいで泥棒がはびこる。降りろ！」

「サー、イエス・サー！」

チャーチルが箱から降りて直立すると、軍曹は箱の中敷きを取り出して、「何か無くなってないか調べてやる！」と中敷きを逆さにしてぶちまけた。

そして次の中敷きに戻った。蔵下たちは整理箱の上で直立したままだ。

「こいつはたまげた。これは何だ！」

軍曹は箱の中から一個のドーナツを取り上げた。

「何だこの物体は！」と怒りを露わにしてチャーチルに詰め寄った。

「答えろデブ！」

「サー、ドーナツです。サー！」

「どこで手に入れた？」

「サー、食堂であります。サー！」

「兵舎で飲食が許されるのか、デブ？」

「サー、ノー・サー！」

「貴様だけドーナツを食っていいのか？」

「サー、ノー・サー！」

「なぜいかん。デブ？」

「太り過ぎだからです。サー！」

「貴様が見苦しいデブだからだ！」

「なぜドーナツを隠した？」

「腹が減るからです。サー！」

「腹が減るから？」

軍曹はドーナッツを右手で顔の前に持ち、直立不動の兵隊たちの前を歩いた。

「デブ二等兵は自分と小隊の名誉を汚した。俺の努力はすべて無駄だった。貴様らが助けなかったからだ。デブが小隊の名誉を汚したのに貴様らは何をした？　これからはデブがバカをやっても奴に罰は与えない！　貴様ら全員を罰する。ということはお嬢様、ドーナッツの罰は貴様らだ！　腕立て伏せの姿勢！」

命令と共に全員、一斉に箱から降りて腕立て伏せの姿勢をとった。それから、

「口を開け！」と軍曹はデブの口にドーナッツをくわえさせた。

「彼らに感謝してじっくり味わえ！」とチャーチルに背を向けた。

「腕立て伏せ用意、始め！」

全員が「ワン、トゥ、スリー、フォー」と声を発して腕立て伏せを始めた。チャーチルは全員の真ん中で直立のまま、ドーナッツを手で口に押し込んで食べ始めた。

翌朝未明、寝台の側で蔵下が向かい合ってチャーチルの軍服の着付けを手伝っている。

「昨日は特にだらしないぞ」

「クラシタ、俺嫌われてる。お前だって……」

「思い過ごしだよ。へま続きで皆に迷惑かけてるけど……」

「俺何やってもダメ……助けが要る」

「助けてやるさ、必死でな」

　軍曹の掛け声に合わせて小隊旗を先頭に歩行訓練をする。軍曹の号令で、四列縦隊の四十名が小銃の銃口を左上に向けて胸の前に両手で捧げ持つ。全員が「ワン、トゥ、スリー、フォー」と声を揃えると、銃を左肩に持たせ掛けて左手で支えた。空いた右手はまっすぐ下に伸び、歩調に合わせて前後に振られた。軍曹の号令で再び銃が胸の前に捧げられる。四十丁の銃が両手で移し替えられ、それを扱う音が力強く響いた。

「小隊止まれ！」

　訓練兵たちは軍靴をピッチと鳴らして一斉に止まった。

「左肩に、担え銃！」

　銃身が一斉に左肩に持たせ掛けられた。その時一人チャーチルが右肩に置いた銃を急いで左肩に移し替えた。軍曹はその所作を見逃さなかった。そして怒りを露わにチャーチルに歩み寄ると、「俺の海兵隊をどうするつもりだ？」と顔を近づけ目を吊り上げて詰問した。

「サー、たるんでました。サー！」

「バカは分かってるデブ！　右と左も分からんのか？」

「サー、ノー・サー！」

「目立ちたくてわざと間違えたのか？」

「サー、ノー・サー！」

軍曹の右手がデブの左頬に飛んだ。

「今のはどっちだ？」

「サー、左です。サー！」

「確かかアホデブ？」

「サー、イエス・サー！」

さらに軍曹の左手がデブの右の頬を殴ると軍帽が下に落ちた。

「今度は？」

「右です。サー！」

デブの普段の笑い顔がほとんど泣き顔になった。

「これ以上疲れさせるな、さっさと軍帽を拾え！」

小隊旗を先頭に、小隊は軍曹の掛け声の下、四列縦隊で行進しながら胸の前に捧げた小銃を左肩に担う訓練を繰り返した。小隊の数歩後ろをチャーチル二等兵が一人だけ奇妙な格好で行進していた。軍帽を後ろ向きに被り、右手の親指を赤ん坊のように口にくわえ、左手で左肩に担った銃を下に向けて支えている。そしてズボンを軍靴の位置まで下げて、パンツを丸出しにして歩いていた。

屋外訓練場の芝のグラウンドに差した竿に赤い小隊旗が翻っている。小隊は立った姿勢から「ワン」でしゃがみ、「トゥ」で両足を後ろに伸ばして腕立て伏せをし、「スリー」で両足を元に戻してしゃがみ、「フォー」で立ち上がる訓練を繰り返していた。チャーチルは軍曹の後ろで軍帽を後ろ向きに被り、右手の親指を口にくわえて一人式台に座り足を垂らして、仲間の訓練を見ている。

その夜、消灯後、チャーチルが寝静まると隣の寝台から訓練兵が静かに起き上がり、チャーチルが寝入っていることを確かめた。訓練兵たちは固形の石鹸をタオルの真ん中に包むと抜け落ちないようにタオルを強く結んだ。一人がチャーチルの枕元に立ち猿ぐつわを口に当てた。同時に寝台の両脇から四、五人の訓練兵がチャーチルに毛布を被せて動きを封じた。それを合図に他の訓練兵たちが次々にデブの体を毛布の上からタオルに包んだ石鹸を重石代わりにして強く叩いた。チャーチルは仲間たちからの制裁の苦痛に泣き喚いた。

チャーチルの口を押えている仲間が、「やれ！　早く！」と蔵下に促した。躊躇しながら蔵下も石鹸の重りを見舞った。

「覚えとけ、これは悪い夢だぞデブ！」と口を塞いでいた仲間は猿ぐつわを外してチャーチルの寝台から離れた。

蔵下たちは制裁を終えると全員寝台に戻り、横になって目を閉じた。薄暗い兵舎の中でデブ二等兵の呻き声だけが全員の耳に伝わった。蔵下は両手で耳を押さえた。

第四週目。

芝の張られた射撃場の一〇〇メートル程遠くに土を盛った土手が見える。その斜面には二十個の標的が等間隔に貼り付けられ、別の小隊が射撃訓練をしている。

蔵下たちは小銃を抱いて半円陣を組んで座った。軍曹は指揮棒を左脇に挟んで言った。

「戦場で最強の武器は海兵と彼のライフルだ。戦場で生き残りたいなら殺戮本能を研ぎ澄ますことだ。殺しは鉄の心臓がやる。ライフルは道具に過ぎん。殺戮本能が純粋さと強烈さに欠けると真実の瞬間に後れをとる。殺さず仏の海兵になっちまう。惨めなクソ地獄に堕ちる。海兵隊員は許可なく死ぬことを許されない。分かったかウジ虫！」

「サー、イエス・サー！」

屋外の射撃訓練では標的を使った。軍曹がどのように銃を使うかを教えた。

「目標は『ブルズ・アイ（牛の目）』の中心を撃つことだ。初めは、五〇ヤード離れた地点から射撃訓練を行う。その時、大抵は数ヤードくらい外す。それはいい結果ではない。弾が真ん中に集中していないからだ。初めに教えることは射撃の跡を一点に集中して撃つことだ。その次は弾を標的の真ん中に集中することだ。それができたら一〇〇ヤード、一五〇、二〇〇と標的を遠くにしていく」

射撃場の芝の張られたベンチに向かい合って座り、蔵下がチャーチルに小銃を素早く分解し、掃除し、組み立てる野戦分解の手順を教えている。

「ボルトだ、レシーバーに」

「ロッド・ハンドルを溝にはめ込む」

蔵下たちは小隊旗を先頭に屋外訓練場に四列縦隊で整列している。軍曹が訓練兵たちの先頭に立ち「捧げ銃！」と号令をかけた。それから行進しながら左右の肩へ銃を移動させた後、胸の前一〇センチに銃を捧げさせた。

「雌豚は海兵隊を愛しているか？」と軍曹が発する台詞を全員が復唱した。

「生涯忠誠、命を賭けて‼」と小隊は台詞を一斉に叫ぶ。

「草を育てるものは？」

「熱い血だ！　血だ！」

「俺たちの商売は？」

「殺しだ！　殺しだ！」

「大声を出せ！」

「殺しだ！　殺しだ！」

「ふざけるな！　もっと大声を絞り出せ！」


屋外の観覧用仮設スタンドに訓練兵たちが腰かけている。スタンドの側には小隊旗を中心に小銃が三脚のように支え合って整然と立てかけられている。

軍曹が左手の甲を背のバンドの位置に固定して口を開いた。

「チャールズ・ホイットマンを知ってるか？」

訓練兵たちの反応がない。

「どのアホも知らんだと？」

一人の訓練兵が手を上げた。

「カウボーイ！」と軍曹が指差した。

「サー、ローレンス市の塔から大勢を狙撃した男です。サー！」

「その通り。殺したのは十二人だ。テキサス大学展望塔の二十八階から三七〇メートルの距離でな。では、リー・H・オズワルドなら知ってるな？」

全員が手を上げた。指名されたスノーボーイは直立の姿勢で立ち上がると、

「サー、ケネディを狙撃しました。サー！」と言った。

「撃った距離を知ってるか？」

「サー、すげえ遠く本屋の倉庫ビルからでした。サー！」

笑いが漏れた。

「笑うな！　約七六メートル離れて動く標的を撃った。イタリア製の古いライフルで三発。六秒間で二発命中、一発が頭部。奴はどこで狙撃を覚えたと思うか？　クラシタ！」

蔵下は立ち上がると直立して前方を見つめ、「サー、海兵隊です。サー！」

と返事をした。

「海兵隊である！　凄い！　目的を持った海兵と銃で何ができるか証明したんだ。貴様ら豚娘もここを出るまでにそれだけの技術を身につけるだろう！」

チャーチルが無表情で軍曹の話を聞いていた。


第五週目。

「ハッピー・バースデイ・ディア・ジーザス」

兵舎の中で訓練兵たちが二列になり直立の姿勢で両手を背中のバンドの位置に固定し、お互い向き合って立っている。列の間を軍曹が左手を背のバンドの位置に付け、右手で拍子をとりながら全員で合唱している。

「ハッピー・バースデイ・ディア・ジーザス！」

「ハッピー・バースデイ・トゥ・ユー！」

「本日はクリスマスだ。〇九三〇に特別礼拝が行われる。牧師の話というのは、いかに自由世界が共産主義を席捲するかである。正義と自由を守り、最初に戦う者として海兵が手当り次第殺しまくるから、神は興奮し硬マラとなる。神には神の遊び方があり、神に授けられた力への謝意を表すために、我々は我々で遊ぶ。我々は新鮮な魂を絶えず天国へ送り届ける。海兵隊より早く神はこの世にあった。心は神に捧げてもよい。だが貴様らのケツは海兵隊のものだ。分かったか豚娘ども！」

「サー、イエス・サー！」

「大声を出せ！　豚ども！」

「サー、イエス・サー！」

「オーケイ・ベリーグー！」

全員が宿舎の通路で向かい合うようにして小銃の分解と手入れをしている。Tシャツに戦闘ズボンと軍靴をはいて整理箱に腰かけ、各自の前には白いタオルを被せた小型トランクがあり、その上には分解した銃の部品が置かれている。

通路を軍曹がやって来る。教官帽を被り、左脇に指揮棒を挟み右手の甲を背中のバンドの位置に付け、小隊の間を歩いた。

「すべて磨き上げた。きれいだよ……」とチャーチルが呟いた。

隣に座った蔵下が一瞬手を止めチャーチルを見た。

「ボルトの滑りも完璧だ……」とチャーチルは銃に話しかけた。

「いい感じ……」と言うチャーチルに蔵下はその横顔を見つめた。

「全部ピカピカ、油も充分……」

「君の動ききれいだ。最高だぜシャーリー」

小銃の分解手入れの後、全員で通路のモップ掛けをした。

　翌朝未明、軍曹が兵舎の電気をつけて入って来る。出入口脇のゴミ缶を持つと中に指揮棒を入れてガンガン音を立てた。

「起きろ、起きろ、起きろ！」

「本日は日曜日である。朝八時より礼拝がある！」

「寝台を片付け、二分後に清掃開始！」

「スノーボーイ、蔵下！」

「サー、イエス・サー！」

「寝台の後、貴様らは便所掃除だ！」

「サー、イエス・サー！」

「ピカピカに磨き上げろ。聖母マリアでもウンコしたくなるようにな！」

「サー、イエス・サー！」

　蔵下とスノーボーイは二十個の大便器が向かい合って並べられた長いトイレの床をモップで磨いている。

「ジョンは銃と話すんだ」と蔵下が言った。

「あいつはもう限界だ」とスノーボーイも相槌を打つ。

「病気除隊も可能だ」

「だろうな……」と蔵下も頷いた。


翌朝、基地内の並木の舗道を軍帽、訓練用制服、軍靴に身を包んだ蔵下たちが、小隊旗を先頭に四列縦隊で軍曹の台詞を復唱しながら小走りに行軍している。台詞は海兵隊で語り継がれたもので、独特のユーモアと響きを持っている。

「ママとパパは寝台でごろごろ」

「ママが転がりこう言った」

「お願い欲しいの、しごいて」

「お前によし、俺によし」

「日の出と共に起き出して」

「走れと言われて一日走る」

「俺たちはまじで走るのが好きなんだ」

「ホー・チ・ミンはろくでなし」

「梅毒毛ジラミばらまく浮気」

「家に帰っても意味ないさ」

「だって君の彼女はトムと駆け落ちさ」

「アンクル・サムが大好きな」

「合衆国の海兵隊！　俺の愛する海兵隊！」

「俺の軍隊！　貴様の軍隊！」

「我らの軍隊、海兵隊！」


第八週目。

十名の訓練兵たちが軍帽を後ろ向きに被り、射撃位置に腹這いになって五〇メートル先の標的に向かって小銃を構えている。

チャーチルが五発続けて発射した。軍曹が片膝をついて背後で標的を見る。

「見事だ！　貴様のとりえをついに見つけた！」

「サー、イエス・サー！」

小隊旗を先頭に、四列横隊で整列している。軍曹が小銃を胸の前に捧げた蔵

下の前に来る。軍曹は銃を取り上げると手入れ具合をチェックした。そして、

「歩哨の心得第六条は？」と訊いた。

「歩哨心得第六条、交代する次の歩哨に指令を伝え……、その先は失念しました。サー！」

軍曹は蔵下に銃を返すと、顔を近づけて叫んだ。

「汚れスキンのザーメン顔が！　根性直しの二十五回！」

「サー、アイアイ・サー！」

蔵下が指示に従い、隊列に爪先を合わせて腕立て伏せを始めた。軍曹は小銃を胸の前に捧げる動作を終えたチャーチルの前に来た。

「今の動作は何回だ？」と小銃を取り上げる。

「サー、四回です。サー！」

「なぜ薬室を見た？」

「弾を装填した銃を手渡さないためです。サー！」

「心得第五条とは？」

「歩哨は命令あるまで持ち場を離れない事、サー！」

「この銃の名は？」

「サー、シャーリーであります。サー！」

「デブ、今や貴様は強靭に生まれ変わった。我が愛する海兵隊の特級射手に選んでもいい！」

「サー、イエス・サー！」

軍曹の台詞に合わせ、小銃を胸の前に捧げ四列縦隊で行軍している蔵下たち。

「スカした美少女もう要らない」

「俺の彼女はＭ14」

「もしも戦闘で倒れたら」

「棺に入って帰還する」

「胸に勲章飾りつけ」

「ママに告げてよ見事な散り様！」

修了式が数日後に迫った。

サンディエゴ北方にある海兵隊キャンプ・ペンドルトンで、「死に神」と呼ばれる新兵訓練最後のきつい山登りが始まった。ライフルと二三キロの背嚢を背負っての山登りだ。

夜明け前の暗闇を切り裂くような小隊の叫び声が響く。最後の訓練の始まりだ。行進しながら大声でうたい、叫ぶと木霊がした。

「モンテズマの間から
トリポリの海岸まで
我らは祖国のために
空、陸そして海で戦う
正義と自由を守り最初に戦う者として
そして我らの高潔な名誉を守るため
我らが誇りとするその名は
合衆国海兵隊」

海兵隊員にとって神聖な意味を持つ公式の海兵隊讃歌が響き渡る。部隊の士気を上げ、統一感とチームワークを高めるのが目的だ。

「我らの旗は夜明けから夕日まで

全ての風に翻る
我らは銃を手に取って
あらゆる気候と場所で戦った
遠く雪の降る北国で
そして日の照る南国の地で
常に働く姿を見るだろう
それは合衆国海兵隊」

道中、歌は際限なく続いた。数時間後、ようやくたどり着いた頂上で、軍曹が小隊を怒鳴るように祝福した。

小隊は全員鍛え上げられ、自分の腸《はらわた》を食う覇気に満ちていた。半円陣で前列は座り、後列は立っている。軍曹は両手を後ろ手に腰のバンドの位置に固定し、誇らしげに巣立つ荒鷲たちを見ていた。

「本日をもって貴様らは〝うじ虫〟を終了する。貴様らはもう入隊時の虫けらではない。今や毛虫が立派な蝶になった。海兵隊員として貴様らのくたばるその日まで、兄弟の絆で結ばれる。海兵隊員はどこにいようと兄弟だ。多くはべトナムへ向かう。ある者は二度と戻らない。だが肝に銘じておけ。海兵隊は不死身の男たち、殺戮者を求める。恐れに無知な男たちを。海兵は死ぬ。死ぬために我々は存在する。だが海兵隊は永遠。貴様らは永遠である！」

「これから海兵隊の記章を与える。新兵登山最後の山登りを終えて手にした海兵隊のバッジだ。名前を呼ばれたら前へ出よ！」

軍曹が鷲と地球と錨をあしらった小さなバッジを一人一人に握らせた。

終了式前日の夜、当番兵は蔵下だった。

ヘルメットに懐中電灯、警棒を持ち、暗い兵舎の夜回りをした。訓練兵たちの大部屋に隣接して教官室があった。廊下を隔てた向かいにトイレがある。蔵下はトイレの表示をライトで照らすと警棒でドアを静かに押した。トイレの高窓から月の光が差し込んでいた。大便器に白い下着姿で誰かが腰かけていた。ライトを向けた。男はゆっくり顔を向けると上目遣いに、「やあ、クラシタ……」と言った。

チャーチルであった。彼は視線をそらすと弾倉を左手に持ち、右手に持った弾を一個一個親指で押し込んでいた。

「そいつは実弾か?」と蔵下は問い掛けた。

「7・62ミリ弾」とチャーチルは薄明りの中、最後の弾をカチッと弾倉に押し込んだ。

「ジョン……」と蔵下は静かに声をかけた。

「メイクマンに見られたら……ひでえことになるぞ!」

「俺はもうひでえクソだぜ!」

チャーチルは意を決しすっと立ち上がると、

「左肩に捧げ銃!」と胸の前で銃を時計回りに一回転させ、訓練した手順で銃を扱った。

「右肩に捧げ銃!　射撃用意よし!」と弾倉を銃に装填した。

「立て銃!」と体の右に銃を立てて支えた。

「これぞ我が銃!　銃は数あれど!」と蔵下に叫んだ。

トイレからの叫び声を聞いた訓練兵たちが寝台から跳ね起きるのと、教官室の扉が開くのが同時であった。軍曹は訓練兵たちに向かって、「寝台に戻れ!」

と叫ぶと、教官帽に下着姿でトイレのドアを両手で突進するように押した。そして、「ゴキブリ・クラブのお祝いか？」と叫んで中に踏み込んだ。

「ゴキブリが俺のトイレで何騒いでるんだ？」と声を張り上げた。

「何故消灯後にデブがここにいるか？」

「何故デブが武器を持ってるのか？」

立て続けに叫ぶと、「何故デブの腹わたをえぐらん？」と蔵下を問い詰めた。

「サー、教官殿に報告します!!　チャーチル二等兵は実弾を込めた弾倉を装填しております!!」

軍曹は薄笑いを浮かべたデブを見た。

「俺の言うことを聞けデブ!!　しっかり聞けよ!!」とチャーチルに歩み寄った。

「銃を寄こせ、今すぐ寄こすんだ!!　足下に置いて、貴様は下がって離れろ!!」

チャーチルは口元に笑みを浮かべると、上目遣いに軍曹を見た。そしてかすれ声で、「近づくんじゃない！」と銃を軍曹に向けた。蔵下は数歩隅に後ずさった。

「思考回路がショートしたかボケッ!!　パパとママの愛情が不足か貴様!!」

軍曹は声を張り上げた。

「頼むよジョン……落ち着けよ！」

チャーチルは軍曹を睨み息を吸うと便器に座った。そして左手で銃口を握り、引き金に右手の親指を当てると銃身を持ち上げた。蔵下が大声で「ノー!!」と叫んだ。銃口を口にくわえるのと引き金を引くのが同時であった。トイレの壁の白いタイルに後頭部から真っ赤な血が飛び散った。

チャーチルは便器の水槽に頭をのせ仰向けになると、目と口を開けたまま肩を落とし両手をだらりとさせた。軍曹と蔵下は一瞬の出来事に茫然とチャーチルの死骸を見ていた。


芝生の広場に軍楽隊、基地司令官以下来賓が演台を挟んで修了生たちに向き合っている。修了生たちの後ろには数百名の基地将兵たちが着席している。

「サー！　全員集合しました！」

修了生の代表が前に進み出てサーベルを構えて言った。

「来賓は起立を」

演台の基地司令官は背後に呼びかけた。

「全員、右手を挙げて復唱しろ！」と司令官が修了生たちに言った。

「我々はここに」

司令官の後について全員が復唱した。

「あらゆる敵に対し、合衆国憲法を支持し守り」

「憲法に忠誠を尽し」

「与えられた義務を、忌避することなく遂行し」

「確実に忠実に、任務を全うすることを誓います！」

「神の御加護を！」

「着席！」と司令官は来賓に言った。そして、

「メイクマン軍曹！」

「イエス・サー！」と軍曹は司令官に向いて立ち上がった。

「よくやった」と司令官は満足げに頷いた。

「クラスを解散する！」と軍曹は修了生に呼びかけた。

翌日、蔵下たちは宿舎で送迎用のバスに乗り込んだ。

基地の正面ゲートに差しかかると、広場に鞄を足下に置いた志願兵たちが整列していた。運転手は信号待ちでしばしバスを止めた。

メイクマン軍曹はベージュの教官帽に指揮棒を左脇に挟み、整列した志願兵たちの前を歩きながら、

「今まで何をしてきた！　乱痴気騒ぎか。祖国の悪口ばかりほざいてきたな。その目は何だ！　教官の目を見る資格はない！　前を見ろ！　そして話しかけられた時以外口を開くな。口でクソたれる前と後に〝サー〟と言え、分かったかウジ虫？」

「サー！　イエス・サー！」

「全員で答えろ。ユー・アンダースタンド？」

「サー、イエス・サー！」と全員が声を張り上げた。

「だらしない奴ばかりだ！　どいつもこいつも！　一人前になるには一年は捧げなくてはならない！　その間には戦争が起こる。女子供のいる村を襲うこと

になる。覚悟しろ！　分かったか？」

「サー！　イエス・サー！」

五

蔵下たちは米国西海岸を発ってベトナムへの途中、中継地として対ゲリラの戦闘訓練施設がある東洋の小さな島に駐留することになった。島の名は沖縄。蔵下は沖縄で戦闘訓練することに違和感を感じた。沖縄人は昔から武器を持たない平和主義の民族でその文化や歴史は戦争や軍隊とはおよそ対極にあったからだ。


到着した嘉手納基地は米軍の施政権下にあり日本の入国審査がなかった。

「ようこそ沖縄へ。日本政府は今沖縄に米軍が何人いるか把握できていないぜ」

「入国審査なしにそのまま基地の外に出ることができる。まるでアメリカ国内だ。大きな違いは外で重大事件を起こしても、基地に逃げ込めば罪に問われないらしい。俺たちは特権を与えられた外交官だぜ」

「アメリカではできないことが沖縄ではできるってことか?」

「沖縄は海兵隊が血を流して勝ち取った戦利品だ。当然だ」

　新兵たちは南国沖縄の雰囲気にはしゃいだ。

　空港ロビーには三つの兵隊集団がいた。一つはアメリカから到着した新兵たち。二つ目は軍事訓練を終えてこれからベトナムへ発つ部隊。三つ目はベトナムからやって来た帰休兵たちだ。各集団は雰囲気が違った。まさに三か月と六か月後の蔵下たちがそこにいた。

　迎えのバスは沖縄本島北部、太平洋に面した金武町のキャンプ・ハンセンに向かった。到着すると、引率の軍曹はキャンプをバスの中から案内した。

　基地建設ラッシュの五〇年代初頭、四年の歳月をかけて建設された施設だ。それは嘉手納空軍基地と並び米軍最大のプロジェクトであった。基幹道路がキャンプの中央を南北に走り、その両側に四階建ての兵舎や司令部、メスホール、映画館、ショッピング場、ボーリング場、教会、グラウンド等が配置され、ダムや燃料の貯蔵施設がある。キャンプ内で日常生活の用が足せるまさに一つの町だ。モータープールや資材倉庫等を集めた地域がある。白いコーラルを敷き詰めた空地には迷彩色の三百台以上の戦車や水陸両用車、大型トレーラーの軍用車両が整然と駐車してある。後背地の山中の演習場へは山を切り開いた白い戦車道が導かれている。

芝のグラウンドで小隊の集団が数ヶ所で格闘技の訓練に励み、ある小隊はリーダーの掛け声と台詞に合わせて行進をしている。

バスの終点の宿舎の外では新兵たちが芝の上で長いテーブルを囲み銃の分解と組み立てをしていた。

翌朝四時三〇分、蔵下たちの小隊は芝のグラウンドに整列した。白人の軍曹は新兵たちに言った。

「キャンプ・ハンセンにようこそ。訓練は太陽が上がる前に始まり、苛酷で厳しい。学校でもたくさんの授業を受ける。軍隊でもそうだ。大勢の若者は、軍隊での訓練、あるいは戦場での殺しのテクニックを学ぶということが、どんなに残酷か知らない。入隊して一番初めに教えることは、先ずは『黙れ』ということだ。これまで度々言われたと思うが、一般社会では知恵を絞ってモノを考えることを教える。だが軍隊では君たちのすることは上官の命令を実行することだけだ。あるクラスでは、手榴弾をいかに使い、他の爆弾をいかに使うかを学ぶ。またあるクラスでは実際に敵を素手でいかに殺すか、あるいはナイフでいかに殺すかを学ぶ。そういう軍隊を国は自由や平和を守るための兵隊と呼びたがる。兵隊や軍隊はどうやって、いかにして平和を実現するかは学ばない。学ぶのはどうやって人を殺すか、それだけだ」

軍曹はマシンガンのように喋った。そして、「キャンユー・ヒアミー（わかったか）？」と問い掛ける。

「イエス・サー！」と兵隊たち。

「聞こえない。キャンユー・ヒアミー？」と軍曹は声を荒らげる。

「サー！　イエス・サー!!」

新兵たちは声を数倍張り上げて叫んだ。

それから、キャンプ・ハンセンの山や丘を一〇キロ駆け回った。そして、軍曹が前に立って大声で聞いた。

「何がしたいんだ！　お前たちは何がしたいんだ？」

軍曹が顔を真っ赤にして叫んだ。新兵たちは叫ばないといけなかった。

「ＫＩＬＬ（殺し）！」

そこで、また軍曹が言う。

「お前たちは何がしたいんだ？」

「ＫＩＬＬ！」と新兵たちは繰り返し大声で叫ばなければならない。

「声が小さい!!」と軍曹が怒鳴る。

兵隊たちはライオンが唸るような大声で
「ＫＩＬＬ!!」と叫んだ。

訓練で毎朝暗いうちから「ＫＩＬＬ!!」を条件反射的に大声で復唱させられた。戦場において人を殺す。それが海兵隊としてやらなければならない仕事であった。そうしないと自分が殺られる。

射撃場で実弾訓練を受けた。ここでは標的が人間の等身大の特殊な黒いプラスチックに変わった。軍曹は標的の側で兵隊たちに問い掛けた。

「弾をどこに当てることを要求されるか。頭か、腕か、心臓か、足か。戦場では、敵の居場所が分からない。敵を狙って外すことは許されない。訓練では、頭に草を飾り、顔を緑と黒にペイントする。環境にとけ込んで敵にばれないためだ。迷彩服を着る意味がそこにある。戦場で敵を撃って、外したら外した方が撃たれる立場になる。何故か、撃った人の位置が敵に気づかれるからだ」

軍曹は問い掛けた。

「頭を撃つと思った人」と手を上げさせた。

「残念だがあなたは死ぬ。軍隊は、頭を撃てとは命令しない。頭は身体の非常に小さい部分だ、ミスる確率が高い。腕あるいは足だと思う人」

とまた手を上げさせる。

「あなたも死ぬ。軍隊は、敵を怪我させろとは教えない。敵を殺せと教える。心臓だと思う人は、映画の観すぎだ。あなたも死ぬ。軍隊では、心臓を撃てとは教えない。何故か」

軍曹は顔の前に右手の人差し指を立て、そこが重要だと兵隊たちを一瞥した。

「心臓は角度的に難しい。ほとんどの人は心臓を撃つ方に賛成だと思う。何故か。君たちはその理由を知っている。その人は慈悲深く優しい人だ。心臓を撃ちぬいた場合、苦しまずに即、死ぬことを知っている。しかし、実戦は慈悲深くも優しくもない。海兵隊は、ここを撃てと指令を出す」

と標的の腹部を掌で押さえた。

「ここを狙った場合、銃弾はここに集中する。連射射撃をするので一つの集まりとして腹に集中する。即死することはない。死に至るまで何時間も苦しみもがき、叫び続ける苦悩が待っている。そこがポイントだ」


屋内のクラスで別の白人教官が海兵隊について講義した。

「海兵隊は合衆国の国益を維持し確保するための緊急展開部隊として行動し、合衆国本土の防衛は任務には含まれない。また陸海空軍の全機能を備え、アメリカ軍が参加する主な戦いには最初に上陸、空挺作戦などの任務で前線に投入される。その緊急展開部隊としての自己完結性と高い機動性から、かつ外征専門部隊であるから〝殴り込み部隊〟とも渾名される。

海兵隊は一七七五年創設と歴史は古い。

現在、三個師団の歩兵、三個航空団、総兵力十九万人、航空機四百四十機を具える。現役常備軍は米本土、東海岸の大西洋艦隊と西海岸の太平洋艦隊、それに前進展開基地として太平洋艦隊を沖縄に配備している。君たちの実戦訓練はここ沖縄で行う。

沖縄について少し触れておく。沖縄の第三海兵水陸両用軍は、北はオホーツク海から南は南極まで、西太平洋・インド洋・中東を含めた地域を作戦範囲にしている。

海兵隊の沖縄初上陸は一八五三年、那覇に寄港した合衆国東インド艦隊、いわゆるペリーの軍艦に乗った洋上勤務の海兵警備隊百三十人と大砲三門だ。第二次世界大戦では、一九四五年四月に沖縄攻略部隊として三個師団と一個航空団の合計約八万六千人が上陸作戦に参加した。

海兵隊の任務は、艦隊に乗り込み、上陸作戦や他国の領土内で得た権益を守るため大・公使館も含む警備行動をとる海軍所属の地上戦闘部隊である」

教官はスライドを用いて沖縄本島の地図に配置された米軍施設と訓練場を示し基地機能と海兵隊の訓練について説明をした。

「米軍演習場は、射爆撃場、補助飛行場を含め十七施設ある。その他、沖縄本島を取り巻くように訓練水域や訓練空域が張り巡らされ、陸・海・空で連日激しい演習や訓練が行われている。沖縄にはあらゆる軍事業務に応じる施設が整えられている。その重要性は、地理的位置および沖縄で我々に与えられている行動の自由という二つの理由に基づく。その価値は朝鮮戦争から今日まで証明されてきた。この基地が今後ベトナム作戦に果たす役割は作戦、発進、兵站補給、訓練、輸送中継、通信など増々重要になってくる。

金武町のブルービーチは、海兵隊の管理する上陸訓練場だ。そこでは上陸用舟艇、水陸両用装甲車による上陸訓練・操作訓練・走行訓練などが行われる。

さらに太平洋岸には安波海岸から沖合い約九キロに及ぶ扇状の訓練水域を有し、沖の大型揚陸艦からの上陸演習や安波川を利用した渡河訓練が行われる。

キャンプ・ハンセンやシュワーブでは、海兵隊が通常装備する各種火器の実弾射撃訓練や部隊戦闘訓練、指揮所訓練、斥候・待ち伏せ訓練に君たちも参加する。

アメリカはベトナム全土の共産主義化と、そこを基点として東南アジア全域が共産主義化されることを抑止するために、ベトナム戦争に軍事介入した。わが軍はゲリラ戦に苦心している。ベトコンの浸透作戦を防ぐ目的で、ジャングルに有効な枯葉剤や広範囲のジャングルを焼き尽くすナパーム弾、クラスター爆弾、対人地雷などの兵器を使用する。それらの兵器の知識を諸君らにも持ってもらう」

軍曹はスライド・プロジェクターを次に進めた。

「北部訓練場は、沖縄本島北部の太平洋岸一帯を占める広大な原生林地帯だ。そこはインドシナ半島沿岸地域に似ている。そこには西太平洋唯一の密林・山岳地形を利用した対ゲリラ訓練コースが設けてある。君らもヘリコプターや戦車を使い、上陸訓練・対地射爆撃訓練・離着陸訓練などに参加する。自動小銃を担いでジャングルの中の川を数マイルも遡上する訓練は実戦そのものだ」

軍曹はスライドでの説明を終えた。

沖縄本島北部、東村高江の伊湯岳では、その麓にキャンプを設営、「第三海兵師団対ゲリラ訓練場」の看板を掲げて、ヘリコプターの発着場が二ヶ所設けてある。山中には昼夜、海兵隊員が潜伏、三百名の海兵隊員が交替で一定期間ずつ訓練し、ベトナムで必要な訓練は全て行っていた。高江集落一帯はすっぽり訓練場に囲まれ、山林には「立入禁止区域」以外でも罠や落とし穴が、無数に仕掛けられ、穴には鋭利な竹の棘を無数に突き立て、穴口を落葉で被ってある。

かつて宮城区の婦人が山に薪取りに行って、落とし穴に落ち重傷を負った。他にも重傷を負った区民は多い。その度に抗議するが、訓練はむしろ激しくなっていた。山中には昼夜、海兵隊が潜伏しているため、婦人たちは少人数で山に入ることはできない。必ず七、八名、十名ずつ組んで薪取りに行く。昨年、偵察飛行中のヘリが婦人たちを発見し、訓練場から海兵隊員たちがやって来て拘束した。

「訓練場に入ったから捕えるのだ」と言ったが、彼女たちがいた所は立入禁止区域ではない普通の国有林で、高江の住民をゲリラとみなして訓練を行っていた。

ある日、海兵隊は演習を強化、区民を訓練に狩り出す行為に出た。以前、海軍省の高官が来島した際、訓練に区民が二度参加させられた。海兵隊は、「過去の成績が良かったから、高等弁務官に視察してもらうのだ」と言った。

そうした状況下で蔵下芳久たちの沖縄本島北部訓練場での戦闘訓練が始まった。

蔵下たちの中隊が演習に参加した時、訓練場の「ベトコン村」でワトソン高等弁務官、在沖第三海兵師団長コリンズ中将らの観戦の下に、「模擬ゲリラ戦」が展開された。訓練には乳幼児や五、六歳の幼児を連れた婦人を含む約二十人の新川区民が徴用され、南ベトナム現地民の役目を演じさせられた。

作戦は海兵隊一個中隊が仕掛けられた罠や落とし穴をぬって「ベトコン村」に攻め入り、掃討するという想定だ。新川区から連れてきた人々を、茅葺き小屋に押し込め、その中に仮想ベトコン二人を潜伏させた。また小屋の周りの木立にベトコンの衣裳を着た五、六個の標的をしのばせた。さらに集落の山羊を借りてきて小屋の周囲にこれを放った。

実弾を充填し、顔に緑と黒のペイントを塗った重装備の海兵隊が攻め込んでくると女性や子供が恐怖を感じるのは明らかだ。

村の人々は、山林に雨露を凌ぐ掘立小屋を作ってある。その日、訓練場の司令官は五機のヘリコプターを動員し、全機に小屋をめがけて焼夷弾を投下させて焼き払ってしまった。緊迫感を与えるための演出だが、ナパーム弾投下を地で行く訓練だ。小屋の周りのベトコンの衣裳を着た全ての標的は連射射撃で腹部を見事に蜂の巣にされていた。実践さながらの緊迫感に五、六歳の幼児たちが怯えて泣き叫ぶ中、ベトコン二人を捕え、演習は筋書き通りの成功をおさめて終わった。

「みなさんのお陰で米軍将兵の命がどれだけ助かるか知れない。ほんとに御苦労だった」

ワトソン高等弁務官は終了後、区民に言葉をかけて握手をした。しかし区民はその言葉を信じ、心から協力した者はいない。米軍からゲリラ訓練への協力要請がきた時、「こいつらの言うことをきいてはならない」とこぞって反対の声をあげた。

海兵隊も区民が拒否することを承知で脅迫した。将校と通訳が区長の所に来て、「区民の協力がほしい。駄目なら隣の安波や魚泊に要請する」と付け加えた。

これは脅しであった。新川区は海兵隊に国・県有地の山を奪われ、これをゲリラ訓練場として接収し立入禁止にしている。これがフェンスを張られ全面立入禁止になると、山に頼って生活している新川区は生活が破壊される。海兵隊は区民の弱みを利用し、生活を守るために反対するとすぐ、「山をオフリミットにするぞ」と脅してきた。

区長が海兵隊の要請を伝達して回ると区民は一様に、「応じるべきではない」と意志を表明したが、結局、強硬に反対することもできず、嫌々ながら狩り出されていった。

蔵下芳久たちは昼間は遠く北部訓練場の奥まで遠征し実戦訓練を受けた。毎日未明からキャンプ・ハンセンの山や丘を駆け回り射撃場で実弾訓練をした。それから宿舎へ戻り、シャワーを浴び、夜の街へと繰り出して行く。それには三つの目的がある。まず酒を飲んで酔っ払うこと。そして喧嘩をすること。三つ目は女性を探すことだ。

多くの場合、兵隊たちは酔ってタクシーでキャンプに帰る。中には運賃を払わない奴もいる。運転手が請求すると殴ることもある。暴力を振るわれた運転手は沢山いるはずだ。

また飲み屋で、女性たちが飲み物を持ってくると、料金を払わないこともある。女性たちが請求すると、タクシーの運転手と同じ扱いをした。一般社会でそうした話をすると驚いた顔をされる。しかし、理解しなければならない。兵隊たちは軍隊であり、海兵隊員だ。毎日人を殺す訓練をしている。特に新兵は攻撃性を持ち大胆不敵だ。訓練された兵隊たちは、基地の中でそれを使うのではない。街に繰り出して行って、そこで使うのだ。

基地の外で新聞を賑わす暴力事件が起きると、沖縄の政府や市町村から毎回抗議が繰り返される。基地の司令官が、素早く対応して謝罪をする。その度に司令官は、「我々の駐留は日米同盟に貢献するためで、沖縄の友人や隣人を傷つけるためではない」と言い訳をする。そして「再発防止と綱紀粛清」を神妙に口にする。しかし、司令官は心の底では事件が起きたことを喜んでいる。何故か。兵隊が暴力を振るう準備ができていて、戦場にいつでも送れる用意ができているとみるからだ。かといって海兵隊を無人島に閉じ込めると彼らはまずやっていけない。一般社会との自由な出入りが彼らの生活の必要条件だ。

蔵下は「軍人教育」と「綱紀粛正」はジレンマを抱えていると思った。軍隊は「良き隣人」と「効果的な殺人者」の両方になるための訓練を受けなければならない。軍隊には公式教育と口頭教育の二つがある。「良き隣人」の公式教育だけでは、軍隊は戦場で戦うことができない。戦場で戦うためには非公式の口頭教育が必要だ。演習場や兵舎、酒場で人命を破壊できる人間を育てる教育が行われる。女性蔑視的、人種差別的、沖縄差別的なものが含まれる。海兵隊は実戦で人を殺す。普段からその訓練、準備をしないといけない。人を殺しても罪悪感が湧かないようにしないといけない。礼儀や人権意識教育が全て成功すると、海兵隊は戦争ができない。口伝えの口頭教育は海兵隊にとってそれ程大切だ。

さらに公式教育には「沖縄には根拠のある不満がある」と書いてある。それに対してどうしようとは書いていない。何故か。「沖縄に居続けることを決めるのは海兵隊だ。迷惑を掛けてもいいんだ」ということになる。そこに沖縄への差別意識が生まれる。事件、事故の後、沖縄は教育をしっかりしろと言い、米軍は分かったと言うが、それは決まり文句だ。基地がある限り事件は起こる。

訓練の総仕上げとして、蔵下たちは本島北部海域で在沖第三海兵水陸両用軍の上陸演習に参加した。海兵隊二千人と大型揚陸艦、ヘリ部隊が参加した。演習は本島の北部を「北島」、南部を「南島」に見立て、両島の間に「バトラー海峡」を想定、「オレンジ軍」によって占領された両島を奪還し、海峡を制圧するというものだ。

蔵下たちの中隊はキャンプ・シュワーブの砂浜へ上陸し水陸両用車十台から出て銃を構え、低い姿勢を保って警戒しながら前進した。訓練は沖の揚陸艦と砂浜を行きかい午前と午後二回繰り返された。

演習の翌日、蔵下たちはキャンプ・ハンセンで新兵訓練仕上げの行事に参加した。海兵隊のブルードレスに身を包んだ二千名の将兵による隊列行進が行われた。軽快なマーチの下、一糸乱れのない行進は圧巻だ。海兵隊は四軍の中でも訓練期間が長く、最も苛烈な訓練が行われる。練兵では入営者の個性を徹底的に否定し、軍団の一員として活動させ、命令に対する即座の服従を叩き込まれてきた。その成果が隊列行進に現れていた。

六

ベトナム戦争は史上初めてテレビの中継が行われ、戦場の現実がアメリカの家庭に直接伝えられた。ナパーム空爆に遭遇し全裸で逃げまわる少女の姿、戦火を逃れるために大河を渡る母子の姿が戦場の残虐さを映し出し、反戦、反米の象徴として世界中に報じられた。やがて大学生が戦争に対して疑問の声を上げ始めた。米軍がジャングルでのゲリラ戦に苦しんだ末に枯葉剤を使用すると、ベトナムに奇形児が誕生するようになり、反戦運動はさらに盛り上がった。黒人勢力も反戦運動に合流、人種を超えた批判が政府を揺るがせた。

沖縄では相変わらず米兵による強姦や事件・事故が頻発している。ベトナム戦争の拡大と沖縄の基地利用の活発化で祖国復帰運動は反戦反基地闘争の色彩を帯びるようになった。

そうした中、海兵隊の新兵研修マニュアルを沖縄の新聞社が入手してその内容が新聞に掲載された。研修は沖縄に着任した兵士を小グループに分けて毎週実施し年間六千人が受講するという。すると住民からマニュアルへの批判が新聞社に殺到した。

沖縄の政治問題の大半が米軍基地に関わるものだが、マニュアルによると、沖縄の政治は基地問題を「梃子」に日本政府との駆け引きを行っている。特に戦後、基地の過重負担を訴えて本土側に「罪の意識」を与え、沖縄はより多くの補助金を獲得している。

一方で、米軍基地の存在は沖縄経済に貢献している。雇用創出や軍用地料、さらに周辺地域の住宅、自動車、飲食店などの消費活性、基地から派生する経済効果は多岐にわたる。とりわけ軍用地に関しては、使い物にならない土地でも地主には地料が支給される。多くの地主にとって軍用地料が唯一の収入源であるため、基地の早期返還を望んでいない。地主の多くが高齢で、高額な賃貸料を頼りに生活し、土地の有効活用能力がないためだ。

沖縄人は一般的に平和主義者・反軍隊主義で、必ずしも反米ではない。沖縄の全ての軍隊の撤去と日米安保条約の撤廃を目指す反軍隊の政治思想は、革新派に偏ったメディアで支えられている。沖縄の一般市民は非常に内向きな視点を持っているが、それは新聞の影響だ。県内二紙で毎日約三十六万部が読まれており、本土紙は約一万二千部だ。沖縄の二紙は内向きで視野が狭く、反軍隊のプロパガンダを売り込んでいる。沖縄にとって米軍基地の存在は重荷であり、「沖縄問題」であるとの歴史解釈をしている。それは「市民の視点」からの報道だと主張するが、人為的に世論を動かそうとしている。

一方、本土紙は、国内および国際ニュースをより広い視野で取り上げ、報道はより良いバランスを保っている。本土メディアは、沖縄より米軍に好意的だ。

蔵下芳久は海兵隊の新兵研修マニュアルに対する地元メディアの社説や県民の投稿記事を注意深く読んだ。それによると、

「海兵隊として誇りを持たせることを目的に、米国の理想や正当性を強調している。『良き隣人』を理想としながら、沖縄人の苦しみへの理解が足りない。住民の切実な問題を『大したことでないのに騒いでいる』と住民の意見を感情的だと切り捨て、沖縄人の命を軽視している。米軍に対する批判を反基地運動や地元メディアが作った間違ったイメージだと説明し、米軍の行動を正当化している。こうした研修では、綱紀粛正にはならない。

沖縄戦や米軍統治、過重な基地負担を理解し、住民に接する時にはそうした経緯を考慮すべきで、兵士教育で必要なことだ。ところが研修マニュアルには独断的な報道で世論形成がなされ云々の誤った考えがある。米軍関係の事件・

事故の報道を指しているのだろうが、過重な負担を要因とした犯罪が起きれば、注目して報道するのは当然だ。軍用地料が多くの住民の唯一の収入源などという話はもはや滑稽でしかない。良き隣人であろうとするなら、正しい情報に基づく対応を促したい。これでは沖縄人を見下す意識を形成し、犯罪防止とは逆効果だ。こういう資料が用いられたら誤った認識が広がる」（大学教員）

「一八七二（明治五）年の琉球処分、本土防衛のため捨て石にされた沖縄、日本の独立と引き換えに米国に差し出された沖縄、日米安保の過重負担に喘ぐ沖縄。その歴史的事実を日本政府は知っているのか。それもこれも住民の意志とは関係なく全てが政府、本土側の都合によるものだ。その不条理が今も連綿と続いている。むろんその謝罪や賠償を求めているのではない。沖縄を同じ国民として本土並みに処遇して欲しい。それを要求しているだけだ。過分でも理不尽でもない。当然のことだ。それにもかかわらず、贖罪し襟を正すべき立場の者が住民を侮蔑するかの如き行いはあまりに品がない。カネのために政府に楯突く沖縄。国民にそんな印象を与えるような言動は慎むべきだ」（自営業者）

「アメリカは米国外の百七十ヶ国に二十五万もの兵力を持っている。米国はそもそも建国の父たちが英国に『常備軍』を置かせないと独立宣言に掲げていたのに、世界中に巨大な軍事施設を持っている。これだけの軍事施設をもったらまず間違いなく使ってしまう。軍事解決ができない問題も軍事的に解決しようとしてしまう。それは多数の犠牲者と多額の費用がかかり、米国にとって何のプラスもない。儲かるのは軍需産業と武器商人だけだ。

アメリカは特に自分たちが神に選ばれた人間だと思っており、他国の資源を奪いながら、そこの人たちにどう生きるべきか教えてやろうといった姿勢がある。もし殺し合いをやめて平和を目指すのなら、自分たちが特別だという考えをまず止めるべきだ。

沖縄人は歴史を通じて受け身なところがあり、優しすぎる。沖縄なりのタフさを築き、もっと大声をあげて抵抗し主張することだ。『一体誰の島なのか』と。米国内に中国やロシアの基地があったらどう思うか。相手の立場に自らを置けば明白なことだ。

沖縄の基地負担の比率を見れば、日本人だって自分たちの島に基地を置きたくないのだろう。日本人の大半は沖縄人を完全に日本人とは見ていない。

退役軍人は『戦争は恐怖そのものだ』それ以外の何物でもないと言う。米軍の暴行については沖縄占領の初期から五十年にかけて何千もの強姦があった。何も新しいことではない。また、沖縄戦は必要ではなかったのに決行された。そうだと思う。軍の指導者たちは戦えば手柄になる。その時、自分たちにとって重要だと思う行動を取るのだ。人間性のためでも、愛国心のためでもない。自分たちのためだ。軍の目的は民間人を救うことではなく、戦闘に勝って領地を得ることなのだ。どの戦争もそうだ」（在沖・米退役軍人）

「本来、人間は人間を殺せない。軍は敵を下等民族だと兵士に蔑視感情を植え付け、兵をしごき苛め抜いて憎悪感情を高ぶらせる。反復訓練で効果的に兵士を無感情な『殺人マシン』にする。訓練を受けて立派な『殺人者』として完成された兵士は、除隊後も訓練された蔑視感情や感情を伴わない条件付けされた反射行動を、自分で解除することは難しい。『このような些細な事件でいちいち兵士を罰すると合衆国軍隊の士気に関わる』と米軍の高官は言った。些細な事件とは中二の少年をひき殺し、犯人を無罪にした事件だ」（無職）

七

沖縄での訓練が終了し、蔵下芳久たちはベトナムに派遣されることになった。蔵下は出発前夜は興奮して眠れなかった。ハリウッドの戦争映画を観慣れたせいか怖がってはいなかった。出発前夜もキャンプ・ハンセンの映画館で戦争映画を見た。そこにはヒーローがいて、BGMのかっこいい音楽が流れていた。ヒーローは敵と対峙し、銃で勇敢に相手を倒し、必ず戦場の女性や子供たちを救っていた。

出発当日、嘉手納基地の空港ロビーには、アメリカからの新兵たちとベトナムからの帰休兵たちが到着する光景があった。

蔵下が戦火のベトナムに到着してすぐに学んだことは、実際の戦場が映画とは全く違うことであった。そこではヒーローもBGMも栄光も存在せず、誰も女性や子供を救おうとはしない。彼らは自分自身で生き残らないといけなかった。

米国の傀儡政権、熱心なカトリック教徒のゴ・ディン・ジェム政権は、国内の民主化の動きや伝統的な仏教を弾圧していた。

一九六三年六月十一日、これに抗議して六人の僧侶がガソリンを被り次々に焼身自殺した。最初に自殺した僧侶は英国車オースチンを運転してフエからサイゴンに行き、アメリカ大使館前の交差点に車を止めるとガソリンを抜いて身にふりかけ大衆の面前で火をつけた。彼は焼け死んでも最後まで座禅の姿勢を崩さなかった。その写真は世界の新聞に掲載され、ベトナム戦争を象徴する写真の一枚となった。ジェム大統領の弟、秘密警察長官の妻マダム・ヌーが「あんなものは単なる人間バーベキューよ」とテレビで語り政権は益々人々の怒りをかい、ついに一族はクーデターで倒されてしまった。

以後、南ベトナム情勢が安定すると期待されたが、クーデターは参加した将校たちの権力闘争を容認する結果となり、その後も南ベトナム政府内ではクーデターが頻発した。

ジェム大統領のクーデターから三週間後、ケネディが暗殺され、ジョンソンが大統領に昇格した。彼はケネディが増強した「軍事顧問団」を六百人規模の維持に留めたものの、就任九か月後の一九六四年八月二日、トンキン湾で北ベトナムによる米駆逐艦への魚雷攻撃が発生し、報復として北ベトナムの魚雷艇基地に軍事行動を行った。さらに米国議会に北ベトナムからの武力攻撃に対する一切の措置を取る権限を大統領に与えるように求め、この「トンキン湾決議」が上下両院で承認され、ジョンソンは実質の戦時大権を得た。

そして、沖縄ではハワイの米軍第25歩兵師団が、太平洋空輸作戦「クイック・リリース作戦」に参加するため嘉手納空軍基地に到着した。隣村にある読谷飛行場には突如、多数の軍用トラックや戦車が並び、兵員が宿泊するテント村が出現した。

同作戦は、フィリピンのスービック基地から装備を、ハワイのスコフィールド基地から兵員をそれぞれ沖縄に輸送し、北部訓練場で演習を展開する計画だ。ベトナム戦争に向け、沖縄は訓練場としてだけでなく、前線基地としての性格も強まっていった。

八

戦争はゲームでもなくルールも存在しない。敵を殺すのが唯一の目的だと蔵下芳久は教えられた。敵がトイレで用を足している時でも、その時に殺すのだ。そして、死体のポケットを探り、地図や情報を取りだす。吐きたくなる作業だ。もっと殺せば慣れると言う。人を殺すことに慣れることはない。一人殺すたびに、自分の奥にある何かを殺しているように感じた。

ある日、海兵隊がベトナムの村を襲撃した。村の男たちは銃を持ってジャングルの中で海兵隊と戦った。女たちは子供を集めてジャングルの隠れ処に急いだ。海兵隊は男たちを殺した後、女や子供たちを見つけるのは簡単だった。ジャングルの中で、静かに待った。二、三日もすれば、食べ物がなくなり子供たちが泣き出すのですぐに居場所が分かった。

逃げ遅れた老人たちがジャングルで倒れて死んでいく。女性や子供たちが立ち止まって、老人が追いつくのを待っている光景もよく目にした。

「先に逃げなさい。後から追うから」と老人は言う。

だが、決して追いつくことはなかった。

海兵隊が村を襲撃した後、そこに残されたのは二種類の人々だ。すでに死んだ人々と死にかけている人々だ。死にかけている人々は、村から這い出してジャングルに逃げ込み、何とか生き延びようとする。そうした人たちを海兵隊は探しに行った。

見つける方法は二つ。一つは、ジャングルに入って静かに待つ。そしてハエの音を聞く。それを追って行くと必ず死体が転がっている。もう一つは、ジャングルの中で死体の臭いを嗅ぐ。腐っていく死体の臭いは、瞬間吐いてしまい、体全体が弱るほど力が強い。この臭いは決して忘れられない。腐っていく臭い、血の臭い、火薬の臭い。それが戦場の臭いだ。

戦闘が終わると、村を一掃しなければならない。海兵隊は転がっている死体を数え、村の真ん中に集めた。男性、女性、子供たちと選別して山積みにした。死体が欠けてばらばらの時は、村の中に行って頭や手足など無くなっている部分を拾ってきて一つにする。

そして、女性や子供たちを村へ連れ帰ると積み上げられた死体を見ることになる。すると子供たちが死体の所へ行き手や足を掴まえながら泣き叫ぶ光景を目にする。子供たちを死体から引き離そうとする女性たちの姿も目にする。しかし、死体にしがみつく子供たちを引き離そうとしても、凄い力で引き離されまいとしがみついていた。

老人たちは、山積みされた死体を見て自分の家族を探す。その中に身内を見つけると、泣き伏し、自分の家族はもう誰も残っていないということに気付く。それを見て、蔵下芳久は人の不幸の上に成り立つ幸福があってはいけないように、人を殺して成り立つ国家の平和など決してありえないと思った。

ある日、ベトナムの村を襲撃した時、多くの海兵隊員が死んでしまった。同僚の多くが腹に射撃を受けて死に至るまで何時間も苦しみの中をもがき続け、叫び続けていた。蔵下芳久たち生き残った数名が村で隠れる場所を探した。村人は爆撃に備えて防空壕を掘っていた。蔵下もベトナム軍から逃げるために壕に入った。するとそこに人がいた。十五、六歳の女の子だ。彼女は蔵下を見た時、まるで怪物を見たかのように怯えて、逃げることさえできなかった。呼吸が激しく、苦しんでいるかのようであった。蔵下は彼女が全裸であることに気付いた。なぜ苦しんでいるのか、呼吸が荒いのか分からなかった。だが、彼女の股の方から赤ん坊が出てきていることにすぐに気付いた。そこで出産しようとしていたのだ。蔵下は何もすることができなかった。海兵隊はこの世に命をもたらす術は何も教えてくれなかった。海兵隊が教えたことは、どうやって人を殺すかということだ。彼女は一生懸命力んでいた。そして、蔵下が彼女の身体に手を寄せた時に、そこに赤ん坊が生まれてきたのだ。体中体液にまみれて湯気が立っていた。彼女は赤ん坊を蔵下の手から奪い取り、へその緒を歯で食いちぎると、布で巻いて、そこから逃げて行った。

蔵下の手に赤ん坊の感触が残った。壕から外に出た時、蔵下はまるで変わった人間になっていた。戦友たちが、「お前に何が起こったのか」と聞いてきたが、この出来事を誰にも話さなかった。

この体験は蔵下に変化をもたらした。ベトナム人も同じ人間であることに気付いたのである。これは重要なことであった。海兵隊の訓練では、ベトナム人を人間だとは一切教えなかった。訓練を通して、ベトナム人を差別的な用語で呼んでいるだけだった。「グックス」はとても悪い表現だが、この用語で呼ばれている人間は人間ではないと蔵下は教えられた。すべての政府というのは、敵を非人間化して兵隊がその非人間化された人々を殺すことをたやすくする。それは心理学を軍事利用し、訓練や状況で人間を変えてしまう。

蔵下は子供が生まれる場面に直面した後、ベトナム人の友だちになろうと決心した。多くのベトナム人の母親たちを訪ね、子供たちと遊んでいる母親たちと友だちになった。女性たちが着る物、食べ物に困っていると米軍の物資を盗み出して彼女らに与えた。

それから、大学で学ぶということについても考えた。将来いい仕事を得るためだけならそれは間違いだ。大学で学べることはとても幸運だ。同時に責任もある。地域に対する、自国をより良いものにする責任、さらに自国だけでなく、世界中の人々に対する責任、とりわけ自立できずに苦しんでいる人々への責任だ。大学卒業後も学ぶことを止めず、国内外で苦しんでいる人々にも目を向ける努力をしようと思った。

九

海兵隊員として約二か年の従軍を終えた時、蔵下は上官から呼び出しを受けた。自分から不発弾処理をする任務に就きたいと思ったことはなかったが、軍当局が候補者を探している時に声をかけられ、その時初めて不発弾処理という職業を意識した。工業高校で学んだ知識を活かせると思った。戦場で人の命を奪うのではなく、命を救うのがせめてもの慰めと思い、爆発物に対して技術的な目標を目指そうと思った。程なくして蔵下はキャンプ・ハンセンの演習場で不発弾処理の訓練を受けるため沖縄に帰って来た。

沖縄では日々発生する米軍関連の事件・事故に対する怒りが、住民の間で基地の全面撤去を求める「反戦・平和」と「ベトナム戦争反対」、そして「祖国復帰」運動の大きなうねりとなっていた。

それに対してアンガー高等弁務官は、「基地が撤去されると、沖縄は戦前のようなイモと裸足の生活に戻るぞ」と警告した。

そもそも軍隊や戦争に生命や人権を尊重する思想はない。殺すか殺されるかの訓練を受けた人間が一般社会に解放された時、軍事下の状況と平穏な日常を混同する恐れは十分にある。軍事訓練を受けた人間に厳然とした善悪のけじめや自律の精神が無い限り、善良な人々が生活する『檻なき社会』に放された時、野獣に豹変することはあり得る。狭い沖縄に米軍基地が集中する。人々は野獣にいつでも襲われかねない危険と隣り合わせている。

一九六五年二月、内戦状態のベトナムで嘉手納基地から飛び立つB52が直接北ベトナムを爆撃し始めると沖縄は戦時色が一層濃くなった。牧港補給基地には前線向けの軍需物資が山積みされ、本島を南北に貫く軍用道路1号線は、物資や戦車を満載して那覇軍港に向かう軍用車輌で混雑した。北部訓練場での演習や読谷《よみたん》飛行場と伊江島補助飛行場でのパラシュート降下訓練も活発に行われた。

読谷村親志《おやし》の基地周辺ではパラシュート訓練で投下した二・五トンのトレーラーが集落に落下し、小学五年生の少女が圧殺された。同村の集落にトレーラーやジープが落ちたのは四度目だ。米軍は訓練の実施を村に伝えない。事故の度に、村は演習中止を求めるが、米軍は聞き入れない。二か月前にも、恩納村役場前のバス停に三トンのトレーラーが落ちたばかりだった。さらにグアムの米第三空軍師団所属のB52三十機が嘉手納基地に飛来した。米軍は台風発生による緊急避難と説明したが、翌日ベトナムへの空爆に参加した。

兵士たちがベトナムへ送られる一方で、帰りの便ではドライアイスを抱いて黒いプラスチック袋に包まれた兵士たちの無惨な遺体が死化粧を施すために毎日嘉手納経由で米軍基地内の病院に空輸されて来た。

ベトナムの人々から「悪魔の島」と恐れられる沖縄の所以もあり、直接戦争の渦に巻き込まれ、住民に不安と恐怖を与えるとして、立法院は沖縄からの出撃中止を求める要請決議を全会一致で可決した。それに対し、佐藤栄作首相は衆議院本会議で、いみじくも「沖縄がどう使われても、希望は言えるが要求は言えない。内地の基地とは違う」と述べた。

来沖した米太平洋方面軍最高司令官は「住民の不安は理解に苦しむ」と一蹴した。

沖縄の米軍基地はこれ以降、発進基地としての性格を強めた。B52が爆弾を満載して嘉手納基地から出撃したのは、グアムよりベトナムに近く、経費削減が望めるからだった。

同じ紙面に蔵下芳久は心情を代弁してくれているかのような投稿記事を見つけた。

「かつて日本政府は日本の独立と繁栄のために、沖縄を米軍統治の下に差し出した。米国と日本の最も醜い部分が今回もまた沖縄で凝縮され、その結果が強姦致死等、様々な事件・事故となって現われた。とりわけ日米の政策決定者たちの罪は深くて重い。米国の軍事施設が、日米地位協定という日本政府の承認の下に沖縄に存在すること。〇・六%の国土に七十四%の米軍基地を集中させていること。これが様々な事件の根底にあることは言うまでもない。自分の行為からある結果が生じることを認めながら黙認する心情は、まごうことなき犯罪なのだ。沖縄の人々の命を代償に、為政者に利益がもたらされている。これでは民族浄化と同じではないか。日米安保の『美味しい』部分だけを享受している日本政府と、それを許している日本人の劣化と不正義は人類の歴史に残るだろう。沖縄を沖縄に返せ！」（コンサルタント）

参考文献と資料

＊「『国民国家』と日本移民の軌跡」（沖縄・フィリピン移民教育史）小林茂子
＊映画「愛と青春の旅だち」（An Officer and a Gentleman）
＊映画「フルメタル・ジャケット」（Full Metal Jackets）
＊映画「一撃必殺」（One shot, one kill）
＊「元米海兵隊員の語る戦争と平和」アレン・ネルソン（沖縄国際大学広報委員会）
＊沖縄人民党機関紙「人民」
＊琉球新報
＊沖縄タイムス
＊沖縄県史１　通史
＊勝連町誌
＊沖縄大百科事典（沖縄タイムス社）

不発弾II

一

一九六五年八月二日、メトロマニラのクリスチャン幼稚園で午前十時から父兄同伴で遊戯会が行われていた。爆発の起きた午前十一時三十分は、遊戯会の終わる直前だったため園児、父兄ともに園舎内にいて惨事を免れた。しかし、園の南側の爆発現場に面した運動場で、父兄と一緒に遊戯会に来た園児の弟や妹、友だち二十数人が退屈しのぎにブランコ遊びをしていた。これが悲劇を大きくした。爆心地から運動場を隔てた約二〇メートルの所にある幼稚園のガラス窓が全て壊され、壁には分厚く泥がへばりついた。爆風は粘土質の土砂を大量に四方に飛び散らし子供たちを吹き飛ばした。イサベル・コルテスちゃん（3）も兄ディエゴちゃんの遊戯を見に来た一人である。ブランコで遊んでいるところを吹き飛ばされ即死状態だった。近くにいた子供たちも土砂に埋もれ血まみれになって呻き声を上げた。幼稚園は修羅場と化し、土を被った子供の確認ができずに母親たちは一斉に泣きわめいた。生死の確認のため、園の電話は鳴りっぱなしで職員たちは右往左往の大混乱となった。

子供を求め、野次馬をかき分けて駆けつける親たち。「子供がいない」と泣き叫ぶ母親。運動場で遊んでいた子供のうち十一人が未確認という。駆けつけた軍や警察、消防がショベルで発掘作業に当たった。土砂は厚い所で一メートルも埋まっていた。

現場は先月七月中旬から、土木業者がマニラ市から工事を請け負い、距離一〇〇メートルの下水管暗渠の埋設作業中だった。土砂崩れを防ぐため、爆発現場では直前までシートパイルを打設していた。長さ七メートル、幅四〇センチ、重さ六〇〇キロのパイルだ。下請けの作業員三人がクレーンを操作してパイルの打設中、いきなり爆発音とともに五〇メートル上空に土砂と煙が舞い上がった。数本のパイルが矢のように六〇〜七〇メートルも上空に飛び、こぶし大の土塊が打ち上げ花火のように空を覆い半径二〇〇メートルの範囲に飛び散った。爆風と土塊は運動場で遊んでいた子供たちをも襲った。パイルを打ち込んだクレーン車は大きく傾き、ブームの鉄骨が根元から折れて、車体もアメのようにへし曲がった。運転手のファン・イダルゴさん（43）は土砂と爆風で運転室に閉じ込められたまま死んでいた。作業員のラモス・ルイスさん（57）はパイルのそばから吹き飛ばされて四〇メートル先の民家の玄関先に叩きつけられた。住人が爆発音に驚いて玄関を開けたところうつ伏せに倒れているラモス・ルイスさんを見つけて消防に通報した。二メートルの塀を越えて飛ばされ即死状態だった。

打設済みの一本のパイルは現場から約七〇メートル離れた三階建てのビルの屋上に達し、数本は通行中の車の上にも次々と落下した。

被害に遭ったビルの持主で事故を目撃したホセ・ガルシアさん（55）は、「ドドーンという大音響を伴った爆発と爆風は凄まじかった。ビルが足下から地震のように揺れた。一階の窓から現場を見た。土砂や煙、そして鉄板が高さ四〇〜五〇メートルも吹き上がった。爆発から数秒後に次々落下、三階の屋上に大きな穴があいた。何が何だか分からなかった」と青ざめた顔で語った。

パイルの一本が走行中のサントス・ビリヤさん（32）の車を突き刺し運転席

をつぶした。病院に運ばれた彼は午後四時半、息を引きとった。

事故現場には近所の人や野次馬が駆けつけた。パイルが突き刺さり、天井が押し潰され運転席にべっとり血の付いた車を見て、顔を覆う婦人たち。「不発弾だ、間違いない」と声にするが、責任所在の不明な事故にやり場のない怒りを見せる男たちの姿があった。

軍と警察、消防は爆弾を想定して三百人を動員、重機やショベルで発掘作業と爆発原因の究明を始めるが、降り注いだ土砂が多量で思うようにはかどらない。程なくして爆心からドラム缶のフタ大の鉄板を発見した。

爆発から十五分後、市内の救急車が総動員された。サイレンと共に運動場で爆風に吹き飛ばされた十一人の子供たちが病院に運び込まれる。一転、病院中が騒がしくなった。廊下に担架から転々と血が垂れる。子供たちが呻いて泣き叫ぶ。それに反応して看護婦たちが走り回る。母親に抱かれて子供たちは手当てを受けた。

正午過ぎ、市長や議員らも駆けつけて現場を視察、爆発の凄まじさに声もなかった。

事故の知らせを受けたクレーン運転手のファン・イダルゴさん、作業員のラモス・ルイスさんの夫人、家族、関係者らが病院に駆けつけた。変わり果てた姿に、「お父さん、お父さんの手はこんなに冷たくなって……」と泣きすがり痛々しいばかり。

住民によると、事故現場は旧日本軍の司令部から六〇〇～七〇〇メートルしか離れておらず、「戦争中、沢山の地雷が埋められ、激しく爆撃された。その場所での爆発となれば、周辺住民は不発弾の上で生活していることになる。戦争中は激戦地だった」と話している。

当時、地雷敷設を指揮し、戦後、フィリピン人女性と結婚したメトロマニラ在住の元海軍上等兵曹、マイク・イハさん（50）に新聞社が状況を聞いた。

イハさんによると、爆発現場一帯は、第二次大戦で米軍のフィリピン上陸直前に日本軍が約五百発の地雷を地中に埋めた所だという。

海軍が事故現場近くに壕を掘削し、部隊を駐屯させ司令部を設置した。地雷の敷設は司令部を守る目的で米軍上陸の約一か月前、事故現場一帯にかけて行われた。この地雷は、足に触れるだけで爆発するもの。直径五〇センチ、高さ三五センチ、表面にはタコのイボ状のものがあった。色は擬装用のグリーン。地中三〇センチから五〇センチの深さに埋め、千鳥足に配置したという。

事故現場は戦争当時は田畑地帯で低地だった。戦後の道路造りなどで埋められたため、地中三〇センチに埋められた地雷がそのまま地中深く残り、信管などは腐っているが、工事用のパイルを打ち込む強い振動、衝撃で爆発したのではとイハさんは推測する。他にフィリピンで製作した五〇〇キロ相当の大型地雷四十個も埋めたという。

「米軍上陸時、真っ赤に焼けてヒュル、ヒュル飛んでくる砲弾は、不思議なほど不発弾が多かった。米軍は予め地雷を爆発させ、その後進攻した。敷設した地雷はほとんど潰されてしまった。従って不発の地雷はほぼないとみている。敗戦の混乱の中、日本軍による敷設地雷の調査はその後、行われなかった」とイハさんは言う。

そして爆発事故の犠牲者に沈痛な様子で悔みの言葉を述べた。

警察のこれまでの調べによると、事故当時、八本目のパイルの作業中でファン・イダルゴさんがクレーンを運転していた。パイルは地下八メートルに打ち込む予定でマリオ・ロムロさん（21）がクレーンの二〜三メートル先で、ラモス・ルイスさんが四、五メートル離れてパイルを操作していた。そして約四メートル打ち込んだ時に爆発した。

警察では、破片で殺傷する砲弾や爆弾ではなく、爆風の殺傷力が強い爆雷か、改造地雷と見ている。現場から発見された二十六個の破片はいずれも同一種で薄い鉄片である。

警察の検死の結果、爆心近くで死んだ四人は全員表面的な損傷は見られず、強力な爆風に叩きつけられたものと分かった。イサベルちゃんが頚骨骨折、マリオ・ロムロさんが心臓破裂のほか、ファン・イダルゴさんやラモス・ルイスさんは内臓胴体部分の骨がほとんどグシャグシャになっていた。

付近住民の被災は死者二十人、重軽傷者三十二人、家屋八十棟、車両四十一台が全半壊した。

二

メトロマニラの繁華街、住宅が狭い路地を挟んで軒を接して並んでいる角があった。一軒の粗末な住宅からナップザックを左肩に掛けたジーンズ姿の若い男と六十代の夫婦と見られる男女が玄関の網戸を開けて現れた。妻は息子に別れを惜しむように男を抱きしめ、短く言葉を交わした。夫も男を同様に抱きしめた。それから男は二、三段階段を降りると狭い路地を大通りに向けて玄関先を離れた。途中、振り向くと夫婦は玄関先に立って見送っていた。男は手を振ってそれに応えた。

路地を抜けると、大通りにジープが待機していた。傍らにはフィリピン陸軍の制服に身を包んだ少佐が立っていた。

男は少佐に近づくと、「アメリカ海兵隊の蔵下軍曹です」と敬礼をした。

「フィリピン陸軍のオルナンデス少佐です」と慇懃に返礼した。

二人はジープに乗り込むとその場を離れた。

マニラ市の街宣車が周辺住民に不発弾処理のための避難勧告と避難開始日時、そして交通規制等の広報活動を行っていた。

「アメリカ海兵隊当局から蔵下軍曹がフィリピンで休暇中であるが、接触してよいとの許可を得ました。先月の事故は日本軍の地雷、今回は米軍の一〇〇〇キロ爆弾です。勢力を増した台風の接近で早めの処理が必要になりました。蔵下軍曹の協力をお願いする次第です」

「爆発事故の新聞記事を読みました」

「立て続けに爆発事故を起こすわけにはいきません」と少佐は数枚の写真を軍曹に差し出した。

「マッカーサー橋の工事現場で発見された米国製の一〇〇〇キロ爆弾です。腐食が激しく処理場に移動するのは困難です。政府は十分な対応ができず大型不発弾は大きな外交問題です」

ジープは陸軍基地のゲートを通過すると、少佐は司令部の建物でバレステロ大佐の部屋をノックした。大佐は蔵下軍曹を笑顔で迎えた。

「少佐から状況を聞きましたでしょうか」と大佐は椅子を勧めた。

「はい、伺いました」

「ベトナムから休暇中のところ御迷惑は承知しております。今回は場所が人口密集地、相手が一〇〇〇キロ爆弾、わが処理班には少々荷が重すぎます。ご協力をお願い致します」と大佐は蔵下軍曹に慇懃に会釈をした。

「お手伝いします」と答える軍曹に大佐は頬笑んだ。

「普段使っている工具が必要です」

「すぐに軍のジェット機をサイゴンに手配します」と大佐はにこやかに頷いた。

三

蔵下軍曹とオルナンデス少佐は大佐の許を辞して後、河幅の広いパッシグ河の現場に立った。

マッカーサー橋の南側の岸にあり、道を隔ててチャイナタウンに面していた。住民は家屋の防御作業の最中だ。フィリピン陸軍の二百人ほどの兵隊たちが軍用車両やショベルカーを動員して砂嚢や発電機を現場に運んでいる。不発弾を囲むように、シートパイルが半円形に河に突き出して張り巡らされている。パイルで囲まれた縦横五メートルの穴の内側には、幾重にも砂嚢が積まれ河水が満ちていた。

「問題は台風です。河水は地形上不発弾にストレートに押し寄せる格好です」

と少佐は説明した。

翌朝七時、メトロマニラの上空は雨雲が足早に移動していた。青葉を着飾った河岸の樹々は、懸命に風圧に耐え、一斉に枝を風下になびかせている。その時、海兵隊の軍服にポンチョ姿で河岸に立ち現場を観察していた蔵下軍曹は、稲光とその音の凄まじさに思わず顔をしかめた。

不発弾の眠る穴の周りでは兵隊たちが忙しく動き回り、ポンプと発電機を作動させ、数十本のホースでパイルの中の水の吸い出しを始めた。時々蛇が長く舌を出したような稲妻が走り、頭上で激しく雷を転がした。

通りは人の気配がない。ランプを点滅したパトカーの住民避難の広報が風に途切れながら聞こえてくる。

蔵下は現場の状況確認を終えると、吹きすさぶ嵐の中で一塊になって礼拝をしている不発弾処理班のいる場所に戻った。

「どうか全員を守って、事故がなく作業が無事完了しますように。アーメン！」

従軍牧師が声高に作業の安全を祈願し、胸に十字を切って礼拝を終えた。

「アテンション（気をつけ）！」

パブロ軍曹の号令にポンチョを着た二十名の兵隊たちは直立の姿勢を取った。

オルナンデス少佐は兵隊たちを見回した。

「軍は今朝〇三〇〇に台風コンディション・ワンを発令した。本来作業は中止だが状況故、やむなく作業を行う。台風上陸前には処理を終えたい。諸君に蔵下軍曹を紹介する。軍曹は米国海兵隊不発弾処理隊の隊員だ。一〇〇〇キロ爆弾は米国製故、協力を要請した。ロケットトレンチの技術を伝授してもらえる。頑張って欲しい。以上」

少佐の挙手に全員ぴちっと敬礼をした。辺りが薄暗くなり、雨粒が降り始めた。

「私は本部で指揮を執ります」と少佐は蔵下軍曹に言った。

軍曹が返礼すると、少佐はポンチョの肩に雨粒を踊らせて従軍牧師とジープに向かった。二列横隊の兵隊たちの鉄兜の奥の視線が蔵下軍曹に注がれた。初対面同士が作業に当たる緊張感が張り詰めた雰囲気を醸し出している。

「アテンション！」

パブロ軍曹の指示に全員直立の姿勢をとった。

「私は蔵下軍曹。オルナンデス少佐に三名を推薦してもらった。残りは外部の作業をしてもらう。安全に作業を完了したい。何か質問は？」

全員瞬きもせず視線は前を向いたままだ。

「質問が無ければ、全員作業にかかれ」とパブロ軍曹が言う。

「アントニオ以下十五名、外部の作業を開始します」と伍長は敬礼すると兵隊たちと隊列を離れた。

「一列横隊！」とパブロ軍曹。

蔵下は兵隊たちを見た。軍服の左胸に名前が明記されている。

「パブロ軍曹」と蔵下は顔を見て発音した。

「パブロ・マナバナン、サー！」と軍曹は鼻の穴をピクつかせた。

蔵下は名前を復唱して、隣の兵隊を見た。

「ロレンゾ・エボラ、サー！」

袖口にタトゥーを覗かせたロレンゾがタガログ訛で名を告げた。

「リカルド・アルホンソ、サー！」

鉄兜の縁から雫を滴らせながらピチッと背筋を伸ばした。

「フランシスコ・ビベイ、サー！」

「処理作業の記録を頼むぞ」

蔵下は小柄な撮影兵の名前を復唱した。

「アマンド・クナナン、サー！」と通信兵が歯切れよく発音した。

「本部との連絡を頼むぞ」

「アイアイ、サー！」とアマンドは姿勢を正した。

「役割を決めたい」とパブロ軍曹が言った。

「ロレンゾは爆弾のロープの張り具合をチェックし、必要とあれば結び直せ。リカルドは蔵下軍曹の工具を用意しろ。質問が無ければ作業にかかれ！」

兵隊たちは敬礼をして一斉に作業を始めた。

蔵下とパブロ軍曹は、作業の状況を確認した。

撮影兵のフランシスコは白板に『マッカーサー橋における一〇〇〇キロ爆弾の信管抜き取り作業』と撮影年月日、時間を明記し、それを兵隊に持たせてカメラに収めた。その側をリカルドが工具箱を抱えて砂嚢を跨ぎ梯子を降りて行った。

フランシスコが穴の底に向けてカメラを回すと、蔵下も穴を覗いた。

水が抜かれた穴の底はまるで田圃だ。排水担当の兵隊たちは、底の一角に河水が導かれるように砂嚢で溝を通して水溜りの穴を作り、杭とロープでホースの吸込口をその穴に固定し、水を吸わせにかかった。そして不発弾の周り一面に慎重に砂嚢を敷き詰めた。

弾体の長さ約一・八メートル、直径六〇センチの不発弾が、黒い生き物のように杭とロープで厳重に縛られて横たわっていた。ジョークの好きな奴がいる。弾体にCharley（ばか者）と白いペンキで書いてある。弾頭と弾底信管は直径約五センチで弾体から五センチほど突き出ている。内部機能はまだ生きているに違いない。チャーリーの場合、バネ撃針を使用している信管は、バネがギリギリに引っ掛かり作動寸前で停止していることも想定できる。爆発の際、腸が腹からはみ出したり、手足を飛ばされて胴体だけで転がっていることも爆弾が小さい時だけだ。この一〇〇〇キロ爆弾が爆発すると直径五〇メートルの穴ができる。その時は骨のかけら一つ残らないで完全に木端微塵だ。

ロレンゾがロープの張り具合を調べて緩んだロープを結び直しにかかった。アントニオ伍長指揮下の兵隊たちは、砂嚢の上にテントを張り始めた。吹きすさぶ雨と風に持て余しぎみだが、程なくして平たいテントが張られた。光が遮断されて穴の中が薄暗くなると、四基の投光器が砂嚢とテントの隙間から眩しい程に穴の中を照射した。

四

蔵下は穴の中の梯子を降りた。二ヶ所の信管は腐食が激しく、弾種表示は消えている。信管を設計するエンジニアは腕がいいほど高度に洗練された製品を作る。不発弾になる可能性は少なく、たとえ不発弾になっても安全機能がよく働くように設計する。

「こちらオルナンデス、住民避難完了！」

少佐からの連絡に蔵下はアマンドに頷いた。

「了解！　信管周りの錆落としを開始します」とアマンドが答えた。

蔵下はリカルドと弾頭側を、パブロ軍曹とロレンゾが弾底側にまわった。

「よろしいですか？」とパブロ軍曹。

「よし、オペの開始だ！」と蔵下は信管とその周辺の黒錆を、薬品を使い信管と直角方向にワイヤブラシで丁寧に磨いた。そして防錆浸透油を信管と弾体のネジ山の細隙まで毛細管でスプレー注入すると細いバキュームでそれを吸わせた。蔵下は注入の度にネジ山の奥深く油が浸透することを強く念じた。四人は時間をかけて作業を丹念に繰り返した。最後にボロで拭き取ると信管の地金が現われた。二つの信管の錆落しを確認後、蔵下はロケットレンチを取り付けて遠隔操作で一気に抜き取ることにした。信管を作動させるには必要な力が必要な方向から加わらなければならない。ロケットレンチを使用したり手作業での信管離脱ができるのはその性質を利用していた。

蔵下は手の汚れをウエスで拭くと、保管箱からロケットレンチを取り出した。磨かれて油光りがするレンチを全員が見つめた。

「私の手作りだが必要に迫られて開発したレンチだ。複雑な装置ではない。訓練すればすぐに扱える。私の作業を観察して欲しい」

ロケットレンチは直径三〇センチで厚さが四センチ、重さは二キロある。ジュラルミン製のドーナツ形をした円盤が二枚と、その間にサンドイッチ状に挟まれた別のドーナツ盤で構成されている。中間のドーナツ盤には信管を噛むために鋸歯形の鉄の歯が三個内円にあり、薬莢を装填する円筒形の弾倉が二個外円の対称の位置に付いている。

「弾頭信管から取り付ける」

蔵下は信管を正面に見据えて腰を下ろした。両膝をついてレンチを信管に近づけ、レンチの鋸歯の中心に信管を捉えた。そして信管を三個の鋸歯で慎重に締め付けてレンチを固定した。それから雨に濡れないようにビニールで包んだ薬莢を、レンチが時計と逆方向に回転するように二つの弾倉に装填した。弾倉の両端は内ネジが切られ、薬莢の弾底側を盲プラグで、火薬の噴出する弾頭側を穴のあいたブッシングでねじ込んだ。点火をするとその直径五ミリ程の穴から火薬の爆発エネルギーが噴出して強力な推力を生み出す。それがレンチに高速回転を与え、その回転エネルギーは瞬時に信管に伝わる仕組みだ。

蔵下は一つ一つの作業を正確に処理していった。そして弾底信管にも同様の手順でレンチを取り付けた。全員がロケットレンチに興味を示し、二度の取り付け作業の間、真剣に観察していた。

ロレンゾが弾頭と弾底の延長線上に弾体から一メートル程離れて一本ずつ杭を打ち込んだ。そして杭とレンチの二つの弾倉をパブロがゴムロープでY字形に連結をした。レンチは信管に回転力を与え、ゴムロープはレンチの回転力を吸収しながらレンチを信管ごと引き抜く役割を持つ。単純な仕掛けであるが、その点確実に機能を果たしてくれる。それから蔵下は電気を通すと火花が散るように弾頭のレンチに結線をした。

「パブロ軍曹、弾底の結線をしてくれ」

作業を食い入るように見ていたパブロは、「イエス、サー」と返事をして結線を始めた。蔵下はパブロ軍曹の作業を見守った。タトゥーを覗かせたロレンゾが弾頭と弾底からの導線を緩めに導いてリールの導線と結んだ。
「よしレンチの取り付けは完了だ」
蔵下が結線を確認し引き揚げを指示すると、ロレンゾが機敏に梯子を上って
リールを穴の外の兵隊に手渡した。リカルドが工具箱を引き揚げ、撮影兵のフ
ランシスコと通信兵のアマンドが梯子を上った。
ロケットレンチが自分たちに代わって爆弾に付き合ってくれる。愛おしく感
じられる瞬間だ。場数を踏んできたので並の愛おしさではない。蔵下は弾体に
向かって胸に十字を切るとパブロ軍曹と最後に穴を出た。
リールは一〇〇メートルほど離れた避難所に導かれた。リカルドとロレンゾ
は導線が風で飛ばないように兵隊たちと砂嚢で押さえを入れている。アントニ
オ伍長のグループも投光器や梯子等を撤去し、避難を始めた。作動中のポンプ
と発電機の音が強風に乗って途切れ途切れに聞こえる。やがて全員が砂嚢の陰
に身を隠した。

五

街路の電線がピュンピュン唸りをあげて激しくしなっている。信管離脱の瞬間を捉えるカメラをセットした小柄のフランシスコが一〇〇メートルの距離を懸命に駆け込んで来た。強風に抗って駆ける動作が滑稽で、兵隊たちは口笛で彼をからかった。フランシスコは息を弾ませて罵りの言葉を発し、両手の親指と人差し指でL字形に拳銃を作ると、からかった兵隊たちに発砲する仕草でやり返した。

「結線を終え避難完了！」

アマンドが少佐に報告すると蔵下は発破器の端子に導線を繋いだ。それは掌サイズで乾電池を電源に六〇〇ボルトの中圧電流を生み出す。鍵を差し込みスイッチをオンにすると数秒で豆ランプがついた。

「〇八一〇、点火準備完了！」

蔵下の言葉をアマンドが送話器に復唱した。

「三十秒後に点火せよ！」

少佐の指示をアマンドが蔵下に同意を求め、了解の返事をした。蔵下は発破器を握りアマンドのカウントを待った。すると、

「サージェント蔵下、点火中止を伝える！」

少佐の声にアマンドがいぶかし気に無線機のボリュームを上げた。

「立入制限区域に人を発見。警察が追跡中。経過は追って知らせる。以上」

アマンドの了解の返事に、蔵下は発破器のスイッチをオフにした。フランシスコがカメラに走った。兵隊たちは肩透かしを食った腹いせに、拍手と口笛をその後ろ姿に浴びせてからかった。パブロ軍曹がリカルドを促して穴の中の状況確認のために一緒に走った。

蔵下と兵隊たちが上流のケソン橋に視線を向けると、雨の中を男が走っていた。ランプを点滅したパトカーが後を追った。やがて別のパトカーが行く手を遮った。

「台風情報を聞かせてくれ」

蔵下がアマンドに言った。兵隊たちは増水した河を見ながら不安げにラジオ

に耳を傾けた。台風の最接近は午前十一時頃だと予報は告げた。

パブロが息せき切って戻るとアマンドはラジオを消した。

「サー、結線もポンプも異常ありません。問題は河水です。極めて危険です」

全員が注意深く報告を聞いた。

「こちらアマンド、河水が噴き出して危険な状態です。速やかにカウントを再開します」

「了解、カウントを開始せよ」

パブロ軍曹の合図にフランシスコが駆け戻って来た。蔵下が発破器をオンにして豆ランプを点灯させた。

「点火十秒前！」

アマンドは声を張り上げた。

「スリー、トゥー、ワン、ジイロ！」

全員がレンチの点火音に集中した。蔵下はスイッチを回した。一瞬遅れて、

「聞こえた」と誰かが呟いた。

「点火完了！　導通点検実施後、三十秒後に現場を確認します。以上」

自ら考案した手作り故、導線を流れる電流が手に取るように分かる気がする。点火音でレンチの作動の良否を感じることも可能だ。だが、点火の瞬間の心許なさは蔵下をいつも神にもすがりたい気分にさせた。

　三十秒後全員が不発弾に向かって駆け出した。排水ホースは心臓の動脈のように脈打ち、河水は滝のように砂嚢の隙間を流れ落ちている。兵隊たちは穴を覗いて投光器で弾体を照射した。弾頭信管がレンチに固定されて抜き取られている。ところが弾底のレンチには信管が見当たらない。兵隊たちが騒めいた。

　蔵下は梯子を降ろすと穴の中に駆け下りた。

「〇八二〇弾頭信管離脱成功！　しかし弾底信管は離脱されず。繰り返す……」

　蔵下は弾底信管を観察した。先端が割れて内部が少し覗かれた。遠隔操作が不首尾に終わると、思わず舌打ちが出て嫌な気分になる。しかし、立ち止まっている余裕はない。蔵下はパブロ軍曹に防錆浸透油の再注入とバキューム吸引を指示した。パブロとロレンゾはすぐに作業を始めた。

　蔵下は弾底信管のレンチを調べた。異状のないことを確かめると感謝の言葉を呟き保管箱に納めた。そして弾頭にしゃがむと信管の抜き取られた穴にナイフを差し込み火薬を削り取った。指先でもみほぐして効力を調べた。ＴＮＴ火薬は生きていた。

同じ工程で造っても爆弾にはそれぞれ癖がある。信管の種類と内部構造は多種多様、外形から起爆装置の癖を調べるてだてはない。信管は必要な時に爆弾の目的を発揮させるため内部に高感度の黒色火薬を包含し、必要な時まで爆弾を爆発させない機能も持っている。危険と安全が同居している装置といえる。信管が衝撃を受けると、弾体に密閉された火薬が爆発する。不発弾は信管の起爆機能がうまく働かなかった場合と考えられる。元々何らかの欠陥のあるものを取り外して処理しようとするから厄介だ。量産された戦時下の爆弾は、欠陥部品の使われている製品に出くわすと信管離脱時の少しの衝撃で爆発を誘引しかねない。まさに体を張って欠陥爆弾を処理せざるを得ない一発勝負だ。

「手作業で信管離脱を行う。二十分は必要だ。少佐に伝えてくれ」

と蔵下がアマンドに告げると、アントニオ伍長と兵隊たちはシートパイルの防水の補強作業に取りかかった。

穴の中は噴き出す水が激しく水位が増し始めた。リカルドはアマンドにホースの追加を要求すると、砂嚢を積み重ねて工具箱をその上に移した。その時、「サージェント蔵下」とオルナンデス少佐が直接軍曹に問い掛けた。

蔵下は受話器を取ると、「こちら蔵下聞こえます」と返事をした。

少佐はすぐに用件を切り出した。

「厄介な事態が発生しました。一〇キロ上流のベニヤ工場の係留場から直径八〇センチもある大量の原木が流出し、すでに橋がいくつか破壊されました。流木はマッカーサー橋に押し寄せますので事態は深刻です。到着時刻は〇九〇五前後と予想されます」

兵隊たちは顔を見合わせた。

「あと二十分です」とアマンドが時計を見た。

「改めてご協力をお願いする以外ありません」と少佐は言った。

穴の上の兵隊たちが息を潜めて蔵下の反応を窺っている。上空では電気がパチパチ弾けるような音と共に、雷が激しく鋭い音を転がした。

「分かりました。間に合わせます」と蔵下は、少佐に返事をした。

「サージェント蔵下、全員軍曹を信じております」とパブロ軍曹が言う。

「一度決めたら、最後までやる。頑張ろう」蔵下は全員を見回し毅然として言った。

すると兵隊たちは士気をみなぎらせて、砂嚢の上から「アイアイ、サー！」と一斉に返事をした。

蔵下はパブロと顔を見合わせると、「パブロ軍曹、小隊旗を掲げてはどうか。旗は小隊の象徴、そこに存在するだけでいい」と提案した。

「アイアイ・サー！」とパブロ軍曹。

蔵下は弾体に向き合うと、信管の前に跪《ひざまず》き防錆浸透油の効き具合を調べた。程なくして、兵隊が竿に結んだ小隊旗を砂嚢で固定した。全員がぱたぱたと強風に煽られる旗を見上げた。テントの隙間から吹き込む雨粒は、四基の投光器に照射されてキラキラと輝く幻想的な光のシャワーを思わせた。

「弾底信管の抜き取り作業を始めます！」

アマンドが少佐に連絡した。

六

リカルドは弾体に馬乗りになると、信管の付け根を氷で冷やし始めた。蔵下が信管周りに防錆浸透油を注入、パブロがバキュームでそれを吸わせた。

爆弾に対しては誰しも恐怖心を抱く。時に黒い弾体が臨場感を伴って数倍にも大きく感じられる。恐怖が先立つと際限なく恐ろしくなる。蔵下は爆弾に怖気をふるわずに済むためにこれまでエンジニアの限界に挑戦してきた。爆弾に背を向けることなく、その構造や処理技術の実務を沖縄のキャンプハンセンやベトナムの戦場で教官や先輩たちから教わってきた。

兵隊たちの服は汗と雨でぐしょ濡れになって体に張り付いている。蔵下は口をすぼめると首に巻いたタオルで額の汗を拭いた。雑念を払い思考の集中に努めた。大粒の汗がすぐにまた噴き出した。兵隊たちも顔中に汗を浮かべ、顔をこわばらせている。一〇〇〇キロ爆弾の割れた信管相手では無理もない。か細いバネがギリギリに引っ掛かり作動寸前で停止していることも想定できる。蔵下は時間いっぱい注入と吸引作業を続けた。

「サージェント蔵下、間もなく到着一〇分前です」とアマンドが声をかける。

「リカルド、チェーンレンチを取ってくれ」

柄の先端に自転車のチェーンのようなものが付いている。それを巻きつけて柄を押し下げると、空滑りを防ぐことができる。蔵下は真横から弾体に向いた。信管に慎重にチェーンを巻いて締めつける。そして太目のパイプをレンチの柄に差し込み一メートル程の長さにした。それだと力をセーブしながら余裕をもってレンチを押し下げることができる。

「チャーリー、もうしばらく眠っていてくれ。後はこの柄を押し下げるだけだ」

リカルドは顔を強張らせ、舌で唇をなめた。

「ところで」と蔵下は兵隊たちを見回した。

「パブロ軍曹を除いて、全員退去してはどうだ。被害を最小限に留めたい」

全員が意外な顔でパブロ軍曹を見た。すると、パブロは、「全員退去だ。処理が済んだら旗を振って知らせる。急げ！」と躊躇することなく兵隊たちを促した。

四人は顔を見合わせると、意を決し声を揃え、「退去します」と敬礼をして梯子を駆け上った。

フランシスコが砂嚢の上から弾体に向けてカメラを固定してセットした。「作業開始だ。最初は四分の一回転」と蔵下はパブロに告げた。そして、「何かが爆発するイメージを頭に描いてはいけない」と呟いた。

パブロは玉の汗を浮かべ信管周りに浸透油を注入し、バキュームで吸わせた。蔵下は両手で頬を叩き口をすぼめて息を吐いた。中腰になり臍の辺りでパイプを握ると信管を見つめた。緊張が肉体と精神のすべてを凌駕する瞬間だ。

蔵下は息を止め奥歯を噛んだ。チェーンが金属と油の光沢を放ちキリキリと信管を締め付けた。ほんの少し信管を回せばいいのだ。蔵下とパブロの心臓が大きく脈打つ。パブロは信管とチェーンに目と耳をそばだてて注入と吸引の作業を続けた。采《さい》は投げられ、二者択一の選択が蔵下の手に委ねられた。運任せの勝負、最早後には引けない。上体を被せて時計と逆方向に柄を押し下げると結果が出る。蔵下とパブロの全身から玉の汗が噴き出た。

蔵下は手と腹に力を込めた。そして「いくぞ、チャーリー！」と柄を押し下げた。瞬間、軽い感触があった。

「回った……」とパブロが呟く。

蔵下は一瞬気分が明るくなった。

その時、上空で巨大な稲光がして穴の中が真っ白になった。そして激しい稲妻の落下音と雨雲の中を雷が転がった。二人は光と音の凄まじさに思わず身を竦《すく》めた。

「回りました」とパブロが呟く。

信管も回って割目が少し位置を変えている。

「神の祝福だ」とパブロが思わず白い歯を見せた。

蔵下はパイプをレンチから外し膝をついた。

「三分の一回転」と注意深くレンチの柄を押し下げた。

「ヨーソロ、ヨーソロ」とパブロは汗を浮かべて囁いた。

一度緩むと回転は軽くなり信管は慎重に抜き取られた。

「無事終わった」と蔵下は信管を見つめた。

「兵隊たちに知らせます」

パブロは梯子を登ると、避難所に向かって頭上高く小隊旗を左右に振った。

「こちらアマンド・〇八五五信管離脱に成功！　繰り返す……」

兵隊全員が一斉に小隊旗に駆けつけ、砂嚢の上から蔵下軍曹に拍手を送った。

「諸君の献身に感謝する！」とオルナンデス少佐の声が無線機から聞こえた。

現場の片付けが急がれた。投光器とテントが取り払われ、弾体撤去のために兵隊がロープを肩にかけて穴に降りて来た。蔵下は信管をウエスで包んで工具箱に納めるとリカルドに手渡した。それから弾体の穴にウエスを詰めると梯子を登った。クレーンのフックが降り、ロープで縛られた弾体はゆっくりと吊り上げられた。ポンプが撤去されると河水は一気に穴を満たした。

蔵下は運搬車両に積まれる弾体を見上げた。信管のない爆弾は心もち小さく見えた。

「グッバイ、チャーリー！」

蔵下は呟くと兵隊たちと弾体を見送った。

「献身的なご協力を心から感謝します」

振り向くとポンチョ姿のオルナンデス少佐が立っていた。少佐は敬意を込めて敬礼をした。

「蔵下軍曹の自己犠牲に感謝します。よろしければ理由を聞いても構いませんか」

返事を期待する少佐の表情に蔵下は、一仕事終えた安堵感が気分を明るくした。

「戦前、私の家族は沖縄からの移民としてマニラに来ました。私が五歳の時戦争で家族全員を失いました。その後、フィリピンの養父母に育てられ、中学卒業まで教育を受けさせてもらいました。少しは養父母への恩返しができたのであればいいのですが」

蔵下は手短かに説明した。その時、アントニオ伍長が現場機材の撤去完了をパブロ軍曹に報告した。さらに現場の足場の上で、数人の兵隊が強風に抗いながら、「流木が来たぞーお！」と叫んだ。

パブロ軍曹の退去指示に、兵隊たちは三々五々一斉に軍用車両に駆け出した。

「今の話は私の記憶に留めます」と少佐は蔵下軍曹をジープに促しながら上流のケソン橋を見た。

流木群は狂ったようにせめぎ合って灰色の水煙を上げている。瞬く間に先頭が橋に激突したかと思うと後続に押されて数本が急角度に高くそそり立った。それからスローモーションでゆっくり倒れると、何本かが力強く上空に弾き飛ばされた。

その上空で青白い巨大な稲妻が走り、天地が割れるような鋭い雷が蔵下軍曹たちの頭上を襲った。

ケソン橋を乗り越え破壊した流木群は、もうもうと灰色の水煙を上げながら先を争うように広い河面を刻一刻マッカーサー橋に迫っていた。

あとがきにかえて

これまでの作品を一冊にまとめ、二〇一七年に『人間の生き様』として出版し、このたび加筆修正したのが本書です。

プロジェクト（新沖縄文学　一九八九年冬82号）
砂漠にて（新沖縄文学賞受賞　一九八八年冬78号）
目には目を、歯には歯を（新沖縄文学　一九九一年夏88号）
人間の生き様（書き下ろし）
アメリカ海兵隊（書き下ろし）
不発弾Ⅱ（書き下ろし）

著者プロフィール
玉城 まさし（たまき まさし）

1948 年沖縄県今帰仁村生まれ。
ニューヨーク大学大学院中退。
（株）國場組勤務。北アフリカ、サウジアラビアでの海外工事に8年間従事。
その間を含めてヨーロッパ、中南米の博物館・美術館巡りを行なう。
著書：『砂漠にて』（新沖縄文学賞受賞）
　　　『人間の生き様』（2017 年出版）
『かつて沖縄にて　沖縄戦全史』（出版予定）

砂漠にて

2021年12月15日　初版第1刷発行

著　者　玉城 まさし
発行者　瓜谷 綱延
発行所　株式会社文芸社
〒160-0022　東京都新宿区新宿1－10－1
電話　03-5369-3060（代表）
03-5369-2299（販売）

印刷所　株式会社暁印刷

ISBN978-4-286-23070-2